"中国现当代名家散文典藏"编辑委员会

主　任：阎晶明
副主任：丁　帆
委　员（以姓氏笔画为序）：
　　　　止　庵　孔令燕　何　平　何向阳
　　　　李红强　张　莉　周立民　施战军
　　　　贺绍俊　臧永清

叶圣陶散文

人民文学出版社

图书在版编目(CIP)数据

叶圣陶散文/叶圣陶著;商金林编选. —北京:人民文学出版社,2022(2022.10重印)
(中国现当代名家散文典藏)
ISBN 978-7-02-016291-8

Ⅰ.①叶… Ⅱ.①叶…②商… Ⅲ.①散文集—中国—当代 Ⅳ.①I267

中国版本图书馆CIP数据核字(2022)第044215号

责任编辑	徐广琴
装帧设计	陶 雷
责任印制	宋佳月

出版发行	人民文学出版社
社 址	北京市朝内大街166号
邮政编码	100705

印 刷	河北环京美印刷有限公司
经 销	全国新华书店等

字 数	238千字
开 本	880毫米×1230毫米 1/32
印 张	11.25 插页4
印 数	5001—8000
版 次	2018年6月北京第1版
印 次	2022年10月第2次印刷

书 号	978-7-02-016291-8
定 价	40.00元

如有印装质量问题,请与本社图书销售中心调换。电话:010-65233595

作者像

1921年岁尽日，作者与俞平伯（右一）、朱自清（右二）、许昂若（左一）合影

1939年8月,乐山寓所被炸后,居于城外祝公溪畔之野屋

我之生也以甲午九月三十以迄昨日十六周歲矣而今日乃為十七歲之第一日三來于百事之動靜變遷日及師長之朝訓夕誨每清晨臥思若有所會而未足忘心得也及下床一有他事則強半忘之雖于膓角搜索亦難得矣因思古來賢哲皆有日記所以記每日所作所思所得種種我于是亦效之而佔日記非敢以賢哲自比也以今日為十七歲之第一日故即以今日始且我過失孔多己而察之誌之日記己而不察人或告之亦誌之日記則庶以求不貳過也

庚戌十月初一日未記日記前誌

出版缘起

中国现代文学开启自一百多年前的一场文学革命。从此,与社会现实密切相关,普通大众可以接受、可以欣赏、可以从中得到思想启蒙和艺术享受的新文学,就如雨后春笋般生长,涌现出一篇又一篇、一部又一部影响当时、传之久远的经典作品。自"五四"新文学以来的中国现当代文学发展进程中,散文无疑是耀人眼目的明星。

散文既能直抒胸臆,又能描摹万物,因此被视为自由多样的文体;散文语言贴近日常,最易触动人们的情感,可以直接地陶冶人们的心灵。这也是经典散文被誉为美文、拥有广泛读者、历经岁月更迭仍让人捧读的原因。百余年来的中国现当代散文创作云蒸霞蔚,已莽莽如浩瀚的文学森林,人们若贸然闯入这片森林之中,时有乱花迷眼、茫然难辨之困扰。为了让广大喜爱散文的读者能够更迅捷地读到中国现当代散文的经典性作品,我们精心编选了这套"中国现当代名家散文典藏"丛书。本丛书编选过程中,我们邀请了文学界的专家学者组成编委会,在认真商讨的基础上,汇集、编选了20世纪以来中国现当代散文史上的名家、名作。目的就是方便广大读者感受散文经典的艺术魅力,有利于集中欣赏、比较阅读、收藏,以及进行相关研究。

在研究、讨论过程中,编委会形成了经典性的编选宗旨。卷帙浩繁的现当代散文作品中,以经典作家、经典作品的筛选为编选原则,是为读者提供阅读便利的需要,也是为百余年散文创作所做的某种回顾和总结。我们深知,任何一部文学经典都并非一蹴而就,也非任由某个权威命名而成,文学经典是经过时间的淘洗,经受了社会和读者等各个方面的考验,自然形成的。这个淘洗和考验的过程就是一部文学作品被经典化的过程。经典,是经典化过程的结晶。中国现代文学是中国当代文学的前身,当代文学是活在我们身边的文学,这是一件非常有趣的事,因为这样一来,我们也许就能亲眼看到一部文学作品是如何诞生的,又是如何引起社会的热议、得到不断深入阐释的,我们对一部当代散文的喜爱,往往也是在这一过程中不断地得以强化。经典便是在这样不断被阅读、被热议、被阐释的过程中得到人们的广泛肯定从而成为大家公认的经典。当我们要编选一套现当代散文经典的丛书时,就应该考虑到当代文学的这一特点,要意识到当代文学的经典并不是凝固不变的,它仍处在不断丰富和不断成熟的经典化过程之中。这就确定了我们的基本编辑思路,即我们自觉地将"中国现当代名家散文典藏"的编选和出版,视为参与到现当代散文的经典化过程的一次积极行动。经典化,为我们的编选打通了一条通往经典性的最佳通道。我们从经典化的角度来审视现当代散文,就要更强调发展和辩证的眼光,更需要发现和辨析那些正在茁壮生长中的新现象和新作品;这也提醒我们,在经典标准的确认上不能墨守成规。我们既要关注作为文学史的经典,同时又要更看重历经岁月变幻始终在广大读者中拥有良好口碑的作品。我们认为,读者是经典化过程中不可忽视的参与者,因此也希望这次"中国现当代名家散文典藏"的编选和出版,能够为广大读者参与到现当代散文经典化进程中来提供一次良好的机会。

经典化的编选思路，自然决定了这套丛书有另一特征：开放性。中国现当代文学作为活在我们身边的文学，这就意味着它是一种具有旺盛生命力的、仍在茁壮生长的文学。回望过去的一百余年，现当代散文已经产生了不少的经典性作品；凝视当下的现实，仍有许多正行走在经典化道路上的优秀作品；放眼未来，我们相信，将会有更多的经典脱颖而出。我们这套散文典藏丛书不光要"回望"，而且还要有"凝视"和"放眼"，也就是说，我们不光要推出已有定论的经典性作品，而且还要把那些正行走在经典化道路上的，以及刚刚萌芽即将脱颖而出的优秀作品也纳入丛书的视野，因此我们必须采取开放性的编选方针。我们不是一次性地编选数十本书就宣布大功告成了，我们还要在此基础上继续延伸下去，把在经典化进程中逐渐成熟了的作家和作品吸纳进来，作为系列丛书、长期工作、"长河"计划而接连不断地出版下去。

本丛书编辑过程中，坚持优中选优原则，同时也充分尊重作家意愿和相关版权要求。在编辑"中国现当代名家散文典藏"过程中，由于版权限制等因素，使得一些名家名作还没有如期纳入丛书当中，我们也将努力创造条件，争取将更多的优秀散文佳作奉献给读者，以呈现中国现当代散文创作的整体成就和总体风貌。

感谢广大作家的支持，感谢广大读者的厚爱。

人民文学出版社
"中国现当代名家散文典藏"编辑委员会

目　录

1　导读

1　没有秋虫的地方

3　藕与莼菜

6　客语

11　卖白果

14　《天鹅》序

16　暮

19　五月三十一日急雨中

22　记佩弦来沪

27　白采

30　好友宾若君

38　两法师

45　追念陶元庆先生

47　过去随谈

54　做了父亲

58　牵牛花

60	书匠互生先生
63	看月
65	中年人
67	苏州"光复"
70	读书
72	儿子的订婚
75	薪工
77	掮枪的生活
80	说书
83	昆曲
87	三种船
96	天井里的种植
101	近来得到的几种赠品
104	过节
106	《未厌居习作》自序
107	记游洞庭西山
112	假山
116	弘一法师的书法
118	骑马
123	抗战周年随笔
127	乐山被炸
131	《我与文学及其他》序

133	读《蔡孑民先生传略》
139	答复朋友们
141	关于夏章两先生被捕
144	读《人和书》
146	"八一三"随笔
148	刃锋的木刻与绘画
150	记丏翁一二事
152	四个"有所"
155	谈成都的树木
157	血和花
160	独善与兼善
165	"五四"文艺节
169	略谈雁冰兄的文学工作
173	胡愈之先生的长处
176	木刻
179	"胜利日"随笔
182	我坐了木船
185	革心
188	答丏翁
191	开明书店二十周年
194	《抗战八年木刻选集》序
197	"相濡以沫"

199	"努力事春耕"
203	谈弘一法师临终偈语
205	佩弦的死讯
209	回忆瞿秋白先生
211	纪念杨贤江先生
213	纪念侯绍裘先生
215	游临潼
223	在西安看的戏
230	坐羊皮筏到雁滩
236	登雁塔
243	荣宝斋的彩色木刻画
251	游了三个湖
257	景泰蓝的制作
262	黄山三天
267	荣宝斋的贡献
269	记金华的两个岩洞
273	悼剑三
276	听评弹小记
279	刺绣和缂丝
283	《甪直闲吟图》题记
289	《苏州园林》序
293	祭文·悼词

297	俞曲园先生和曲园
299	重印《经典常谈》序
302	我钦新凤霞
305	子恺的画
308	《母亲的话》序
312	从《扬州园林》说起

导　读

　　叶圣陶(1894—1988)原名绍钧，字圣陶，出生于苏州城内一个平民家庭，1912年中学毕业后担任小学教员。1918年开始用白话写小说和新诗。1919年加入傅斯年、罗家伦等发起组织的北京大学新潮社。1921年1月，文学研究会成立，叶圣陶为十二位发起人之一。1922年，与刘延陵、朱自清、俞平伯创办《诗》月刊。1923年春任商务印书馆国文部编辑。1927年，代赴欧游学的郑振铎主编《小说月报》。1931年，主编《中学生》杂志。1937年抗战全面爆发后举家西迁，在重庆巴蜀学校，以及复旦大学和武汉大学执教。1942年到成都设立开明书店编译所成都办事处，主编成都《国文杂志》和桂林《国文杂志》。1946年，接替老舍主持文协的日常工作，主编文协会刊《中国作家》。1949年春任华北人民政府教科书编审委员会主任。新中国成立后被任命为出版总署副署长和教育部副部长，并长期担任人民教育出版社社长兼总编辑。

　　叶圣陶是我国近现代史上著名的作家、教育家、编辑出版家和社会活动家。茅盾盛赞他的短篇小说集《隔膜》《火灾》等，"实为中国新小说坚固的基石"；"扛鼎"之作《倪焕之》的出版，标志着我国现代长篇小说走向成熟。鲁迅盛赞童话集《稻草人》，"给中国童话开了一条自己创作的路"。郁达夫认为叶圣陶的散文令人有"脚踏实地,造次不苟"的艺术风格,"一般的高中学生,要取作散文的模范,当以叶绍钧氏的作品最为适当"。

在1917至1949年三十多年间,叶圣陶出版过《剑鞘》(与俞平伯合著)《脚步集》《未厌居习作》《西川集》等四本散文集。分散在各种报刊上的散文比已经收进集子的多一二十倍。现已编入《叶圣陶集》第五、六两卷。

作为作家,要使自己的作品成为引领民众前进的灯火;作为教育家,要使受教育者成为德智体美全面发展的新人;作为编辑出版家,要使自己主编的书籍报刊能吸引读者,就必须有"一双透彻观世的眼睛",真切地感知人生,对社会的风风雨雨都要"触景生情"。也正是因为这样,叶圣陶的散文写的都是他在那个年代亲历的见闻和思绪。就重大事件而言,叶圣陶写到辛亥革命、"五四"运动、"五卅"运动、"三一八"惨案、"四一二"惨案,以及"九一八""一·二八""七七""八一三""抗战胜利日""中国人民站起来了"等许多重大事件。这些重大事件,其他许许多多作家也都书写过,倘若把同时代写同一事件的散文排列在一起观摩,就不难看出叶圣陶的散文是我国社会"一鳞半爪"的写照,叶圣陶的思想情感总与同时代的一部分文化人相共鸣,以致形成了一种思想或思潮。

散文离不开写人。叶圣陶写人,总是把"人"放在真实的生活中去描绘。无论是"慌忙"的"永远的旅人的颜色"的散文大家朱自清，还是落落寡合的诗人兼画家的白采，还是"是深深尝了世间味、探了艺术之宫的、却回过来过那种通常以为枯寂的持律念佛的生活"的弘一法师，也不论是"别有一种健康的美的风致"、挑着一担"盛着鲜嫩的玉色的长节的藕"、沿街叫卖的村姑，还是身着"粗布的短衫露着胸"、坚信中国人只要"心齐""就什么也不怕"的产业工人，还是在"五卅惨案"中"退隐了"清秀的颜色、"换上了北地壮士的苍劲"的青年学子，都栩栩如生，呼之欲出。叶圣陶笔下的艺术家、教育家、革命家、宗教家，以及农夫、村姑、牧童，都打上了鲜明的时代烙印，各有各的风采。

至于描写景物，叶圣陶强调要有"鉴识的工夫"。大千世界中的行云流水、花草树木、鸟兽鱼虫，并不仅仅是用来欣赏的，而是要在欣赏的同时或者说是在欣赏的过程中"移情"，按叶圣陶的话说是"良辰入奇怀"。"寻常的襟怀未必能发见'良辰'，必须是'奇怀'"，是"我"独有的情怀。中间联缀的这个"入"字，是动感的，不是被动的，只有"入"，才"来得圆融，来得深至"（《"良辰入奇怀"》）。且看叶圣陶笔下的"良辰"，无论是山水、名胜、街市、园林、里巷、村落、田野，还是晴空、轻风、急雨、月色、烛光、飞鸟、游鱼，都与"情"紧紧地浑成圆融，"以心接物""心与物和，合而为一"（《关于谈文学修养》）。《没有秋虫的地方》写秋天乡村"凄凄切切"的"虫声"：

>　　……在鄙野的乡间，这时候满耳朵是虫声了。白天与夜间一样地安闲；一切人物或动或静，都有自得之趣；嫩暖的阳光和轻淡的云影覆盖在场上，到夜呢，明耀的星月和轻微的凉风看守着整夜，在这境界这时间里唯一足以感动心情的就是秋虫的合奏。它们高低宏细疾徐作奏，仿佛经过乐师的精心训练，所以这样地无可批评，踌躇满志。其实它们每一个都是神妙的乐师；众妙毕集，各抒灵趣，哪有不成人间绝响的呢。
>　　虽然这些虫声会引起劳人的感叹，秋士的伤怀，独客的微喟，思妇的低泣；但是这正是无上的美的境界，绝好的自然诗篇，不独是旁人最喜欢吟味的，就是当境者也感受一种酸酸的麻麻的味道，这种味道在另一方面非常隽永的。

透过对秋虫的合奏的礼赞，反衬出"没有秋虫的地方"（现代都市）的沉寂和空虚，表达是对于"淡漠无味"的人生和"死水"般的旧中国的诅咒，对充满"爱"和"生趣"的新生活的向往。《谈成都的树木》写的"野间的老树"，抒发的则是"人生境界"，且看其中的一小节：

>　　根据绘画的观点看，庭园的花木不如野间的老树。老树经历了悠久的岁月，所受自然的剪裁往往

为专门园艺家所不及，有的竟可以说全无败笔。当春新绿茏葱，生意盎然，入秋枯叶半脱，意致萧爽，观玩之下，不但领略他的形象之美，更可以了悟若干人生境界。我在新西门外，住过两年，又常常往茶店子，从田野间来回，几株中意的老树已成熟朋友，看着吟味着，消解了我的独行的寂寞和疲劳。

作者所说的"人生境界"，借用绘画的理论说就是不要"太满"，得"留一点儿空隙"；也不要像"庭园的花木"听凭园艺家去"剪裁"，而是要像"野间的老树"那样，在风霜雨雪中接受"自然的剪裁"，让人欣赏到自然的"形象之美"和鲜活的"精神"和"神韵"，读来启人心智。

新中国建立以后，叶圣陶在繁忙的工作之余，写了大量的散文。天津百花文艺出版社1958年出版的《小记十篇》，展示了叶圣陶解放后游记散文的基本风貌。在1953至1957年的五年间，叶圣陶先后到临潼、雁塔、西安、兰州、雁滩、杭州、南京、无锡、黄山、金华等地游览访问，祖国的山山水水，以及社会主义革命和建设欣欣向荣的景象，让叶圣陶浮想联翩，用精细的笔墨，广博的知识，丰富的经历，欣悦欢快的情思，记叙了各地的地理概貌、历史传说、今昔对比、人情风俗，以及他在游览访问中的感兴。

"文革"结束后，叶圣陶散文创作进入了一个新的丰收期。1978 至 1988 年十年间的散文,比前三十年的散文还多,内容大致分为四类:谈教育、谈语文教育、为朋友集子写的序跋、表彰新人以及追怀亲朋好友。北京三联书店 1984 年出版的《叶圣陶散文乙集》,是继《小记十篇》之后的第二本散文选集,所汇集的一百八十九篇散文均已到达了纯熟的境界。叶圣陶早年曾对散文家提出过严格的要求,他在《读者的话》中说:

  我要求你们的工作完全表现你们自己,不仅是一种主张,一个意思要是你们的,便是细到像游丝的一缕情怀,低到像落叶的一声叹息,也要让我认得出是你们的,而不是旁的人的。

  这是对艺术风格和创作个性化的高度要求,叶圣陶是做到了的。尤其是他晚年的散文,艺术上更加精湛,呈现出一种"自然"而"纯洁"的美:刻画深细,没有题外的枝节;用字务求明晰,删芟一切装点;行文舒卷自如,温和中寓有丰富的情感,凝重而又亲切,读之如得面晤,又富有"味外之味"。像《我钦新凤霞》《子恺的画》《从〈扬州园林〉说起》《〈苏州园林〉序》诸篇,都是散文中的佳品。

商金林

2022 年 1 月 11 日于肖家河北大教工住宅寓所

没有秋虫的地方

阶前看不见一茎绿草，窗外望不见一只蝴蝶，谁说是鹁鸽箱里的生活，鹁鸽未必这样枯燥无味呢。

秋天来了，记忆就轻轻提示道："凄凄切切的秋虫又要响起来了。"可是一点影响也没有，邻舍儿啼人闹弦歌杂作的深夜，街上轮震石响邪许并起的清晨，无论你靠着枕头听，凭着窗沿听，甚至贴着墙角听，总听不到一丝秋虫的声息。并不是被那些欢乐的劳困的宏大的清亮的声音淹没了，以致听不出来，乃是这里根本没有秋虫。啊，不容留秋虫的地方！秋虫所不屑居留的地方！

若是在鄙野的乡间，这时候满耳朵是虫声了。白天与夜间一样地安闲；一切人物或动或静，都有自得之趣；嫩暖的阳光和轻淡的云影覆盖在场上，到夜呢，明耀的星月和轻微的凉风看守着整夜，在这境界这时间里唯一足以感动心情的就是秋虫的合奏。它们高低宏细疾徐作歇，仿佛经过乐师的精心训练，所以这样地无可批评，踌躇满志。其实它们每一个都是神妙的乐师；众妙毕集，各抒灵趣，哪有不成人间绝响的呢。

虽然这些虫声会引起劳人的感叹，秋士的伤怀，独客的微喟，思妇的低泣；但是这正是无上的美的境界，绝好的自然诗篇，不独是旁人最喜欢吟味的，就是当境者也感受一种酸酸的麻麻的味道，这种味道在另一方面是非常隽永的。

大概我们所祈求的不在于某种味道，只要时时有点儿味道尝尝，就自诩为生活不空虚了。假若这味道是甜美的，我们固然含着笑来体味它；若是酸苦的，我们也要皱着眉头来辨尝它：这总比淡漠无味胜过百倍。我们以为最难堪而亟欲逃避的，唯有这个淡漠无味！

所以心如槁木不如工愁多感，迷蒙的醒不如热烈的梦，一口苦水胜于一盏白汤，一场痛哭胜于哀乐两忘。这里并不是说愉快乐观是要不得的，清健的醒是不必求的，甜汤是罪恶的，狂笑是魔道的；这里只是说有味远胜于淡漠罢了。

所以虫声终于是足系恋念的东西。何况劳人秋士独客思妇以外还有无量数的人。他们当然也是酷嗜趣味的，当这凉意微逗的时候，谁能不忆起那美妙的秋之音乐？

可是没有，绝对没有！井底似的庭院，铅色的水门汀地，秋虫早已避去唯恐不速了。而我们没有它们的翅膀与大腿，不能飞又不能跳，还是死守在这里。想到"井底"与"铅色"，觉得象征的意味丰富极了。

1923 年 8 月 31 日作

（原载 1923 年 9 月 3 日上海《时事新报·文学周刊》第 86 期）

藕与莼菜

同朋友喝酒,嚼着薄片的雪藕,忽然怀念起故乡来了。若在故乡,每当新秋的早晨,门前经过许多乡人:男的紫赤的胳膊和小腿肌肉突起,躯干高大且挺直,使人起健康的感觉;女的往往裹着白地青花的头巾,虽然赤脚,却穿短短的夏布裙,躯干固然不及男的那样高,但是别有一种健康的美的风致;他们各挑着一副担子,盛着鲜嫩的玉色的长节的藕。在产藕的池塘里,在城外曲曲弯弯的小河边,他们把这些藕一再洗濯,所以这样洁白。仿佛他们以为这是供人品味的珍品,这是清晨的画境里的重要题材,倘若涂满污泥,就把人家欣赏的浑凝之感打破了;这是一件罪过的事,他们不愿意担在身上,故而先把它们洗濯得这样洁白,才挑进城里来。他们要稍稍休息的时候,就把竹扁担横在地上,自己坐在上面,随便拣择担里过嫩的"藕枪"或是较老的"藕朴",大口地嚼着解渴。过路的人就站住了,红衣衫的小姑娘拣一节,白头发的老公公买两支。清淡的甘美的滋味于是普遍于家家户户了。这样情形差不多是平常的日课,直到叶落秋深的时候。

在这里上海,藕这东西几乎是珍品了。大概也是从我们故乡运来的。但是数量不多,自有那些伺候豪华公子硕腹巨贾的帮闲茶房们把大部分抢去了;其余的就要供在较大的水果铺里,位置在金山苹果吕宋香芒之间,专待善价而沽。至于挑着担子在街上叫卖的,也并不是没有,但不是瘦得像乞丐的臂和腿,就是涩得像未熟的柿子，实在无从欣羡。因此，除了仅有的一回，我们今年竟不曾吃过藕。

　　这仅有的一回不是买来吃的，是邻舍送给我们吃的。他们也不是自己买的，是从故乡来的亲戚带来的。这藕离开它的家乡大约有好些时候了，所以不复呈玉样的颜色，却满被着许多锈斑。削去皮的时候，刀锋过处，很不爽利。切成片送进嘴里嚼着，有些儿甘味，但是没有那种鲜嫩的感觉，而且似乎含了满口的渣，第二片就不想吃了。只有孩子很高兴，他把这许多片嚼完，居然有半点钟工夫不再作别的要求。

　　想起了藕就联想到莼菜。在故乡的春天，几乎天天吃莼菜。莼菜本身没有味道，味道全在于好的汤。但是嫩绿的颜色与丰富的诗意，无味之味真足令人心醉。在每条街旁的小河里，石埠头总歇着一两条没篷的船，满舱盛着莼菜，是从太湖里捞来的。取得这样方便，当然能日餐一碗了。

　　而在这里上海又不然，非上馆子就难以吃到这东西。我们当然不上馆子，偶然有一两回去叨扰朋友的酒席，恰又不是莼菜上市的时候，所以今年竟不曾吃过。直到最近，伯祥的杭州亲戚来了，送他瓶装的西湖莼菜，他送给我一瓶，我才算也尝了新。

　　向来不恋故乡的我，想到这里，觉得故乡可爱极了。我自己也不明白，为什么会起这么深浓的情绪？再一思索，实在很浅显：因为在故乡有所恋，而所恋又只在故乡有，就萦系着不能割舍了。譬如亲密的家人在那里，知心的朋友在那里，怎得不恋恋？怎得不怀念？但是仅仅为了爱故乡么？不是的，不过在故乡的几个人把我们牵系着罢了。若无所牵系，更何所恋念？像我现在，偶然被藕与莼菜所牵系,所以就怀念起故乡来了。

所恋在哪里,那里就是我们的故乡了。

1923年9月7日作

(原载1923年9月10日上海《时事新报·文学周刊》第87期)

客 语

侥幸万分的竟然是晴明的正午的离别。

"一切都安适了,上岸回去吧,快要到开行的时刻了。"似乎很勇敢地说了出来,其实呢,处此境地,就不得不说这样的话。但也不是全不出于本心。梨与香蕉已经买来给我了,话是没有什么可说了;夫役的扰攘,小舱的郁蒸,又不是什么足以赏心的;默默地挤在一起,徒然把无形的凄心的网织得更密罢了:何如早点儿就别了呢?

不可自解的是却要送到船栏边,而且不止于此,还要走下扶梯送到岸上。自己不是快要起程的旅客么?竟然充起主人来。主人送了客,回头踱进自己的屋子,看见自己的人。可是现在——现在的回头呢?

并不是懦怯,自然而然看着别的地方,答应"快写信来"那些嘱咐。于是被送的转身举步了。也不觉得什么,只仿佛心里突然一空似的(老实说,摹写不出了)。随后想起应该上船,便跨上扶梯;同时用十个指头梳满头散乱的头发。

倚着船栏,看岸上的人去得不远,而且正回身向这里招手。自己的右手不待命令,也就飞扬跋扈地舞动于头顶之上。忽地觉得这刹那间这个境界很美,颇堪体会。待再望岸上人,却已没有踪迹,大概拐了弯赶电车去了。

没有经验的想象往往是外行的,待到证实,不免自己好笑。起初以为一出吴淞口便是苍茫无际的海天,山头似的波浪打到船上来，散为裂帛与抛珠，所以只是靠着船栏等着。谁知出了口还是似尽又来的沙滩，还是一抹连绵的青山，水依然这么平，船依然这么稳。若说眼界，未必开阔了多少，却觉空虚了好些；若说趣味，也不过与乘内河小汽轮一样。于是失望地回到舱里，爬上上层自己的铺位，只好看书消遣。下层那位先生早已有时而猝发的鼾声了。

实在没有看多少页书，不知怎么也朦胧起来了。只有用这"朦胧"二字最确切，因为并不是睡着，汽机的声音和船身的微荡，我都能够觉知，但仅仅是觉知，再没有一点思想一毫情绪。这朦胧仿佛剧烈的醉，过了今夜，又是明朝，只是不醒，除了必要坐起来几回，如吃些饼干牛肉香蕉之类，也就任其自然——连续地朦胧着。

这不是摇篮里的生活么？婴儿时的经验固然无从回忆，但是这样只有觉知而没有思想没有情绪，该有点儿相像吧。自然，所谓离思也暂时给假了。

向来不曾亲近江山的，到此却觉得趣味丰富极了。书室的窗外，只隔一片草场，闲闲地流着闽江。彼岸的山绵延重叠，有时露出青翠的新妆，有时披上轻薄的雾帔，有时不知从什么地方来了好些云，却与山通起家来，于是更见得那些山郁郁然有奇观了。窗外这草场差不多是几十头羊与十条牛的领土。看守羊群的人似乎不主张放任主义的，他的部民才吃了一顿，立即用竹竿驱策着，叫它们回去。时时听得仿佛有几个人在那里割草的声音，便想到这十头牛特别自由，还是在场中游散。天天喝的就是它们的奶，又白又浓又香，真是无上的恩惠。

卧室的窗对着山麓，望去有裸露的黑石，有矮矮的松林，有泉水冲过的涧道。间或有一两个人在山顶上樵采，形体藐小极了，看他们在那里运动着，便约略听得微茫的干草瑟瑟的声响。这仿佛是古代的幽人的境界，在什么诗篇什么画幅里边遇见过的。暂时充当古代的幽人，当然有些新鲜的滋味。

　　月亮还在山的那边，仰望山谷，苍苍的，暗暗的，更见得深郁。一阵风起，总是锐利的一声呼啸一般，接着便是一派松涛。忽然忆起童年的情景来：那一回与同学们远足天平山，就在高义园借宿，稻草衬着褥子，横横竖竖地躺在地上。半夜里醒来了，一点儿光都没有，只听得洪流奔放似的声音，这声音差不多把一切包裹起来了；身体颇觉寒冷，因而把被头裹得更紧些。从此再也不想睡，直到天明，只是细辨那喧而弥静静而弥旨的滋味。三十年来，所谓山居就只有这么一回。而现在又听到这声音了，虽然没有那夜那么宏大，但是往后的风信正多，且将常常更甚地听到呢。只不知童年的那种欣赏的心情能够永永持续否……

　　这里有秋虫，有很多的秋虫，没有秋虫的地方究竟是该诅咒的例外。躺在床上听听，真是奇妙的合奏，有时很繁碎，有时很凝集，而总觉得恰合刚好，足以娱耳。中间有一种不知名的虫，它们的声音响亮而曼长，像是弦乐，而且引起人家一种想象，仿佛见到一位乐人在那里徐按慢抽地演奏。

　　松声与虫声渐渐地轻微又轻微，终于消失了……

　　仓前山差不多一座花园，一条路，一丛花，一所房屋，一个车夫，都有诗意。尤其可爱的是晚阳淡淡的时候，礼拜堂里送出一声钟响，绿荫下走过几个张着花纸伞的女郎。

　　跟着绍虞夫妇前山后山地走，认识了两相仿佛的荔枝树与龙眼树,也认识了长髯飘飘的生着气根的榕树,眺望了我们所住的那座山,又看了胭脂似的西边的暮云,于是坐在路旁的砖砌的矮栏上休息。渐渐地四围昏暗了,远处的山只像几笔极淡的墨痕染渍在灰色的纸上。乡间的女人匆匆地归去,走过我们身边,很自然地向我们看一看。那种浑朴的意态,那种奇异的装束(最足注目的是三支很长的银发钗,像三把小剑,两横一竖地把发髻拢住,我想,两个人并肩走时,横插的剑锋会划着旁人的头皮),都使我想到古代的人。同时又想,什么现代精神,什么种种的纠纷,都渺茫得像此刻的远山一样,仿佛沉在梦幻里了。

中秋夜没有月,这倒很好,我本来不希望看什么中秋月。与平常没有月亮的晚上一样,关在书室里,就美孚灯光下做了一点儿功课,就去睡了。

第二天的傍晚,满天是云,江面黯然。西风震动窗棂,"吉格"作响。突然觉得寂寥起来,似乎无论怎样都不好。但是又不能什么都不,总要在这样那样里占其一,这时候我占的是倚窗怅望。然而怅望又有什么意思呢?

绍虞似乎有点儿揣度得出,他走来邀我到江边去散步。水波被滩石所挡,激触有声。还有广遍而轻轻的风一般的音响平铺在江面上,潮水又退出去了。便随口念旧时的诗句:"潮声应未改,客绪已频更。"七年以前,我送墨林去南通。出得城来,在江滨的客店里歇宿候船,却成了独客。荒凉的江滨晚景已够叫人怅怅,又况是离别开始的一晚,真觉得百无一可了。聊学雅人口占一诗,藉以排遣。现在这两句就是这一首诗里的。唉,又是潮声,又是客绪!

所谓客绪，正像冬天的浓云一般，风吹不散，只是越凝集越厚，散步的药又有什么用处。回到屋里，天差不多黑了，我们暂时不点火，就在昏暗中坐下。我说："介泉在北京常说，在暮色苍茫之际，炉火微明，默然小坐，别有滋味。"绍虞接应了一声就不响了。很奇怪，何以我和他的声音都特别寂寞，仿佛在一个广大的永寂的虚空中，仅仅荡漾着这一些声音，音波散了，便又回复它的永寂。

想来介泉所说的滋味，一定带着酸的。他说"别有"，诚然是"别有"，我能够体会他的意思了。

点灯以后，居然送来了切盼而难得的邮件，昨天有一艘轮船到这里了。看了第一封，又把心挤得紧一点。第二封是平伯的，他提起我前几天作的一篇杂记，说："……此等事终于无可奈何，不呻吟固不可，作呻吟又觉陷于怯弱。总之，无一而可，这是实话。……"

似乎觉得这确是怯弱，不要呻吟吧。

但是还要去想，呻吟为了什么？恋恋于故乡么？故乡之足以恋恋的，差不多只有藕与莼菜这些东西了，又何至于呻吟？恋恋于鹁鸽箱似的都市里的寓居么？既非鹁鸽，又何至于因为飞开了而呻吟？老实地说，简括地说，只因一种愿与最爱与同居的人同居的心情，忽然不得满足罢了。除了与最爱与同居的人同居，人间的趣味在哪里？因为不得满足而呻吟，正是至诚的话，有什么怯弱不怯弱？那么，又何必不要呻吟呢？

呻吟的心本来如已着了火的燃料，浓烟郁结，正待发焰。平伯的信恰如一根火柴，就近一引，于是炽盛地燃烧起来了……

1923 年 10 月 1 日作

（原载 1923 年 10 月 8 日上海《时事新报·文学周刊》第 91 期）

卖 白 果

总弄里边不知不觉笼上昏黄的暮色，一列电灯亮起来了。三三两两的男子和妇女站在各弄的口头，似乎很正经的样子，不知在谈些什么。几个孩子，穿鞋没拔上跟，他们互相追赶，鞋底擦着水门汀地，作"替替"的音响。

这时候，一个挑担的慢慢地走进弄来，他向左右观看，顿一顿再向前走两三步。他探认主顾的习惯就是如此。主顾确是必须探认的，不然，挑着担子出来难道是闲耍么？走到第四弄的口头，他把担子歇下来了。我们试看看他的担子。后头有一个木桶，盖着盖子，看不见盛的是什么东西。前头却很有趣，装着个小小的炉子，同我们烹茶用的差不多，上面承着一只小镬子；瓣状的火焰从镬子旁边舔出来，烧得不很旺。在这暮色已浓的弄口，便构成个异样的情景。

他开了镬子的盖子，用一爿蚌壳在镬子里拨动，同时不很协调地唱起来了："新鲜热白果，要买就来数。"发音很高，又含有急促的意味。这一唱影响可不小，左弄右弄里的小孩子陆续奔出来了，他们已经神往于镬子里的小颗粒，大人在后面喊着慢点儿跑的声音，对于他们只是微茫的喃喃了。

据平昔的经验，听到叫卖白果的声音时，新凉已经接替了酷暑；扇子虽不至于就此遭到捐弃，总不是十二分时髦的了；因此，这叫卖声里似乎带着一阵凉意。今年入秋转热，回家来什么也不做，还是气闷，还是出汗。正在默默相对，仿佛要叹息着说莫可奈何之际，忽然送来这么带着凉意的一声两声，引起我片刻的幻想的快感，我真要感谢了。

这声音又使我回想到故乡的卖白果的。做这营生的当然不只是一个，但叫卖的声调却大致相似，悠扬而轻清，恰配作新凉的象征；比较这里上海的卖白果的叫卖声有味得多了。他们的唱句差不多成为儿歌，我小时候曾经受教于大人，也摹仿着他们的声调唱：

烫手热白果，
香又香来糯又糯；
一个铜钱买三颗，
三个铜钱买十颗。
要买就来数，
不买就挑过。

这真是粗俗的通常话，可是在静寂的夜间的深巷中，这样不徐不疾，不刚劲也不太柔软地唱出来，简直可以使人息心静虑，沉入享受美感的境界。本来，除开文艺，单从声音方面讲，凡是工人所唱的一切的歌，小贩呼唤的一切叫卖声，以及戏台上红面孔白面孔青衫长胡子所唱的戏曲，中间都颇有足以移情的。我们不必辨认他们唱的是些什么话，含着什么意思，单就那调声的抑扬徐疾送渡转折等等去吟味；也不必如考据家内行家那样用心，推究某种俚歌源于什么，某种腔调是从前某老板的新声，特别可贵；只取足以悦我们的耳的，就多听它一会；这样，也就可以获得不少赏美的乐趣。如果歌唱的也就是极好的文艺，那当然更好，原是不待说明的。

这里上海的卖白果的叫卖声所以不及我故乡的，声调不怎么好

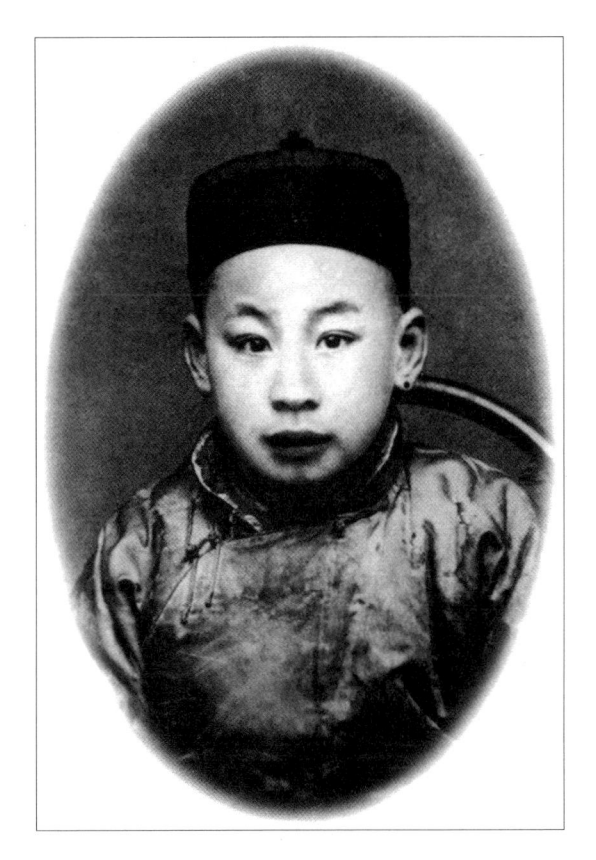

十一岁时的叶圣陶(1905年)

十四岁上中学二年级(1908年)

自然是主因，而里中欠静寂，没有给它衬托，也有关系。弄里的零零碎碎的杂声，弄外马路上的汽车声，工厂里的机器声，搅和在一起，就无所谓静寂了。即使是神妙的音乐家，在这境界中演奏他生平的绝艺，也要打个很大的折扣，何况是不足道的卖白果的叫卖声呢。

但是它能引起我片刻的幻想的快感，总是可以感谢而且值得称道的。

1924 年 8 月 22 日作

（原载 1924 年 8 月 25 日上海《时事新报·文学周刊》第 136 期）

《天鹅》序

安徒生老有童心，人称他为"老孩子"。因此联想，振铎的适当的别称更无过于"大孩子"了。他天性爽直，所谓机心之类从没有在他脑子里生过根；高兴时出劲地说笑，不高兴时便不掩饰地报着嘴，这种纯然本真内外一致的情态，唯有孩子常常如此。我记得最初遇见他的时候，他很快活，谈了几句以后，上排的牙齿咬着下唇，似乎带羞地微笑。以后我看他中心愉快，知交接席的当儿，常常上排的牙齿咬着下唇，似乎带羞地微笑，这不是娇憨的孩子的常态么？

朋友们举行什么集会，议论既毕，饮食也足够了，往往轮流讲个笑话，以助兴趣。轮到振铎，他总说："我讲一个童话。"于是朋友们哗然笑起来，笑他总爱说那孩子惯说的话。他访问朋友的家里，要是那人家有孩子，一跨进门总先去找那些孩子，或者抱在手里，或者两手托着，高高地升起来，或者叫他们站在桌子上演戏。孩子们当然高兴，谁也不肯放过这个机会，于是尽闹尽舞，常常有压扁了他的帽子弄坏了他的眼镜的事情。到他想着要走时，也许并没有同主人谈过一句话。

唯有孩子，才喜欢找孩子为伴呢。既然如此，给他取个"孩子"作为别称也就够了，为什么还加上个"大"字呢？这也有故：第一，他的躯干很高，比我高出半个头；第二，他究竟是担荷业务，作为社会中一根柱子一块磁石的成人了。

他曾经编译了许多童话。他提笔做这种工作，犹如兴致很高，自告奋勇讲一个童话的时候，是由于本性酷爱童话。但未尝不可以说由于爱好他的同伴，"大孩子"爱好小孩子，所以贡献这些宝物给他们。"这种工作，由他去做最配最合格，"就是愚人也要这样说的。

现在他集合编译的童话，又并入他的夫人君箴女士的同类的成绩，印在一起，取中间一篇的题目《天鹅》为全书的标名。夫妻两个的撰作汇合成书，至少是件富有意趣的事情，何况这书的本身原具有更丰富的意趣。两个"大孩子"（君箴女士当然也是一个大孩子）从此将愈益快乐，因为他们自己既有这赏心的天鹅，又可以用来娱悦他们的同伴——小孩子。于是，他们将永远是一对"大孩子"。

1924年11月20日作

（原载郑振铎高君箴合译童话集《天鹅》，商务印书馆1924年12月出版）

暮

西窗的斜阳才欲退隐,所有的色彩似乎暗淡了一点。主人翁觉得不耐了,"来,把灯开了!"拍的一旋,成串挂着的电灯如同闭了眼好久骤然张开似地一耀,什么都仿佛涂上了一层油彩。谁说这不是快适的享用,文明生活这个题目中的应有之义呢?

那工场中的地下室,围困在几百间房间里的单人客舍,百货商店的柜台橱架之间,以及沉没在烟里雾里的什么什么铺子和人家,电灯成日成夜地亮着,简直把大地运转的痕迹抹掉了。这是个实际问题,暗了必得它亮;否则为着生存,为着生存(写到第二个"为着",以为总该换一个别的,却觉得只有"为着生存"最妥当,所以又写了一个;就此为止,不再写第三个了)的种种活动不就停顿了么?

我不反对有快适的享用的文明生活,实际问题尤其无可反对。但是我不禁为处于这等境界中的人惋惜,他们有的是优游的,有的是劳顿的,却同样地失去了一种足以吟味的美妙的诗境了。有如对于音乐一般,某甲则心领而神会,某乙却无异对琴之牛;感受与不感受固截然有别,即使感受,又大有程度之差;然而没有音乐送到耳边,始终不给你接触的机会,这无论在某甲某乙,都该是一个缺憾吧。

这种美妙的诗境就是"暮"。

所谓暮者,乃指太阳已没到地平线之下,而黑暗的幕还没有拉拢来,一切景物承着太阳的残余的弱光这期间。这自然不是"斜阳暮"了。在这时候,我们可以玩味那暮的特有的颜色。充满空际的是淡淡的青。若比晴朗的长天,没有那么明;若比清澄的湖水,没有那么活:这是微暗的,轻凝的,朦胧的,有如卷烟徐徐袅起的烟缕,又叫人想起堆在枕旁的美人的蓬松的长发。这青色蒙上屋檐、窗棂、庭树、盆花,以及平田、长河、密林、乱山等等,任是不协调的也给调和了,消融了各具的轮廓和色彩,在神秘的苍茫中凝合为一气。

自然,我们也给这青色蒙住了,若从超人间的什么眼看来,我们就在这一气之中,正如一滴水之于大海。但是我们有我们的我执,便觉这淡淡的青有一种压迫的力量,轻轻的,十二分轻轻的,然而总会叫我们感觉着。这力量似乎离头顶一尺的光景,——不,似乎触着了头顶,——不,压到眉梢了,——也不,竟然四肢百体都压到了。虽然是压迫,不但轻,而且软,仿佛靠着木棉花的枕头,裹着野鸭绒的被褥。被压得透不转气来自是没有的事,而使神经略微受点激刺,同喝这么一盏半盏酒似的,不是醉于美德,不是醉于欢爱,不是醉于旁的一切,而醉于暝色之中了。

"暝色入高楼,有人楼上愁。"这醉的滋味就是愁。是怎样的愁呢?这愁不同于夕阳将下淡黄的光懒懒的映在屋半腰树半梢那时候所感觉的。那时候感到一种衰零的情味,莫名地惋惜,莫名地惆怅,扼要称说,当然逃不了一个"愁"字。而在暝色之中,依恋是沉下去了,更无所谓惋惜,驰骛是停止住了,更无所谓惆怅。只有一种微茫的空虚之感,细细碎碎的又似乎无边无外的,在刺着我们的身体,渗入我们的心。这也是愁呀,但不涉困穷,非关离别,侵掠到劳人思妇以外,所以更是原始的,潜在的。在含着上两句的那首词的下半阕有一句道:"何处是归程?"是何处?是何处?实在无所归呵！于是那词人发愁了。

我们想象那"日暮倚修竹"的佳人，她那时候一定不在想身世的遭际和恋爱的问题，等而下之如关于服装饰物那些事情。暝色笼住了她，修竹发出瑟瑟的低音，那种微茫的空虚之感渗入她的任何部分：无所归呵！无所归呵！她只有默默地倚在那里了。

又试念李后主的句子："独自暮凭阑，无限江山。"江山无限，在苍茫的暝色之中更能体会。但是，归向何处呢？江之东，江之西呢？山之南，山之北呢？全都不是归路，只有一句"无所归呵"的回答！这是李后主当时的愁绪。至于国亡家破之感，他当然是有的，但这时候归于浑忘了。他卸去了彩色斑斓的愁的衣服，看见了赤裸的潜在的原始的愁了。

犹之潸然滴泪的时候，心酸是微微地脉脉地，乍一念起，觉得这是个微妙的境界，其中有说不出的美。暝色之中的愁思正有同样的情形，所以我说它足以吟味。

如其不是独处在那里，旁边伴着的有爱人或至友，想来也只有默默相对吧。在这样的境界之中，有什么可说呢？有什么可说呢？

1925 年 4 月 18 日作

（原载《我们的六月》，上海亚东图书馆 1925 年 6 月出版）

五月三十一日急雨中

从车上跨下,急雨如恶魔的乱箭,立刻打湿了我的长衫。满腔的愤怒,头颅似乎戴着紧紧的铁箍。我走,我奋疾地走。

路人少极了,店铺里仿佛也很少见人影。哪里去了!哪里去了!怕听昨天那样的排枪声,怕吃昨天那样的急射弹,所以如小鼠如蜗牛般蜷伏在家里,躲藏在柜台底下么?这有什么用!你蜷伏,你躲藏,枪声会来找你的耳朵,子弹会来找你的肉体:你看有什么用?

猛兽似的张着巨眼的汽车冲驰而过,泥水溅污我的衣服,也溅及我的项颈。我满腔的愤怒。

一口气赶到"老闸捕房"门前,我想参拜我们的伙伴的血迹,我想用舌头舔尽所有的血迹,咽入肚里。但是,没有了,一点儿没有了!已经给仇人的水龙头冲得光光,已经给烂了心肠的人们踩得光光,更给恶魔的乱箭似的急雨洗得光光!

不要紧,我想。血曾经淌在这块地方,总有渗入这块土里的吧。那就行了。这块土是血的土,血是我们的伙伴的血,还不够是一课严重的功课么?血灌溉着,血滋润着,将会看到血的花开在这里,血的果结在这里。

我注视这块土,全神地注视着,其余什么都不见了,仿佛自己整个儿躯体已经融化在里头。

抬起眼睛,那边站着两个巡捕:手枪在他们的腰间;泛红的脸上的肉,深深的颊纹刻在嘴的周围,黄色的睫毛下闪着绿光,似乎在那里狞笑。

手枪，是你么？似乎在那里狞笑的，是你么？

"是的，是的，就是我，你便怎样！"——我仿佛看见无量数的手枪在点头，仿佛听见无量数的张开的大口在那里狞笑。

我舔着嘴唇咽下去，把看见的听见的一齐咽下去，如同咽一块粗糙的石头，一块烧红的铁。我满腔的愤怒。

雨越来越急，风把我的身体卷住，全身湿透了，伞全然不中用。我回转身走刚才来的路，路上有人了。三四个，六七个，显然可见是青布大褂的队伍，中间也有穿洋服的，也有穿各色衫子的短发的女子。他们有的张着伞，大部分却直任狂雨乱泼。

他们的脸使我感到惊异。我从来没有见到过这么严肃的脸，有如昆仑之耸峙；我从来没有见到过这么郁怒的脸，有如雷电之将作。青年的清秀的颜色退隐了，换上了北地壮士的苍劲。他们的眼睛将要冒出焚烧一切的火焰，抿紧的嘴唇里藏着咬得死敌人的牙齿……

佩弦的诗道，"笑将不复在我们唇上！"用来歌咏这许多张脸正适合。他们不复笑，永远不复笑！他们有的是严肃与郁怒，永远是严肃的郁怒的脸。

青布大褂的队伍纷纷投入各家店铺，我也跟着一队跨进一家，记得是布匹庄。我听见他们开口了，差不多掏出整个的心，涌起满腔的血，真挚地热烈地讲着。他们讲到民族的命运，他们讲到群众的力量，他们讲到反抗的必要；他们不惮郑重叮咛的是"咱们一伙儿！"我感动，我心酸，酸得痛快。

店伙的脸比较地严肃了；他们没有话说，暗暗点头。

我跨出布匹庄。"中国人不会齐心呀！如果齐心，吓，怕什么!"听到这句带有尖刺的话,我回头去看。

是一个三十左右的男子,粗布的短衫露着胸,苍暗的肤色标记他是在露天出卖劳力的。他的眼睛里放射出英雄的光。

不错呀,我想。露胸的朋友,你喊出这样简要精炼的话来,你伟大!你刚强!你是具有解放的优先权者!——我虔诚地向他点头。

但是,恍惚有蓝袍玄褂小髭须的影子在我眼前晃过,玩世的微笑,又仿佛鼻子里轻轻的一声"嗤"。接着又晃过一个袖手的,漂亮的嘴脸,漂亮的衣着,在那里低吟,依稀是"可怜无补费精神"!袖手的幻化了,抖抖地,显出一个瘠瘦的中年人,如鼠的觳觫的眼睛,如兔的颤动的嘴唇,含在喉际,欲吐又不敢吐的是一声"怕……"

我如受奇耻大辱,看见这种种的魔影,我愤怒地张大眼睛。什么魔影都没有了,只见满街恶魔的乱箭似的急雨。

微笑的魔影,漂亮的魔影,惶恐的魔影,我咒诅你们!你们灭绝!你们消亡!永远不存一丝儿痕迹于这块土上!

有淌在路上的血,有严肃的郁怒的脸,有露胸朋友那样的意思,"咱们一伙儿",有救,一定有救,——岂但有救而已。

我满腔的愤怒。再有露胸朋友那样的话在路上吧?我向前走去。

依然是满街恶魔的乱箭似的急雨。

1925 年 5 月 31 日夜作

(原载 1925 年 6 月 28 日《文学周报》第 179 期)

记佩弦来沪

每回写信给佩弦，总要问几时来上海，觉得有许多的话要与他细谈。佩弦来了，一遇于菜馆，再遇于郑家，三是他来我家，四呢，就是送他到车站了。什么也没有谈，更说不到"细"，有如不相识的朋友，至多也只是"点头朋友"那样，偶然碰见，说些今天到来明天动身的话以外，就只剩下默默相对了。也颇提示自己，正是满足愿望的机会，不要轻易放过。这自然要赶快开个谈话的端，然后蔓延不断地谈下去才对。然而什么是端呢？我开始觉得我所怀的愿望是空空的，有如灯笼壳子；我开始懊恼平时没有查问自己，究竟要与佩弦细谈些什么。端既没有，短短的时光又如影子那样移去无痕，于是若有所失地又"天各一方"了。

过几天后追想，我所以怀此愿望，以及未得满足而感到失望，乃因前此晤谈曾经得到愉悦之故。所谓愿望，实在并不是有这样那样的话非谈不可，只是希冀再能够得到从前那样的愉悦。晤谈的愉悦从哪里发生的呢？不在所谈的材料精微或重大，不在究极到底而得到结论（对这些固然也会感到愉悦，但不是我意所存），而在抒发的随意如闲云之自在，印证的密合如呼吸之相通，如佩弦所说的"促膝谈心，随心之所至。时而上天，时而入地，时而论书，时而评画，时而纵谈时局，品鉴人伦，时而剖析玄理，密诉衷曲……"可谓随意之极致了。不比议事开会，即使没法解决，也总要勉强作个结论，又不比登台演说，虽明知牵强附会，也总要勉强把它编成章节。能说多少，要说多少，以及愿意怎样说，完全在自己手里，丝毫不受外力牵掣。这当儿,名誉的心是没有的,利益的心是没有的,顾忌欺诈等心也都没有,只为着表出内心而说话,说其所不得不说。在这样的进程中随伴地感到一种愉悦,其味甘而永,同于艺术家制作艺术品时所感到的。至于对谈的人,一定是无所不了解,无所不领会,真可说彼此"如见其肺肝然"的。一个说了这一面,又一个推阐到那一面,一个说如此如此,又一个从反面证明决不如彼如彼,这见得心与心正起共鸣,合为妙响。是何等的愉悦!即使一个说如此,又一个说不然,一个说我意云尔,又一个殊觉未必,因为没有名誉利益等等的心思在里头作祟,所以羞愤之情是不会起的,驳诘到妙处,只觉得共同找到胜境似的,愉悦也是共同的。

  这样的境界是可以偶遇而不可以特辟的。如其写个便条,说"月之某日,敬请驾临某地晤谈,各随兴趣之所至,务以感受愉悦为归"。到那时候,也许因为种种机缘的不凑合,终于没什么可说,兴味索然。就如我希望佩弦来上海,虽然不曾用便条相约,却颇怀着写便条的心理。结果如何呢?不是什么也没有谈,若有所失地又"天各一方"了么?或在途中,或在斗室,或在临别以前的旅舍,或在久别初逢的码头,各无存心,随意倾吐,不觉枝蔓,实已繁多。忽焉念起:这不已沉入了晤谈的深永的境界里么?于是一缕愉悦的心情同时涌起,其滋味如初泡的碧螋春,回味刚才所说,一一隽永可喜,这尤其与茶味的比喻相类。但是,逢到这样愉悦是初非意料的。那一年岁尽日晚间,与佩弦同在杭州,起初觉得无聊,后来不知谈到了什么,兴趣好起来了,彼此都不肯就此休歇,电灯熄了,点起白蜡烛来,离开了憩坐室去到卧室,上床躺着还是谈,两床中间是一张双抽屉的桌子,桌上是两枝白蜡烛。后来佩弦看了看时计,说一首小诗作成了,就念给我听:

> 除夜的两支摇摇的白烛光里，
> 我眼睁睁瞅着
> 一九二一年轻轻地踅过去了。

佩弦每次到上海总是慌忙的。颧颊的部分往往泛着桃花色；行步急遽，仿佛有无量的事务在前头；遗失东西是常事，如去年之去，墨水笔和小刀都留在我的桌上。其实岂止来上海时，就是在学校里作课前的预备，他全神贯注，表现于外面的神态是十分紧张；到下了课，对于讲解的反省，答问的重温，又常常涨红了脸。佩弦欢喜用"旅路"之类的词儿，周作人先生称徐玉诺"永远的旅人的颜色"，如果借来形容佩弦的慌忙的神气，可谓巧合。我又想，可惜没有到过佩弦家里，看他辞别了旅路而家居的时候是不是也这样慌忙。但是我想起了"人生的旅路"的话，就觉得无须探看，"永远的旅人的颜色"大概是"永远的"了。

佩弦的慌忙，我以为该有一部分原因在他的认真。说一句话，不是徒然说说，要掏出真心来说；看一个人，不是徒然访问，要带着好意同去；推而至于讲解要学生领悟，答问要针锋相对；总之，不论一言一动，既要自己感受喜悦，又要别人同沾美利（佩弦从来没有说起这些，全是我的揣度，但是我相信"虽不中不远矣"）。这样，就什么都不让随便滑过，什么都得认真。认真得利害，自然见得时间之暂忽。如何叫他不要慌忙呢？

看了佩弦的《"海阔天空"与"古今中外"》一文的人，见佩弦什么都要去赏鉴赏鉴，什么都要去尝尝味儿，或许以为他是一个工于玩世的人。这就错了。玩世是以物待物，高兴玩这件就玩这件，不高兴就丢在一边，态度是冷酷的。佩弦的情形岂是这样呢？佩弦并非玩世，是认真处世。认真处世是以有情待物，彼此接触，就以全生命交付，态度是热烈的。要谈到"生活的艺术"，我想只有认真处世的人才配，"玩世不恭"，光棍而已，艺术家云乎哉！——这几句就作佩弦那篇文字的"书后"，不知道他以为用得着否。

这回佩弦动身，我看他无改慌忙的故态。旅馆的小房间里，送行的客人随便谈说，佩弦一边听着，一边检这件看那件，似乎没甚头绪的模样。馆役唤来了，叫把新买的一部书包在铺盖里，因为箱子网篮都满满的了。佩弦帮着拉毯子的边幅，放了这一边又拉那一边，还有伯祥帮着，结果只打成个"跌塞铺盖"。于是佩弦把新裁的米通长衫穿起来，剪裁宽大，使我想起法师的道袍；他脸上带着小孩初穿新衣那样的骄意和羞态。一行人走出旅馆，招呼人力车，佩弦则时时回头向旅馆里面看。记认耶？告别耶？总之，这又见得他的"认真"了。

在车站，佩弦怅然地等待买票，又来回找寻送行李的馆役，在黄昏的灯光和朦胧的烟雾里，"旅人的颜色"可谓十足了。这使我想起前年的这个季节在这里送颉刚。颉刚也是什么都认真的，而在行旅中常现慌忙之态，也与佩弦一样。自从那回送别之后，还不曾见过颉刚，我深切地想念他了。

几个人着意搜寻，都以为行李太重，馆役沿路歇息，故而还没送到。哪知他们早已到了，就在我们团团转的那个地方的近旁。这可见佩弦慌忙得可以，而送行的人也无不异感塞住胸头。

为了行李过磅，我们共同看那个站员的鄙夷不屑的嘴脸。他没有礼貌，没有同情，呼叱似的喊出重量和运费的数目。我们何暇恼怒，只希望他对于无论什么人都是这个样子，即使是他的上司或者洋人。

幸而都弄清楚了，佩弦两手里只余一只小提箱和一个布包。"早点去占个座位吧。"大家对他这样说。他答应了，点头，将欲回转身，重又点头，脸相很窘。踌躇一会儿之后，他似乎下了大决心，转身径去，头也不回。没有一歇工夫，佩弦的米通长衫的背影就消失在站台的昏茫里了。

（原载1925年9月20日《文学周报》第192期，原题《与佩弦》。1981年7月作者作了修改，并改了题目）

白　采

那一年我从甪直搬回苏州，一个晴朗的朝晨，白采君忽地来看我。先前没有通过信，来了这样轻装而背着画具的人，觉得突兀。但略一问答之后，也就了然，他是游苏州写风景来的，因为知道我的住址，顺便来看我。我始终自信是一无所知一无所能的人，虽然有愿意了解别人、以善意恳切对待别人的诚心，但是从小很少受语言的训练，在人前难得开口，开口又说不通畅，往往被疑为城府很深甚至是颇近傲慢的人。而白采君忽地来看我，我感激并且惭愧。

白采君颇白皙，躯干挺挺的使人羡慕。坐了一会，他说附近有什么可看的地方愿意去看看。我就同他到沧浪亭，在桥上望尚未凋残的荷盖。转到文庙，踏着泮池上没踝的丛草，蚱蜢之类便三三两两飞起来。

大成殿森然峙立在我们面前，微闻秋虫丝丝的声音，更显得这境界的寂寥。我们站在殿前的阴影里，不说话。白采君凝睛而望，一手按着内装画板的袋子。我想他找到画题了吧，看他作画倒是有味的事。但是他并不画，从他带笑的颧颊上知道他得到的感兴却不平常。

我想同他出城游虎丘，但是他阻住我，说太远了，他不愿多费我的时间，——其实我的时间算得什么。我声明无妨，他只是阻住，于是非分别不可了。就在文庙墙外，他雇了一头驴子，带着颇感兴趣的神情跨了上去。驴夫一鞭子，那串小铜铃康郎康郎作响，不多时就渺无所闻,只见长街远处小玩具似的背影在那里移动。

我的记性真不行,那一天谈些什么,现在全想不起来了。

后来也通过好几回信,都是简短的,并不能增进对于他的了解。但是他的几篇小说随后看到了,我很满意。我们读无论怎样好的文字,最初的感觉也无非是个满意,换句话说,就是字字句句入我意中,觉得应该这么说,不这么说就不对。但是,单说满意似乎太寒伧了,于是找些渊博的典雅的话来这样那样烘托,这就是文学批评。去年,他的深自珍秘的一首长诗《羸疾者的爱》刊布出来了,我读了如食异味,深觉与平日吃惯了的青菜豆腐乃至鱼肉不同,咀嚼之余,颇想写一点儿文字。但是念头一转,我又不懂什么文学批评,何必强作解人呢,就把这意思打消了。不过我坚强地相信这是一首好诗,虽然称道的人不大有。

去年冬,我们到江湾看子恺君的漫画。在立达学园门前散步的时候,白采君与别的几位教师从里面出来,就一一招呼,错落聚谈。白采君不是前几年的模样了,变得消瘦,黝黑,干枯,说话带伤风的鼻音。后来知道他有吐血的病。

今年大热天的一个午后,愈之君跑来突然说:"白采死了!"

"啊!"大家愕然。

我恍惚地想大概是自杀吧;当时虽不曾想到他的诗与小说,但是他的诗与小说早使我认定他是骨子里悲观的人。

经愈之君说明,才知道是病死在船上的。

"人生如朝露"等古老的感慨,心里固然没有,但是一个相识而且了解他的心情的人离开我们去了,永不回来了,决不是暂时的哀伤。

他的遗箧里有许多珍秘的作品,我愿意尽数地读它们。已经刊布的一篇诗一本小说集,近来特地检出来重读了。我们能更多地了解他,他虽然死了,会永远生存在我们的心里。

(原载1926年10月5日《一般》月刊10月号)

好友宾若君

前晚，善儿将睡，倦意已笼住他的眉目，忽然懊丧地说，"听济昌说，明天他要跟着祖父母母亲回苏州去了。"

济昌跟善儿同班，是善儿最好的朋友。当善儿说起学校里的玩戏时，我们往往不待思索地问："是不是跟济昌？"或者陈说功课的成绩时，我们也常常会问："那么济昌的成绩怎样？"

听善儿这么说，知道离别之感侵入他的心了。而在我，更触动了似已淡忘而实在是有意避开的生死之感，于是颇觉凄然。

济昌的父亲宾若君，我永远纪念的好友，是给火车轮辗伤而惨死的。在我粘贴照片的簿子里，有他一帧半身的遗像，我在上边题着"是具真诚能实行的教育家"十一个字。

宾若君在甪直当高小学校校长，先后邀伯祥与我去当教员。本来是同学，犹如亲兄弟一样，复为同事，真个手足似地无分彼此，只觉各是全体的一部分。我因年轻不谙世故，当了几年教师，只感到这一途的滋味是淡的，有时甚且是苦的；但自从到甪直以后，乃恍然有悟，原来这里头也颇有甜津津的味道。

宾若君不好空议论，当然也不作现在所谓宣传性质的文字，他对于教育只是"认真"，当一件事去干。在到甪直之前，他在诗人所萦系的虎丘下的七里山塘当小学校长。山塘的店家每看宾若君的往还作他们的时计；而学生家属有难决的事，如关于疾病资产营业等的，宾若君往往是他们的重要顾问；这就见得他不单是个教读书写字的教师。

我与他同事以后，只觉得他的诚恳远过于我，竟略带压迫的力量。学生偶犯过失，他招犯过失的学生到他的办事室里详细地开导，严正而慈祥，往往是一点钟两点钟。末了，那学生擦着悔悟的眼泪退出来，宾若君自己的眼眶也好像湿润了。他热心于卫生常识的传授，以为这是一切的基本，所以讲刷牙齿洗澡等每至两三星期，讲了之后，见学生一一照着做了，他才放心。

他并不主张什么教育什么教育，像其他的教育工作者。

他的唱歌是学生时代早著名的，曼声徐引，有女性的美而无其靡。课毕，学生回去了，我们有时沽酒小酌，酒既半醺，他按拍而歌，双颊红润，殊觉可爱。数阕以后，歌者听者皆觉无上快适，已消散了积日的辛劳。

我对他也有不满意之点，就在他略带粘滞的性质。他总是"三思而后行"，而我以为未免多了一思或两思。但是轻忽偾事的先例正多呢，像他这样审虑再四，欲行又止，即从最平常的方面说，也未必不因而少偾了几件事。所以我的不满意只因彼此的气质有不同罢了。

那年暑假已过，我因父亲去世，移家住甪直。宾若君家里有事，来了又回去，说两三天就来。但是第三天没有来。他是不肯失约的，这不来颇使我们疑怪，揣度的结论是他害病了。次日傍晚，两条航船都已泊在埠头，连船夫也散得渺无踪影，而他仍杳然。我与伯祥回家，正在谈论不知他的病重不重，那每晚来一趟的瘦脸邮差送信来了。伯祥接信，看了看，似乎放心又略带惊讶地说：

"果然,他病了,这是他的老太爷写的。"

"啊!"伯祥抽出信笺看,突然叫起来。我赶忙凑近去看,八九行的话,似乎个个字是生疏的,重看一遍方才明白。信里说宾若君在昆山下车,车尚未停稳,失足陷入月台与车身之间,致下身被轧受伤甚重;现由路局送回苏州,入福音医院医治;医生说暂时没有把握,要看一两天内经过情形再说。

这消息于我们真是一声霹雳似地震撼;也不是悲伤,也不是惊惶,实在无以名心头一时的情状。想到这个具有真诚的心的可贵的躯体正淌着红血,想到老年的父母亲爱的哥哥正在伤心这猝然降临的不幸,我们的心都麻木了……

次日,这消息震荡了全校的心,有如突然来了狂飙。

又次日,我们买舟到苏探视。原是怀着寒怯的心情的,到望见福音医院低低的围墙时,全身仿佛被束缚了,不相信等会儿会有登岸跨进门去的勇气。"但愿是梦里吧!"这样无聊地想。

真同梦里一样,恍惚地登岸,恍惚地进医院的门。繁密的绿叶遮蔽了下射的阳光,细沙路阴森森的,树以外飘来礼拜堂里唱颂祷诗的沉静而稍带悲哀的声音,一缕哀酸直透心胸,我流泪了。

前边来了宾若君的大哥勋初君,我们迎上去问,差不多都噤口了,只简短地低低说:"怎样?"

勋初君的眼睛网着红丝,惘然的,想来已经过度失眠而且流了好些眼泪吧。他摇头默叹,说宾若君失血太多了,至于十之六七,大半身无处不烂,肠也有被轧出来的,简直无望了。

立刻要去看见的是个未死而被判定必死的好友,还能有余裕想什么!无形的大石块早已紧紧压住我们了。我们承着这无形的大石块踅进病房,一切所见全是浮泛的,也不曾嗅到病房里特有的药气或者其他气味。

宾若君盖在红色的被单之下,这个想是医院里特别预备来混淆可怕的血迹,以减轻视疾者的忧惧的吧。但是我们明知这里掩盖着半截糜烂了的身体,虽用红色,又有什么用呢?他的脸色纯乎灰白,眼睛时时张开,头发乱结像衰草。他神志还清,抬起眼来望着我们,说:"你们来看我了,谢谢。我的毛病……学校……唷……唷……"一阵剧痛打断了他的话。

除了"你放心养病,一切都有我们在"这样虚空的安慰语,还有什么可说的?不知怎样的,两条腿就把我们载出这间病室,与直躺着的宾若君分别了。伤心呵,这就是永远永远的分别,我竟不曾仔细地多看他一眼。

记得床头站着个悲伤的影子,默默的,低头,是宾若君的夫人。

受伤后的七天,宾若君才离开了人世。我因牵于校课,不曾去送殓。后来知道,宾若君在最后的两三天里是吃尽了剧烈的痛楚的。血流得越多,残破的肌肉和内脏越发不可收拾,痛觉也越见厉害。不知几千百回的沉吟哀号,不知几千百回的辗转反侧,使在旁侍奉的人想不出一点儿办法。医生给他打吗啡针,麻醉他的痛觉,但是不见有效,还是一阵阵的痛。后来他实在担当不住了,对自己的命运也已明白,含着眼泪哀恳他的二哥致觉君说:"二哥,你是我的亲哥哥,疼我的,请设法让我早点儿死吧!"

致觉君是个诚笃的人,虽然万分伤心,却同意宾若的要求,就去与医生商量。

把病人看做死物一般的医生只是摇头;他们对于病人亲属的眼

泪和哀泣,视同行云流水,无所动心。

"他不是绝对没有希望了么?"

"是的,绝对没有希望。"

"他当不起强烈的痛楚呢!"

"我们能够做的,就是给他打针。"

"打了针还是痛。"

"这就没有办法了。"

"与其听他多延时刻,多吃痛苦,还不如让他早点儿解脱?这是我们对于他的唯一帮助。我们是人,人有同情心,不这样做是我们的罪过!"

"向来没有这个办法。"

"哥罗仿(三氯甲烷)之类,你们不是惯用的么?只要份量适合,给他一嗅,就完事了。"

"我不能依你,因为我是医生。"

"病人自己愿意。"

"不相干。"

"我用病人的亲哥哥的名义给你写笔据,并且签字在上面!"致觉君郁悒久了的心情一不自禁,泪珠与哭声迸裂而出,鹘落地跪在医生面前。"医生,我求你,求你的仁慈,请你依我的话!该是犯罪,是杀人,都由我承当!"

"但是医生的宣誓是决不弄死一个还有一线生机的生命。"

"不管病人比死还难堪的痛苦么?"

"虽然痛苦,生机未尽的决不能绝灭他的生机。"

"这是人情么!"致觉君转为愤愤了。

"不问人情不人情,当医生就得如此。"医生还是那样冷静。

于是致觉君只得怀着自己害了弟弟似的歉意再去坐在宾若的榻前，直看他的生命一丝一丝地自己断绝。

宾若君受伤的消息才传出的时候，好些人就开始"逐鹿"，希望继任校长；他们用了各色各样的方法，有巧捷的，也有拙劣的，这且不说。到他的死信传来，学校里立刻笼罩着一重惨雾，却是千真万确的事实。特地为他唱追念的歌，特地为他刻碑砌入教务室的墙壁，都是凭神灵如在的信念来作的。

开追悼会的一天，致觉君出席致感谢。还没有开口，出于天性的友爱的眼泪先已流满两颊，开口时是凄苦的声音，我忍不住，低下头来哭了。

各有各的伤心，可以达到同样的深度而各异其趣，所以说谁最伤心其实是不合的。但是据传闻的消息，宾若君的母亲太伤心了。她因宾若君死于火车，视火车如残暴的恶魔。可是住家贴近西城，每天城外来往的火车不知经过多少回，就得听不知多少回凄厉的汽笛。她听着，心就震荡了，仿佛还将夺去她的别的宝贝！有时惘然失神了，有时泫然掉泪了。忧伤痛苦笼罩她的一切，差不多没法继续她的生活。

关于招魂之类的方术经人推荐，就时时一试。这当然是迷信；但是只要想起母性的生死不渝的爱，你就不会有那种心存鄙弃的轻薄想头了。

其中一个术者声誉最高，也说得最动听。她说宾若君已在某某菩萨座旁为童子，光明而快乐；如果生者多多给他念些经卷，升天成佛是十分稳当的。

这是一条新的道路！她开始念经，凭着坚强的信念，以为果得升天成佛，也就差足安慰。直到现在，念经是她的日课——将永远是她的日课了。

然则念经完全替代了忧伤痛苦么？此殊未必，有一事可以证明。前年江浙战争，他们全家搬来上海，住在致觉君那里。每天下午没到四点半，她就倚着楼廊的栏杆，望致觉君归来。望到了，这才安心，知道放出去的宝贝重复回到掌中。致觉君偶或因事迟归，虽经先期禀明，她必对灯等候，直到看见儿子的笑容确已呈现于面前，然后去睡。使她致此的根源，不就是永远不能磨灭的忧伤痛苦么？

有时经过致觉君家，望见宾若夫人寂寞的侧影，或在灌花，或在闲立，心头就不禁暗淡了。抱着终生的悲哀，为恐伤翁姑的老怀，想来时时要自为敛抑吧；而为孩子的前途起见，想也不愿意多给他伤感的印象：于是只有闷闷地暗自咀嚼那悲哀的滋味，这比起哀号长叹，尽情倾吐来，其难堪岂止十倍。

看见济昌，我同样地黯然，虽然他是个苹果红的面颊乌亮亮的眼睛的可爱的孩子。宾若夫人对于济昌，听说是竭尽了所有的心力的，差不多自己生存的意义就是为着孩子。

济昌与善儿成为很好的朋友，我觉得安慰，父亲与父亲突然中断的缘分，让他们好好接下去，直到永远吧！有一次，善儿来说济昌小病新愈，在家寂寞，济昌的母亲的意思要他去陪着济昌玩儿。我听说，催善儿立刻去；能够使人慰悦的事总是我们应该做的，何况需要慰悦的是济昌母子俩！

现在，两个孩子暂时分别了。我愿他们永远是很好的朋友。这不单是济昌的母亲祖父母伯父等以及我的欢喜，也该是永生在我意念中的宾若君的极大安慰。

1926 年 11 月 7 日作

（原载《文学周报》第 4 卷第 1 期，原题《心是分不开的》）

两 法 师

在到功德林去会见弘一法师的路上,怀着似乎从来不曾有过的洁净的心情;也可以说带着渴望,不过与希冀看一出著名的电影剧等的渴望并不一样。

弘一法师就是李叔同先生,我最初知道他在民国初年;那时上海有一种《太平洋报》,其艺术副刊由李先生主编,我对于副刊所载他的书画篆刻都中意。以后数年,听人说李先生已经出了家,在西湖某寺。游西湖时,在西泠印社石壁上见到李先生的"印藏"。去年子恺先生刊印《子恺漫画》,丏尊先生给它作序文,说起李先生的生活,我才知道得详明些;就从这时起,知道李先生现在称弘一了。

于是不免向子恺先生询问关于弘一法师的种种,承他详细见告。十分感兴趣之余,自然来了见一见的愿望,就向子恺先生说了。"好的,待有机缘,我同你去见他。"子恺先生的声调永远是这样朴素而真挚的。以后遇见子恺先生,他常常告诉我弘一法师的近况:记得有一次给我看弘一法师的来信,中间有"叶居士"云云,我看了很觉惭愧,虽然"居士"不是什么特别的尊称。

前此一星期,饭后去上工,劈面来三辆人力车。最先是个和尚,我并不措意。第二是子恺先生,他惊喜似地向我点头。我也点头,心里就闪电般想起"后面一定是他"。人力车夫跑得很快,第三辆一霎经过时,我见坐着的果然是个和尚,清癯的脸,颔下有稀疏的长髯。我的感情有点激动,"他来了!"这样想着,屡屡回头

1915 年前后的叶圣陶

1911年,叶圣陶与同学顾颉刚(左二)、王伯祥(右一)、王彦龙(左一)参加社会党后合影

望那越去越远的车篷的后影。

第二天，就接到子恺先生的信，约我星期日到功德林去会见。

是深深尝了世间味，探了艺术之宫的，却回过来过那种通常以为枯寂的持律念佛的生活，他的态度该是怎样，他的言论该是怎样，实在难以悬揣。因此，在带着渴望的似乎从来不曾有过的洁净的心情里，还搀着些恼悦的成分。

走上功德林的扶梯，被侍者导引进那房间时，近十位先到的恬静地起立相迎。靠窗的左角，正是光线最明亮的地方，站着那位弘一法师，带笑的容颜，细小的眼眸子放出晶莹的光。丏尊先生给我介绍之后，叫我坐在弘一法师的侧边。弘一法师坐下来之后，就悠然数着手里的念珠。我想一颗念珠一声"阿弥陀佛"吧。本来没有什么话要向他谈，见这样更沉入近乎催眠状态的凝思，言语是全不需要了。可怪的是在座一些人，或是他的旧友，或是他的学生，在这难得的会晤时，似乎该有好些抒情的话与他谈，然而不然，大家也只默然不多开口。未必因僧俗殊途，尘净异致，而有所矜持吧。或许他们以为这样默对一二小时，已胜于十年的晤谈了。

晴秋的午前的时光在恬然的静默中经过，觉得有难言的美。

随后又来了几位客，向弘一法师问几时来的，到什么地方去那些话。他的回答总是一句短语；可是殷勤极了，有如倾诉整个心愿。

因为弘一法师是过午不食的，十一点钟就开始聚餐。我看他那曾经挥洒书画弹奏钢琴的手郑重地夹起一荚豇豆来，欢喜满足地送入口中去咀嚼的那种神情，真惭愧自己平时的乱吞胡咽。

"这碟子是酱油吧？"

以为他要酱油，某君想把酱油碟子移到他前面。

"不，是这位日本的居士要。"

果然，这位日本人道谢了，弘一法师于无形中体会到他的愿欲。

石岑先生爱谈人生问题，著有《人生哲学》，席间他请弘一法师谈些关于人生的意见。

"惭愧，"弘一法师虔敬地回答，"没有研究，不能说什么。"

以学佛的人对于人生问题没有研究，依通常的见解，至少是一句笑话。那么，他有研究而不肯说么？只看他那殷勤真挚的神情，见得这样想时就是罪过。他的确没有研究。研究云者，自己站在这东西的外面，而去爬剔、分析、检察这东西的意思。像弘一法师，他一心持律，一心念佛，再没有站到外面去的余裕。哪里能有研究呢？

我想，问他像他这样的生活，觉得达到了怎样一种境界，或者比较落实一点儿。然而健康的人不自觉健康，哀乐的当时也不能描状哀乐；境界又岂是说得出的。我就把这意思遣开，从侧面看弘一法师的长髯以及眼边细密的皱纹，出神久之。

饭后，他说约定了去见印光法师，谁愿意去可同去。印光法师这个名字知道得很久了，并且见过他的文抄，是现代净土宗的大师，自然也想见一见。同去者计七八人。

决定不坐人力车，弘一法师拔脚就走，我开始惊异他步履的轻捷。他的脚是赤着的，穿一双布缕缠成的行脚鞋。这是独特健康的象征啊，同行的一群人哪里有第二双这样的脚。

惭愧，我这年轻人常常落在他背后。我在他背后这样想。

他的行止笑语，真所谓纯任自然，使人永不能忘。然而在这背后却是极严谨的戒律。丏尊先生告诉我，他曾经叹息中国的律宗有待振起，可见他是持律极严的。他念佛，他过午不食，都为的持律。但持律而到达非由"外铄"的程度，人就只觉得他一切纯任自然了。

似乎他的心非常之安，躁忿全消，到处自得；似乎他以为这世间十分平和，十分宁静，自己处身其间，甚而至于会把它淡忘。这因为他把所谓万象万事划开了一部分，而生活在留着的一部分内之故。这也是一种生活法，宗教家大概采用这种生活法。

他与我们差不多处在不同的两个世界。就如我，没有他的宗教的感情与信念，要过他那样的生活是不可能的。然而我自以为有点儿了解他，而且真诚地敬服他那种纯任自然的风度。哪一种生活法好呢？这是愚笨的无意义的问题。只有自己的生活法好，别的都不行，夸妄的人却常常这么想。友人某君曾说他不曾遇见一个人他愿意把自己的生活与这个人对调的，这是踌躇满志的话。人本来应当如此，否则浮漂浪荡，岂不像没舵之舟。然而某君又说尤其要紧的是同时得承认别人也未必愿意与我对调。这就与夸妄的人不同了；有这么一承认，非但不菲薄别人，并且致相当的尊敬。彼此因观感而潜移默化的事是有的。虽说各有其生活法，究竟不是不可破的坚壁；所谓圣贤者转移了什么什么人就是这么一回事。但是板着面孔专事菲薄别人的人决不能转移了谁。

到新闸太平寺，有人家借这里办丧事，乐工以为吊客来了，预备吹打起来。及见我们中间有一个和尚，而且问起的也是和尚，才知道误会，说道，"他们都是佛教里的。"

寺役去通报时，弘一法师从包袱里取出一件大袖僧衣来（他平时穿的，袖子与我们的长衫袖子一样），恭而敬之地穿上身，眉宇间异样地静穆。我是欢喜四处看望的，见寺役走进去的沿街的那个房间里，有个躯体硕大的和尚刚洗了脸，背部略微佝着，我想这一定就是了。果然，弘一法师头一个跨进去时，就对这位和尚屈膝拜伏，动作严谨且安详。我心里肃然。有些人以为弘一法师该是和尚里的浪漫派，看见这样可知完全不对。

　　印光法师的皮肤呈褐色，肌理颇粗，一望而知是北方人；头顶几乎全秃，发光亮；脑额很阔；浓眉底下一双眼睛这时虽不戴眼镜，却用戴了眼镜从眼镜上方射出眼光来的样子看人，嘴唇略微皱瘪，大概六十左右了。弘一法师与印光法师并肩而坐，正是绝好的对比，一个是水样的秀美，飘逸，一个是山样的浑朴，凝重。

　　弘一法师合掌恳请了，"几位居士都欢喜佛法，有曾经看了禅宗的语录的，今来见法师，请有所开示，慈悲，慈悲。"

　　对于这"慈悲，慈悲"，感到深长的趣味。

　　"嗯，看了语录。看了什么语录？"印光法师的声音带有神秘味。我想这话里或者就藏着机锋吧。没有人答应。弘一法师就指石岑先生，说这位先生看了语录的。

　　石岑先生因说也不专看哪几种语录，只曾从某先生研究过法相宗的义理。

　　这就开了印光法师的话源。他说学佛须要得实益，徒然嘴里说说，作几篇文字，没有道理；他说人眼前最要紧的事情是了生死，生死不了，非常危险；他说某先生只说自己才对，别人念佛就是迷信，真不应该。他说来声色有点儿严厉，间以呵喝。我想这触动他旧有的忿忿了。虽然不很清楚佛家的"我执"、"法执"的涵蕴是怎样，恐怕这样就有点儿近似。这使我未能满意。

　　弘一法师再作第二次恳请，希望于儒说佛法会通之点给我们开示。

印光法师说二者本一致，无非教人父慈子孝兄友弟恭等等。不过儒家说这是人的天职，人若不守天职就没有办法。佛家用因果来说，那就深奥得多。行善就有福，行恶就吃苦。人谁愿意吃苦呢？——他的话语很多，有零星的插话，有应验的故事，从其间可以窥见他的信仰与欢喜。他显然以传道者自任，故遇有机缘不惮尽力宣传；宣传家必有所执持又有所排抵，他自也不免。弘一法师可不同，他似乎春原上一株小树，毫不愧怍地欣欣向荣，却没有凌驾旁的卉木而上之的气概。

在佛徒中，这位老人的地位崇高极了，从他的文抄里，见有许多的信徒恳求他的指示，仿佛他就是往生净土的导引者。这想来由于他有很深的造诣，不过我们不清楚。但或者还有别一个原因：一般信徒觉得那个"佛"太渺远了，虽然一心皈依，总不免感到空虚；而印光法师却是眼睛看得见的，认他就是现世的"佛"，虔敬崇奉，亲接謦咳，这才觉得着实，满足了信仰的欲望。故可以说，印光法师乃是一般信徒用意想来装塑成功的偶像。

弘一法师第三次"慈悲，慈悲"地恳求时，是说这里有讲经义的书，可让居士们"请"几部回去。这个"请"字又有特别的味道。

房间的右角里，装钉作似的，线装、平装的书堆着不少：不禁想起外间纷纷飞散的那些宣传品。由另一位和尚分派，我分到黄智海演述的《阿弥陀经白话解释》，大圆居士说的《般若波罗蜜多心经口义》，李荣祥编的《印光法师嘉言录》三种。中间《阿弥陀经白话解释》最好，详明之至。

于是弘一法师又屈膝拜伏，辞别。印光法师点着头，从不大敏捷的动作上显露他的老态。待我们都辞别了走出房间，弘一法师伸两手,郑重而轻捷地把两扇门拉上了。随即脱下那件大袖的僧衣,就人家停放在寺门内的包车上,方正平帖地把它折好包起来。

弘一法师就要回到江湾子恺先生的家里,石岑先生予同先生和我就向他告别。这位带着通常所谓仙气的和尚,将使我永远怀念了。

我们三个在电车站等车,滑稽地使用着"读后感"三个字,互诉对于这两位法师的感念。就是这一点,已足证我们不能为宗教家了,我想。

1927 年 10 月 8 日作
(原载 1927 年 9 月 1 日《民铎》第 9 卷第 1 号。
该刊出版明显延期)

附录 作者 1931 年 6 月 17 日之《小记》:

据说,佛家教规,受戒者对于白衣是不答礼的,对于皈依弟子也不答礼;弘一法师是印光法师的皈依弟子,故一方敬礼甚恭,一方点头受之。

追念陶元庆先生

与陶元庆先生会见仅三四面,一回在酒席间,其余几回是接洽他的画幅制版的事。话谈得极少,他那种安详亲和的态度却永不能忘。

制版的画就是那幅《卖轻气球者》,原定制三色版,他屡次往制版部分监看,制成时不惬意。制版部分对这位认真的画家自觉抱歉,愿意重制。但是他看了印红色的一块版子倒中意,说就用这块版子印单色吧。制版部分不了解,以为他怕人家嫌麻烦,硬说制得不好重制是应该的。他回答说,"这就很好了。"

看钱君匋先生文,知道这幅《卖轻气球者》从开始到完成,费时一个月,中间曾把整幅设计斟酌变更了不知多少次,才成现在的这一幅。结合着制版的事来看,可知务求心之所安,不失当前的机,是他的艺术的良心与能力。

有些写文字的人提起笔来时自以为大有可写,到写完时说:"我不高兴再看第二遍了。"这些人大概是所谓天才。而艺术家者,是天才又加上些别的东西的一种人物。画画与作文虽是两回事,而在这上边并无二致。像陶先生,说他是天才,我想,不如说他是艺术家来得贴切。

画,我完全不懂,但喜欢看。所谓不懂,是说没有关于这一部门的素养,不能用内行家的尺度来衡量作品的短长,不能用内行家的眼力来摄取作品的精魂。而看是一种嗜好,画幅展开,足以悦目娱心,就屡屡想看了。

陶先生的画，如《落红》《一瞥》《墓地》《卖轻气球者》《烧剩的应天塔》等，我都喜爱。只觉得看在眼里舒服，是所以喜爱的极简单的缘故。作品能使几同盲目的无识者看来舒服，心里喜爱，同时又为具有素养的人所赞叹，不是艺术造诣的理想境界么？陶先生的苦心钻研使他的艺术达到了这样的境界。

从《申报》看到许钦文先生报告陶光生的死耗，心头一怔，仿佛觉得不应该有这回事似的。随后检出以前惠赠的作品复制本，逐一重看，藉寄哀思。这些复制本，我要永远珍藏，纪念这位艺术家。

从钱君匋先生来信里知道，陶先生在病中对于世间颇满意。他不是抄写这个世间的人，但是他的成就他的艺术却多方使用了这个世间，我想这就是他所以满意之故吧。果尔，他离去世间不但使知好悲伤，为他自己的艺术，他更要悲伤了吧。

1929 年 8 月 26 日作

（原载《一般》第 9 卷第 2 期，原题《追念陶先生》）

过去随谈

一

在中学校毕业是辛亥那一年。并不曾作升学的想头；理由很简单，因为家里没有供我升学的钱。那时的中学毕业生当然也有"出路问题"；不过像现在的社会评论家杂志编辑者那时还不多，所以没有现在这样闹闹嚷嚷的。偶然的机缘，我就当了初等小学的教员，与二年级的小学生作伴。钻营请托的况味没有尝过，照通常说，这是幸运。在以后的朋友中间有这么一位，因在学校毕了业将与所谓社会面对面，路途太多，何去何从，引起了甚深的怅惘；有一回偶游园林，看见澄清如镜的池塘，忽然心酸起来，强烈地萌生着就此跳下去完事的欲望。这样伤感的青年心情我可没有，小学教员是值得当的，我何妨当当：从实际说，这又是幸运。

小学教员一连当了十年，换过两次学校，在后面的两所学校里，都当高等班的级任；但也兼过半年幼稚班的课——幼稚班者，还够不上初等一年级，而又不像幼稚园儿童那样地被训练的，是学校里一个马马虎虎的班次。职业的兴趣是越到后来越好；因为后来几年中听到一些外来的教育理论和方法，自家也零零星星悟到一点儿，就拿来施行，而同事又是几位熟朋友的缘故。当时对于一般不知振作的同业颇有点儿看不起，以为他们德性上有污点，倘若大家能去掉污点，教育界一定会大放光彩的。

民国十年暑假后开始教中学生。那被邀请的理由有点儿滑稽。

我曾经写些短篇小说刊载在杂志上。人家以为能写小说就是善于作文，善于作文当然也能教国文，于是我仿佛是颇为适宜的国文教师了。这情形到现在仍然不变，写过一些小说之类的往往被聘为国文教师，两者之间的距离似乎还不曾有人切实注意过。至于我舍小学而就中学的缘故，那是不言而喻的。

直到今年，曾经在五所中学三所大学当教员，教的都是国文；这一半是兼职，正业是书局编辑，连续七年有余了。大学教员我是不敢当的；我知道自己怎样没有学问，我知道大学教员应该怎样教他的科目，两相比并，我的不敢是真情。人家却说了："现在的大学，名而已！你何必拘拘？"我想这固然不错；但是从"尽其在我"的意义着想，不能因大学不像大学，我就不妨去当不像大学教员的大学教员。所惜守志不严，牵于友情，竟尔破戒。今年在某大学教"历代文选"，劳动节的下一天，接到用红铅笔署名"L"的警告信，大意说我教的那些古旧文篇，徒然助长反动势力，于学者全无益处，请即自动辞职，免讨没趣云云。我看了颇愤愤：若说我没有学问，我承认；说我助长反动势力，我恨反动势力恐怕比这位L先生更真切些呢；倘若认为教古旧文篇就是助长反动势力的实证，不必问对于文篇的态度如何，那么他该叫学校当局变更课程，不该怪到我。后来知道这是学校波澜的一个弧痕，同系的教员都接到L先生的警告信，措辞比给我的信更严重，我才像看到丑角的丑脸那样笑了。从此辞去不教；愿以后谨守所志，"直到永远"。

自知就所有的一些常识以及好嬉肯动的少年心情，当个小学或初中的教员大概还适宜。这自然是不往根柢里想去的说法；如往根柢里想去，教育对于社会的真实意义（不是世俗认为的那些意义）

是什么，与教育相关的基本科学内容是怎样，从事教育技术上的训练该有哪些项目，关于这些，我就与大多数教员一样，知道得太少了。

二

作小说的兴趣可以说因中学时代读华盛顿·欧文的《见闻录》引起的。那种诗味的描写，谐趣的风格，似乎不曾在读过的一些中国文学里接触过；因此我想，作文要如此才佳妙呢。开头作小说记得是民国三年；投寄给小说周刊《礼拜六》，登出来了，就继续作了好多篇。到后来，"礼拜六派"是文学界中一个卑污的名称，无异"海派"、"黑幕派"等等。我当时的小说多写平凡的人生故事，同后来相仿佛，浅薄诚然有之，如何恶劣却不见得，虽然用的工具是文言，还不免贪懒用一些成语典故。作了一年多就停笔了，直到民国九年才又动手。是颉刚君提示的，他说在北京的朋友将办一种杂志，写一篇小说付去吧。从此每年写成几篇，一直不曾间断；只有今年是例外，眼前是十月将尽了，还不曾写过一篇呢。

预先布局，成后修饰，这一类 ABC 里所诏示的项目，总算尽可能的力实做的。可是不行；写小说的基本要项在乎有一双透彻观世的眼睛，而我的眼睛够不上；所以人家问我哪一篇最惬心时，我简直不能回答。为要写小说而训练自己的眼睛固可不必；但眼睛的训练实在是生活的补剂，因此我愿意对这方面致力。如果致力而有进益，由进益而能写出些比较可观的文篇，自是我的欢喜。

为什么近来渐渐少写，到今年连一篇也没有写呢？有一个浅近的比喻，想来倒很确切的。一个人新买一具照相机，不离手的对光，扳机，卷干片，一会儿一打干片完了，就装进一打，重又对光，扳机，卷干片。那时候什么对象都是很好的摄影题材：小妹妹靠在窗沿憨笑，这有天真之趣，照它一张；老母亲捧着水烟袋抽吸，这有古朴之致，照它一张；出外游览，遇到高树、流水、农夫、牧童，颇浓的感兴立刻涌起，当然不肯放过，也就逐一照它一张，洗出来时果能成一张像样的照相与否似乎不关紧要，最热心的是"搭"的一扳——面前是一个对象，对着它"搭"的扳了，这就很满足了。但是，到后来却有相度了一番终于收起镜箱来的时候。爱惜干片么？也可以说是，然而不是。只因希求于照相的条件比以前多了，意味要深长，构图要适宜，明暗要美妙，还有其他等等，相度下来如果不能应合这些条件，宁可收起镜箱了事；这时候，徒然一扳被视为无意义了。我从前多写只是热心于一扳，现在却到了动辄收起镜箱的境界，是自然的历程。

三

《中学生》主干曾嘱我说些自己修习的经历，如如何读书之类。我很惭愧，自计到今为止，没有像模像样读过书，只因机缘与嗜好，随时取一些书来看罢了。读书既没有系统，自家又并无分析和综合的识力，不能从书的方面多得到什么是显然的。外国文字呢？日文曾经读过葛祖兰氏的《自修读本》两册，但是像劣等学生一样，现在都还给老师了。至于英文，中学时代读得不算浅，读本是文学名著，文法读到纳司非尔的第四册呢；然而结果是半通不通，到今看电影字幕还不能完全明白。（我觉得读英文而结果如此的实在太多了。多少的精神和时间，终于不能完全看明白电影字幕！正在教英文读英文的可以反省一下了。）不去彻底修习，达到全通真通，当然是自家的不是；可是学校对于学生修习各项科目都应定一个毕业的最低限度，一味胡教而不问学生果否达到了最低限度，这不能不怪到学校了。外国文字这一工具既然不能使用，要接触些外国的东西只好看看译品，这就与专待喂养的婴孩同样可怜，人家不翻译，你就没法想。说到译品，等类颇多。有些是译者实力不充而硬欲翻译的，弄来满盘都错，使人怀疑外国人的思想话语为什么会这样奇怪不依规矩。有些据说为欲忠实，不肯稍事变更原文语法上的结构，就成为中国文字写的外国文。这类译品若请专读线装书的先生们去看，一定回答"字是个个识得的，但是不懂得这些字凑合在一起说些什么"。我总算能够硬看下去，而且大致有点儿懂，这不能不归功于读过两种读如未读的外国文。最近看到东华君译的《文学之社会学的批评》，清楚流畅，义无隐晦，以为译品像这个样子，庶几便于读者。声明一句，我不是说这本书就是翻译的模范作；我没有这样狂妄，会自认有评判译品高下的能力。

说起读书，十年来颇看到一些人，开口闭口总是读书，"我只想好好儿念一些书"，"某地方一个图书馆都没有，我简直过不下去"，"什么事都不管，只要有书读，我就满足了"，这一类话时时送到我的耳边；我起初肃然起敬，继而却未免生厌。那种为读书而读书的虚矫，那种认别的什么都不屑一做的傲慢，简直自封为人间的特殊阶级，同时给与旁人一种压迫，仿佛唯有他们是人间的智慧的笃爱者。读书只是至为平常的事而已，犹如吃饭睡觉，何必作为一种口号，唯恐不遑地到处宣传。况且所以要读书，从哲学以至于动植矿，就广义说，无非要改进人间的生活。光是"读"决非终极的目的。而那些"读书"、"读书"的先生们似乎以为光是

"读"最了不起,生活云云不在范围以内:这也引起我的反感。我颇想标榜"读书非究竟义谛主义"——当然只是想想罢了,宣言之类并未写过。或者有懂得心理分析的人能够说明我之所以有这种反感,由于自家的头脑太俭了,对于书太疏阔了,因此引起了嫉妒,而怎样怎样的理由是非意识地文饰那嫉妒的丑脸的。如果被判定如此,我也不想辩解,总之我确然曾有这样的反感。至于那些将读书作口号的先生们是否真个读书,我不得而知:可是有一层,从其中若干人的现况上看,我的直觉的批评成为客观的真实了。他们果然相信自己是人间智慧的宝库,无所不知,无所不能,得便时抛开了为读书而读书的招牌,就不妨包办一切;他们俨然承认自己是人间的特殊阶级,虽在极微细的一谈一笑之顷,总要表示外国人提出来的"高等华人"的态度。读书的口号,包办一切,"高等华人",这其间仿佛有互相纠缠的关系似的。

四

我与妻结婚是由人家作媒的,结婚以前没有会过面,也不曾通过信。结婚以后两情颇投合,那时大家当教员,分散在两地,一来一往的信在半途中碰头,写信等信成为盘踞心窝的两件大事。到现在十四年了,依然很爱好。对方怎样的好是彼此都说不出,只觉很合适,更合适的情形不能想象,如是而已。

这样打彩票式的结婚当然很危险的,我与妻能够爱好也只是偶然;迷信一点儿说,全凭西湖白云庵那位月下老人。但是我得到一种便宜,不曾为求偶而眠思梦想,神魂颠倒;不曾沉溺于恋爱里头,备尝甜酸苦辣各种滋味。图得这种便宜而去冒打彩票式的结婚

1912年1月9日,草桥中学毕业班同学合影(三排右一为叶圣陶。前排拿手杖者为校长袁叔畬)

1917年与胡墨林摄于甪直

的险，值得不值得固难断言；至少，青年期的许多心力和时间是挪移了过来，可以去对付别的事了。

现在一般人不愿冒打彩票式的结婚的险是显然的，先恋爱后结婚成为普遍的信念。我不菲薄这种信念，它的流行也有所谓"必然"。我只想说那些恋爱至上主义者，他们得意时谈心，写信，作诗，看电影，游名胜，失意时伤心，流泪，作诗（充满了惊叹号），说人间最不幸的只有他们，甚至想投黄浦江；像这样把整个生命交给恋爱，未免可议。这种恋爱只配资本家的公子"名门"的小姐去玩的。他们享用的是他们的父亲祖先剥削得来的钱，他们在社会上的地位在未入母腹时早就安排停当，他们看世界非常太平，没有一点儿问题；闲暇到这样地步却也有点儿难受，他们于是就恋爱这个题目，弄出一些悲欢哀乐来，总算在他们空白的生活录上写下了几行。如果不是闲暇到这样的青年男女也想学步，那唯有障碍自己的进路，减损自己的力量而已。

人类不灭，恋爱也永存。但是恋爱各色各样。像公子小姐们玩的恋爱，让它"没落"吧！

1930 年 10 月 29 日作

（原载 1931 年 1 月 1 日《中学生》第 11 号）

做了父亲

假若至今还没有儿女，是不是要与有些人一样，感到是人生的缺憾，心头总有这么一个失望牵萦着呢？

我与妻都说不至于吧。一些人没有儿女感到缺憾，因为他们认为儿女是他们份所应得的，应得而不得，当然要失望。也许有人说没有儿女就是没有给社会尽力，对于种族的绵延没有尽责任，那是颇为冠冕堂皇的话，是随后找来给自己解释的理由，查问到根柢，还是个得不到应得的不满足之感而已。我们以为人生的权利固有多端，而儿女似乎不在多端之内，所以说不至于。

但是儿女早已出生了，这个设想无从证实。在有了儿女的今日，设想没有儿女，自然觉得可以不感缺憾；倘若今日真个还没有儿女，也许会感到非常寂寞，非常惆怅吧。这是说不定的。

"教育是专家的事业"，这句话近来几乎成了口号，但是这意义仿佛向来被承认的。然而一为父母就得兼充专家也是事实。非专家的专家担起教育的责任来，大概走两条路：一是尽许多不必要的心，结果是"非徒无益，而又害之"；一是给了个"无所有"，本应在儿女的生活中给充实些什么，可是并没有把该给充实的付与儿女。

自家反省，非意识地走的是后一条路。虽然也像一般父亲一样，被一家人用作镇压孩子的偶像，在没法对付时，就"爹爹，你看某某！"这样喊出来；有时被引动了感情，骂一顿甚至打一顿的事也有。但是收场往往像两个孩子争闹似的,说着"你不那样,我也就不这样"的话,其意若曰彼此再别说这些,重复和好了吧。这中间积极的教训之类是没有的。

不自命为"名父"的,大多走与我同样的路。

自家就没有什么把握,一切都在学习试验之中,怎么能给后一代人预先把立身处世的道理规定好了教给他们呢?

学校,我想也不是与儿女有什么了不起的关系的。学习一些符号,懂得一些常识,结交若干朋友,度过若干岁月,如是而已。

以前曾经担过忧虑,因为自家是小学教员出身,知道小学的情形比较清楚,以为像个模样的小学太少了,儿女达到入学年龄的时候将无处可送。现在儿女三个都进了学校,学校也不见特别好,但是我毫不存勉强迁就的意思。

一定要有理想的小学才把儿女送去,这无异看儿女作特别珍贵特别柔弱的花草,所以要保藏在装着暖气管的玻璃花房里。特别珍贵么,除了有些国家的华胄贵族,谁也不肯对儿女作这样的夸大口吻。特别柔弱么,那又是心所不甘,要抵挡得风雨,经历得霜雪,这才可喜。——我现在作这样想,自笑以前的忧虑殊属无谓。

何况世间为生活所限制,连小学都不得进的多得很,他们一样要挺直身躯立定脚跟做人。学校好坏于人究竟有何等程度的关系呢?——这样想时,以前的忧虑尤见得我的浅陋了。

我这方面既然给了个"无所有",学校方面又没有什么了不起的关系,这就拦到了角落里,儿女的生长只有在环境的限制之内,凭他们自己的心思能力去应付一切。这里所谓环境,包括他们所有遭值的事和人物，一饮一啄，一猫一狗，父母教师，街市田野，都在里头。

做父亲的真欲帮助儿女仅有一途，就是诱导他们，让他们锻炼这种心思能力。若去请教专门的教育者，当然，他将说出许多微妙的理论，但是要义大致也不外乎此。

可是，怎样诱导呢？我就茫然了。虽然知道应该往哪一方向走，但是没有往前走的实力，只得站在这里，搓着空空的一双手，与不曾知道方向的并无两样。我很明白，对儿女最抱歉的就是这一点，将来送不送他们进大学倒没有多大关系。因为适宜的诱导是在他们生命的机械里加添燃料，而送进大学仅是给他们文凭、地位，以便剥削他人而已。（有人说起振兴大学教育可以救国，不知如何，我总不甚相信，却往往想到这样不体面的结论上去。）

他们应付环境不得其当甚至应付不了的时候，一定会怅然自失，心里想，如果父亲早给点儿帮助，或者不至于这样无所措吧。这种归咎，我不想躲避，也没法躲避。

对于儿女也有我的希望。

一句话而已，希望他们胜似我。

所谓人间所谓社会虽然很广漠，总直觉地希望它有进步。而人是构成人间社会的。如果后代无异前代，那就是站在老地方没有前进，徒然送去了一代的时光，已属不妙。或者更甚一点，竟然"一代不如一代"，试问人间社会经得起几回这样的七折八扣呢！凭这么想，我希望儿女必须胜似我。

爬上西湖葛岭那样的山就会气喘，提十斤左右重的东西走一两里路胳膊就会酸好几天，我这种身体是完全不行的。我希望他们有强壮的身体。

人家问一句话一时会答不上来，事务当前会十分茫然，不知怎样处置或判断，我这种心灵是完全不行的。我希望他们有明澈的心灵。

说到职业，现在干的是笔墨的事，要说那干系之大，当然可以戴上文化或教育的高帽子，于是仿佛觉得并非无聊。但是能够像工人农人一样，拿出一件供人家切实应用的东西来么？没有！自家却使用了人家生产的切实应用的东西，岂非也成了可羞的剥削阶级？文化或教育的高帽子只能掩饰丑脸，聊自解嘲而已，别无意义。这样想时，更菲薄自己，达于极点。我希望他们与我不一样：至少要能够站在人前宣告道，"凭我们的劳力，产生了切实应用的东西，这里就是！"其时手里拿的是布匹米麦之类；即使他们中间有一个成为玄学家，也希望他同时铸成一些齿轮或螺丝钉。

1930 年 11 月作

（原载 1931 年 1 月 1 日《妇女杂志》第 17 卷第 1 号）

牵 牛 花

　　手种牵牛花，接连有三四年了。水门汀地没法下种，种在十来个瓦盆里。泥是今年又明年反复用着的，无从取得新的泥来加入。曾与铁路轨道旁种地的那个北方人商量，愿出钱向他买一点儿，他不肯。

　　从城隍庙的花店里买了一包过磷酸骨粉，搀和在每一盆泥里，这算代替了新泥。

　　瓦盆排列在墙脚，从墙头垂下十条麻线，每两条距离七八寸，让牵牛的藤蔓缠绕上去。这是今年的新计划，往年是把瓦盆摆在三尺光景高的木架子上的。这样，藤蔓很容易爬到了墙头；随后长出来的互相纠缠着，因自身的重量倒垂下来，但末梢的嫩条便又蛇头一般仰起，向上伸，与别组的嫩条纠缠，待不胜重量时重演那老把戏；因此墙头往往堆积着繁密的叶和花，与墙腰的部分不相称。今年从墙脚爬起，沿墙多了三尺光景的路程，或者会好一点儿；而且，这就将有一垛完全是叶和花的墙。

　　藤蔓从两瓣子叶中间引伸出来以后，不到一个月工夫，爬得最快的几株将要齐墙头了。每一个叶柄处生一个花蕾，像谷粒那么大，便转黄萎去。据几年来的经验，知道起头的一批花蕾是开不出来的；到后来发育更见旺盛，新的叶蔓比近根部的肥大，那时的花蕾才开得成。

　　今年的叶格外绿，绿得鲜明；又格外厚，仿佛丝绒剪成的。这自然是过磷酸骨粉的功效。他日花开，可以推知将比往年的盛大。

但兴趣并不专在看花，种了这小东西，庭中就成为系人心情的所在，早上才起，工毕回来，不觉总要在那里小立一会儿。那藤蔓缠着麻线卷上去，嫩绿的头看似静止的，并不动弹；实际却无时不回旋向上，在先朝这边，停一歇再看，它便朝那边了。前一晚只是绿豆般大一粒嫩头，早起看时，便已透出二三寸长的新条，缀一两张长满细白绒毛的小叶子，叶柄处是仅能辨认形状的小花蕾，而末梢又有了绿豆般大一粒嫩头。有时认着墙上的斑剥痕想，明天未必便爬到那里吧；但出乎意外，明晨竟爬到了斑剥痕之上；好努力的一夜功夫！"生之力"不可得见；在这样小立静观的当儿，却默契了"生之力"了。渐渐地，浑忘意想，复何言说，只呆对着这一墙绿叶。

即使没有花，兴趣未尝短少；何况他日花开，将比往年盛大呢。

(原载 1931 年 9 月 20 日《北斗》月刊创刊号)

书匡互生先生

一星期前,周予同先生对记者说,"这次战后重来上海,朋友中最使我受感动的有三个人,第一个便是匡互生先生。当战事剧烈时,大家都以为立达学园将从此毁灭,决没有重兴的希望了。到上海后,听说匡先生仍在力谋重兴,已经觉得奇怪。后来到江湾去一番,立达竟已焕然一新:被破坏的屋宇门窗都已修葺完整;被抢失的校具书物都已重行置备。而且学生宿舍里,从前本用木床的,竟一律换成崭新的铁床。暑期补习的学生已经到了一百多人。呵,这是何等可惊奇的事呵!"

"一·二八"事件发生以后,江湾因接近闸北,立达学园立刻受到恐慌。那时正在寒假期内,有几位重要的教职员都已因假回里,但许多远道学生却仍然住在校内。其余没有回里并带有家属的许多教师便大家集议,主张将学生迁往设在南翔的立达农场,家眷也都移到安全一点的地方去。决定之后,学生和学校中重要的器物逐渐迁移,教师也大多数带了家眷搬往南翔或上海。匡互生先生却决意留守学校,他的夫人也愿和他同在一起,不肯离开江湾。后来军队驻入校内,他仍然和军队同住;并且每隔一天必去南翔一次,第二天又回江湾,直到江湾被日军占领为止。江湾一经失守,南翔也告危急。立达的学生和农场的种蜂种鸡又从南翔迁往无锡。匡先生这时又奔走于南翔无锡两地,没有息脚。这其间最使他为难的,是学校毫无现款,学生的饭食和鸡的食料每天需银二百余元没法供给,虽经多方借贷,都被拒绝。正在这时候,他宝庆的家中来了一个电报，说他的父亲病故，叫他立刻回去。他不得已只好带了家眷奔丧回籍。在家中大约逗留了一星期，把丧事匆匆办妥，便又单身从宝庆赶回无锡。那时候战事暂告平息，"停战协定"还没签字。他曾于此时来上海一次，筹划运鸡蛋来上海，把卖得的钱去买鸡的食料。不料刚在他从上海回无锡的时候，又从无锡转来一个他家里发出的电报，这电报再从上海转往无锡，却报告他的母亲逝世了！于是他又二次奔丧回籍。家中遭了两次的大故，学校又受了这样重大的打击，许多人都以为虽是匡先生也不免要灰心了吧。但匡先生却仍然匆匆的办了丧事，赶回上海。后来他对人说："我不该只知有母亲，不知有学校。假使我再迟几天回去，南翔农场里的东西一定还可搬出许多，所受损失不致这样重大。"

"停战协定"签字之后，他立刻赶回江湾，察看学校损坏的情形，用铅笔一一记载在日记簿上，计算恢复所需的费用，并且搜寻遗在校内的未爆炸弹，设法搬去，同时又派人守校。这时他比战时更加忙碌，奔走于江湾、上海、无锡、南京等处，所做的事，如筹划款项，搬移物件，修理破坏，计划下半年开学等事，不但足无停趾，简直饥不得食，倦不得睡。有一次，他要去见一位阔人，请他捐助款项，因为时间不及，雇了一辆汽车，叫车夫开足速力，限在约定时间内赶到。这时正在早晨，又落着绵绵的细雨，街上没有行人。汽车开足了马达，飞一般的直向前驶，正当转弯的地方，车夫来不及转换方向，竟把车一头撞在一所大厦的铁门上。门被撞坏了，汽车也停止了，汽车夫和车内的匡先生都晕倒在地上。铁门内的主人没有知道，而这条冷落的街上，竟连警察也没有。匡先生醒来的时候，看到旁边卧着的车夫，以为已经死去，一按脉息，庆幸着还没有死。这时警察居然慢慢的来了，他便把车夫和车交给了警察,自己仍然负着伤换车到捐款的地方去。从那边出来,才到医生处去诊察,幸而只在胸口受了一点微伤。因为汽车转弯的时候,他一看要发生事故,早把两手攀住连篷上挂着的藤圈,将身子悬在空中,所以受伤不重。医生除给了药之外,叫他每天要喝几杯白兰地,活动血脉。他到酒馆里去喝了一杯,算账的时候知道要六角大洋,便不敢再喝了。

现在匡先生的伤已渐渐的平复了,立达学园也如周先生所说焕然一新了。但是匡先生仍是一天到晚焦虑着:学校的欠债应该怎样设法偿还;学校的基础应该怎样使它稳固。

我们写这段文字,并不是想表扬匡先生。匡先生一向不喜欢人家表扬,而且也用不着人家表扬。我们的本意,无非希望诸君看了献身于中等教育事业的匡先生的事迹,能够有所感动,知道在中国的现在,有像匡先生这样的人正为着青年而献身,青年诸君不应该把自己看作无关重轻才是。

(原载 1932 年 7 月 1 日《中学生》杂志第 26 号)

看　月

　　住在上海"弄堂房子"里的人对于月亮的圆缺隐现是不甚关心的。所谓"天井",不到一丈见方的面积。至少十六支光的电灯每间里总得挂一盏。环境限定,不容你有关心到月亮的便利。走到路上,还没"断黑"已经一连串地亮了街灯。有月亮吧,就像多了一盏灯。没有月亮吧,犹如一盏街灯损坏了,没有亮起来。谁留意这些呢?

　　去年夏天,我曾经说过不大听到蝉声,现在说起月亮,我又觉得许久不看见月亮了。只记得某夜夜半醒来,对窗的收音机已经沉寂,隔壁的"麻将"也歇了手,各家的电灯都已熄灭,一道象牙色的光从南窗透进来,把窗棂印在我的被袱上。我略微感到惊异,随即想到原来是月亮光。好奇地要看看月亮本身,我向窗外望。但是,一会儿月亮被云遮没了。

　　从北平来的人往往说在上海这地方怎么"呆"得住。一切都这样紧张。空气是这样龌龊。走出去很难得看见树木。诸如此类,他们可以举出一大堆。我想,月亮仿佛失掉了这一项,也该列入他们认为上海"呆"不住的理由吧。假若如此,我倒并不同意。在生活的诸般条件里列入必须看月亮一项,那是没有理由的。清旷的襟怀和高远的想象力未必定须由对月而养成。把仰望的双眼移到地面,同样可以收到修养上的效益,而且更见切实。可是我并非反对看月亮,只是说即使不看也没有什么关系罢了。

　　最好的月色我也曾看过。那时在福州的乡下,地当闽江一折的那个角上。某夜,靠着楼栏直望。闽江正在上潮,受着月光,成为水银的洪流。江岸诸山略微笼罩着雾气,好像不是平日看惯的那几座山了。月亮高高停在天空,非常舒泰的样子。从江岸直到我的楼下是一大片沙坪,月光照着,茫然一白,但带点儿青的意味。不知什么地方送来晚香玉的香气。也许是月亮的香气吧,我这么想。我心中不起一切杂念,大约历一刻钟之久,才回转身来。看见蛎粉墙上印着我的身影,我于是重又意识到了我。

那样的月色如果能得再看几回,自然是愉悦的事,虽然前面我说过"即使不看也没有什么关系"。

(原载 1933 年 9 月 1 日《中学生》第 37 号)

中 年 人

接到才见了一面的一位青年的信,中间有"这回认识了你这个中年人"的话。原来是中年人了,至少在写信给我的青年的眼光里已经是了。

平时偶然遇见旧友,不免说一些根据直觉的话:从前在学校里年龄最小,体操时候总作"排尾",现在在常相过从的朋辈中间,以年龄论虽不至于作"排头",然而前十名是居之不疑的了。或者说:同辈的喜酒仿佛早已吃完了,除了那好像缺少了什么的"续弦"的筵席。及至被问到儿女有几,他们多大了,当不得不据实回答:大的在中学,身子比我高出半个头,小的几岁了,已经进了小学。

听了这些话,对方照例说:"时光真快呀。才一眨眼,就有如许不同。我们哪得不老呢!"这是不知多少世代说熟了的滥调。犹如春游的人一开口就是"桃红柳绿,水秀山明"似的,在谈到年龄呀儿女呀的场合里,这滥调自然而然脱口而出;同时浮起一种淡淡的伤感心情,自己就玩味这种伤感心情,取得片刻的满足。我觉得这是中年人的乏味处。听这么说,我只好默然不语或者另外引起一个端绪,以便谈下去。

中年的文人往往会"悔其少作"。仿佛觉得目前这样的功力才到了家,够了格;以今视昔,不知当时的头脑何以那样荒唐,当时的手腕何以那样粗疏。于是对着"少作"颜面就红起来,一直蔓延到颈根。非文人的中年人也一样。人家偶尔提起他的少年情事,如抱不平一拳把人打倒在地,与某女郎热恋至于相约同逃之类,他就现出一副尴尬的神态说："不用提了，那时候真是胡闹！"你若再不知趣，他就要怨你有意与他为难了。

大概人到中年，就意识地或非意识地抱着"言为士则，行为世范"的大志。发些议论，写些文字，总得含有教训意味。人家受不受教训当然是另一问题；可是不教训似乎不过瘾，那就只有搭起架子来说话作文了。虽是寻常的一举一动，也要在举动之先反省说："这是不是可以给后辈示范的？"于是步履从容安详了，态度中正和平了，喜怒哀乐发而皆中节，差不多可以入圣庙的样子。但是，一个堪为"士则"、"世范"的中年人的完成，就是一个天真活泼爽直矫健的青年人的毁灭。一般中年人"悔其少作"，说"那时候真是胡闹"，仿佛当初曾经做过青年人是他们的绝大不幸；其实，所有的中年人如果都这样悔恨起来，那才是人间的绝大不幸呢。

在电影院里，可以看到中年人的另一方面。臂弯里抱着孩子，后面跟着女人，或者加上一两个大点儿的孩子，昂起了头找坐位。牵住了人家的衣襟，踩着了人家的鞋，都不管得，都像没有这回事。找到坐位了，满足地坐下来，犹如占领了一个王国。明明是在稠人广座之中，而那王国的无形的墙壁障蔽得十分严密，使他如入无人之境。所有视听之娱仿佛完全属于他那王国的；几乎忘了同时还有别人存在。这情形与青年情侣所表现的不同。青年情侣在唧唧哝哝之外，还要看看四周围，显示他们在广众中享受这份乐趣的欢喜和骄傲。中年人却同作茧而自居其中的蚕蛹一样，不论什么时候只看见他自己的茧子。

已经是中年人了，只希望不要走上那些中年人的路。

（原载 1933 年 9 月 15 日《申报月刊》第 2 卷第 9 号）

苏州"光复"

革命，一般市民都不曾尝过它的味道。报纸上记载着什么什么地方都光复了，眼见苏州地方的革命必不可免，于是竭尽想象的能力描绘那将要揭露的一幕。想象实在贫弱得很，无非开枪和放火，死亡和流离。避往乡间去吧，到上海去作几时寓公吧，这样想的，这样干的，颇有其人。

但也有对于尚未见面的革命感到亲热的。理由很简单，革了命，上头不再有皇帝，谁都成为中国的主人，一切事情就能办得好了。这类人中以青年学生为多。上课简直不当一回事；每天赶早跑火车站，等候上海来的报纸，看前一天又有哪些地方光复了。

一天早上，市民相互悄悄地说："来了！"什么东西来了呢？原来就是那引人忧虑又惹人喜爱的革命。它来得这么不声不响，真是出乎全城市民的意料之外。倒马桶的农人依然做他们的倾注涤荡的工作，小茶馆里依然坐着一壁洗脸一壁打呵欠的茶客。只有站岗巡警的衣袖上多了一条白布。

有几处桥头巷口张贴着告示，大家才知道江苏巡抚程德全改称了都督。那一方印信据说是仓卒间用砚台刻成的。

青年学生爽然若失了，革命绝对不能满足他们的浪漫的好奇心。但是对于开枪、放火、死亡、流离惴惴然的那些人却欣欣然了，他们逃过了并不等闲的一个劫运。

第二年，地方光复纪念日的晚上，举行提灯会。初等小学校的学童也跟在各团体会员、各学校学生的后头,擎起红红绿绿的纸灯笼,到都督府的堂上绕行一周;其时程都督坐在偏左的一把藤椅上,拈髯而笑。

在绕行一周的当儿,学童就唱那练熟了的歌词。各学校的歌词不尽相同,但是大多数唱下录的两首:

> 苏州光复,真是苏人福。
> ……
> 草木不伤,鸡犬不惊,军令何严肃?
> 我辈学生,千思万想,全靠程都督。
>
> 哥哥弟弟,大家在这里。
> 问今朝提灯欢祝,都为啥事体?
> 为我都督,保我苏州,永世勿忘记。
> 我辈学生,恭恭敬敬,大家行个礼。

可惜第一首的第二行再也想不起来了。这两首歌词虽然由学童歌唱,虽然都称"我辈学生",而并非学童的"心声"是显然的。

革命什么,不去管它。蒙了"官办革命"的福,"草木不伤,鸡犬不惊",什么都得以保全,这是感激涕零,"永世"不能"忘记"的。于是借学童的口吻,表达衷心的爱戴。此情此景,令人想起《豳风·七月》的末了几句:

> 跻彼公堂,

称彼兕觥,

万寿无疆。

（原载 1933 年 10 月 1 日《中学生》第 38 号）

读　书

听说读书，就引起反感。何以致此，却也有故。文人学士之流，心营他务，日不暇给，偏要搭起架子，感喟地说："忙乱到这个地步，连读书的功夫都没有了。"或者表示得恬退些，只说最低限度的愿望："别的都不想，只巴望能安安逸逸读点儿书。"这显见得他是天生的读书种子，做点儿其实不相干的事就似乎冤了他，若说利用厚生的笨重工作，那是在娘胎里就没有梦见过，这般荒唐的骄傲意态，只有回答他一个不理睬了事。衣锦的人必须昼行，为的是有人艳羡，有人称赞，衬托出他衣锦的了不起。现在回答他一个不理睬，无非让他衣锦夜行的意思。有朝一日，他真个有了读书的功夫了，能安安逸逸读点儿书了，或者像陶渊明那样"不求甚解"，或者把一句古书疏解了三四万言，那也只是他个人的事，与别人毫不相干。

还有政客、学者、教育家等人的"读书救国"之说。有的说得很巧妙，用"不忘""即是"等字眼的绳子，把"读书"和"救国"穿起来，使它颠来倒去都成一句话。若问读什么书，他们却从来不曾开过书目。因此人家也无从知道究竟是半部《论语》，还是一卷《太公兵法》，还是最新的航空术。虽然这么说，他们欲开而未开的书目也容易猜。他们要的是干练的帮手，自然会开足以养成这等帮手的书；他们要的是驯良的顺民，自然会开足以训练这等顺民的书。至于救国，他们虽然毫不愧怍地说"已有整个计划"，"不乏具体方案"，实际却最是荒疏。救国这一目标也许真能从读书的道路达到，世间也许真有足以救国的书，然而他们未必能，能也未必肯举出那些书名来。于是，不预备做帮手和顺民的人听了照例的"读书救国"之说，安得不"只当秋风过耳边"？

还有小孩进学校，普通都称为"读书"。父母说："你今年六岁了，送你到学校里去读书吧。"教师说："你们到学校里来，要好好儿读书。"嘴里说着读书，实际做的也只是读书。国语科本来还有训练思想和语言的目标，但究竟是工具科目，现在光是捧着一本书来读，姑且不说它。而自然科、社会科的功课也只是捧着一本书来读，这算什么呢？一只猫，一个苍蝇，一处古迹，一所公安局，都是实际的东西，可以直接接触的。为什么不让小孩直接接触，却把这些东西写在书上，使他们只接触一些文字呢？这样地利用文字，文字就成为闭塞智慧的阻障。然而颇有一些教师在那里说："如果不用书，这些科目怎么能教呢？"而切望子女的父母也说："进学校就为读这几本书！"他们完全忘了文字只是一种工具，竟承认读书是最后的目的了。真要大声呼喊"救救孩子"！

读书当然是甚胜的事，但是必须把上面说起的那几种读书除外。

（原载 1933 年 11 月 1 日《中学生》杂志第 39 号）

儿子的订婚

十六岁的儿子将要与一个十五岁的少女订婚了。是同住了一年光景的邻居,彼此都还不脱孩子气,谈笑嬉游,似乎不很意识到男女的界限。但是看两个孩子无邪地站在一块,又见到他们两个的天真和忠厚正复半斤八两,旁人就会想道:"如果结为配偶倒是相当的呢。"一天,S夫人忽然向邻居夫人和我妻提议道:"我替你们的女儿、儿子作媒吧。"两个母亲几乎同时说"好的",笑容浮现在脸上,表示这个提议正中下怀。几天之后,两个父亲对面谈起这事来了,一个说"好的呀",一个用他的苏州土白说"呒啥",足见彼此都合了意。可是两个孩子的意见如何是顶要紧的,就分头探询。探询的结果是这个也不开口,那个也不回答。少年对于这个问题的羞惭心理,我们很能够了解,要他们像父母那样若无其事地说一声"好的"或者"呒啥",那是万万不肯的。我们只须看他们的脸色,那种似乎不爱听而实际很关心的神气,那种故意抑制欢悦而把眼光低垂下来的姿态,就是无声的"好的"或者"呒啥"呀。于是事情决定,只待商定一个日期,交换一份帖子,请亲友们喝一杯酒,两个孩子就订婚了。

有"媒妁之言",而媒妁只不过揭开各人含意未伸的意想。也可以说是"父母之命",而实际上父母并没有强制他们什么。照现在两个孩子共同做一件琐事以及彼此关顾的情形看来,只要长此不变,他们就将是美满的一对。

这样的婚姻当然很寻常,并不足以做人家的模范。然而比较有些方式却自然得多了。近来大家知道让绝不相识的一男一女骤然在一起生活不很妥当，于是发明了先结识后结婚的方式。介绍人把一男一女牵到一处地方，或者是公园，或者是菜馆的雅座，"这位是某君，这位是某女士，"一副尴尬的面孔，这样替他们"接线"。而某君和某女士各自胸中雪亮，所为何事而来，还不是与"送入洞房"殊途同归？觌面的羞惭渐渐消散了，于是想出话来对谈，寻出题目来约定往后的会晤，这无非为了对象既被指定，不得不用人工把交情制造起来，两个男女结婚以后如何且不说，单说这制造交情的一步功夫，多么牵强不自然啊。

又有一种方式是由交际而恋爱，由恋爱而结婚。交际是广交甲、乙、丙、丁乃至庚、辛、壬、癸，这不过是朋友的相与。恋爱是一枝内发的箭，什么时候射出去是不自知的。一朝射出去而对方接受了，方才谈得到结婚。这种说法颇为一部分青年男女所喜爱。但是，我国知识男女共同做一种事业的很少，所谓交际，差不多只限于饮食游戏那些事。若不是有闲阶级，试问哪里有专门去干饮食游戏那些事的份儿？并且，交际只限于饮食游戏那些事，谨愿的人因而往往向隅，而浮滑的人才是交际场中的骄子。我们曾经看见许多青年男女瞩望着交际场，苦于无由投身进去，而青春已渐渐地离开他们，他们于是忧伤，颓丧，歇斯底里。这是很痛苦的。再说一部分青年心目中的恋爱境界，差不多是一幅美丽而朦胧的图画。那是诗词和小说教给他们的，此外电影也是有力的启示。这美丽而朦胧的图画实在只是瞬间的感觉，如果憧憬着这个，认为终极的目的，那么恋爱成功以后，一转眼就将惊诧于完全不是那么一回事，这时候是很无聊的。

伴侣婚姻是美国的产品，而且在美国也未见怎样通行。我国如果仿行起来，将会感到"此路不通"吧。

青年男女能从恋爱呀结婚呀这些问题上节省许多精神和时间，移用到别的事情上去，他们是幸福的。若把这些问题看作整个的人生，或者认作先于一切的大前提，那么苦恼就伺候在他们背后了。

(原载 1934 年 3 月 1 日《中学生》杂志第 43 号)

薪　工

我记得第一次收受薪水时的心情。

校长先生把解开的纸包授给我,说:"这里是先生的薪水,二十块,请点一点。"

我接在手里,重重的。白亮的银片连成的一段,似乎很长,仿佛一时间难以数清片数。这该是我收受的吗?我收受这许多不太僭越吗?这样的疑问并不清楚地意识着,只是一种模糊的感觉通过我的全身,使我无所措地瞪视手里的银元,又抬起眼来瞪视校长先生的毫无感情的瘦脸。

收受薪水就等于收受于此相当的享受。在以前,我的享受全是父亲给的;但是从这一刻起,我自己取得若干的享受了。这是生活上的一个转变。我又仿佛不能自信:以偶然的机缘,便遇到这个转变,不要是梦幻吧?

此后我幸未失业,每月收到薪水,习以为常,所以若无其事,拿到手就放进袋里。衣食住行一切都靠此享受到了,当然不复疑心是梦幻。可是在头脑空闲一点儿的时候,如果想到这方面去,仍不免有僭越之感。一切的享受都货真价实,是大众给我的,而我给大众的也能货真价实,不同于肥皂泡儿吗?这是很难断言的。

阅世渐深,我知道薪工阶级的被剥削确是实情,只要具有明澈的眼睛的人就看得透,这并不是什么深奥的学理。薪工阶级为自己的权利而抗争,也是理所当然。但是,如果用怠工等拆烂污的办法来抗争,我以为是薪工阶级的缺德。一个人工作着工作着,广义地说，便是把自己的一份心力贡献给大众。你可以维护自己的权利，可以反抗不当的剥削，可是你不应该吝惜你自己的一份心力，让大众间接受到不利的影响。

在收受薪水的时候，固然不妨考量是不是收受得太少；而在从事工作的时候，却应该自问是不是贡献得欠多。我想，这可以作为薪工阶级的座右铭。我这么说，并不是替不劳而获的那些人保障利益。从薪工阶级的立场说起来，不劳而获的那些人是该彻底地被消灭的。他们消灭之后，大家还是薪工阶级，而贡献心力也还是务期尽量的。

(原载 1934 年 6 月 1 日《中学生》第 46 号)

掮枪的生活

我当中学生的时代在清朝末年,那时候厉行军国民教育,所以我受过三年多的军事训练。现在回想起来,旁的也没有什么,只那掮枪的生活倒是颇有兴味的。

我们那时候掮的是后膛枪,上了刺刀,大概有七八斤重。腰间围着皮带。皮带上系着两个长方形的皮匣子,在左右肋骨的部位,那是预备装子弹的。后面的左侧又系着刺刀的壳子。这样装束起来。俨然是个军人了。

我们平时操小队教练、中队教练,又操散兵线,左右两旁的伙伴离得特别开,或者直立预备放,或者跪倒预备放,或者卧倒预备放。当卧倒预备放的时候,胸、腹、四肢密贴着草和泥土,有一种说不出来的快感。待教师喊出"举枪——放!"的口令的时候,右手的食指在发弹机上这么一扳,更是极度兴奋的举动。

有时候我们练习冲锋,斜执着上了刺刀的枪,一拥而前。不但如此,还要冲上五六丈高的土堆;土堆的斜坡很有点儿陡峭,我们不顾,只是脚不点地地往上冲。嘴里还要呐喊:"啊!——啊!"宛然有千军万马的气势。谁第一个冲到土堆的顶上,就高举手里的枪,与教师手里的指挥刀一齐挥动,犹如占领了一座要塞。

有时候我们练习野外侦察,三个四个作一组,各走不同的道路,向田野或树林出发。如果是秋季的晴天,侦察就大有趣味。干草的甘味扑鼻而来;各种昆虫或前或后,飞飞歇歇,好像特地来与我们作伴;清水的池边,断栏的桥上,随处可以坐下来;阳光照在身上，不嫌其热，可是周身感到健康的快感。这当儿，我们差不多忘了教师讲的侦察时候应该注意些什么。我们高兴有这样的机会，从沉闷的教室里逃到空旷的原野里，作一回挎着枪的游散。

一年的乐事，秋季旅行为最。旅行的时候也用军法部勒。一队有队长，一小队有小队长。步伐听军号，归队和散队听军号，吃饭听军号，早起夜眠也听军号。我有几个同级的好友是吹号打鼓的好手，每逢旅行，他们总排在队伍的前头，显耀他们的本领。我从他们那里受到熏染，知道吹号打鼓与其他技艺一样，造诣也颇有深浅的差异；要沉着而又圆转，那才是真功夫。我略能鉴别吹奏的好坏；有几支军号的曲调至今还记得。

旅行不但挎枪束子弹带，还要向军营里借了粮食袋和水瓶来使用。粮食袋挂在左腰间，水瓶挂在右腰间，里头当然装满了内容物。这就颇有点儿累赘了，然而我们都欢喜这样的装束，恨不得在背上再加个背包。其时枪也擦得特别干净，枪管乌乌的，枪柄上不留一点儿污迹，枪管子里面是人家看不见的，可是我们也用心擦，直擦到用一只眼睛窥看的时候，来复线条条闪亮，耀着青光，才肯罢手。

旅行到了目的地，或者从轮船上起岸，或者从火车上下来，我们总是排成四行的队伍，开着正步，昂然前进。校旗由排头笔直地执着，军号军鼓奏着悠扬的调子；步伐匀齐，没有一点儿错乱。人家没有留心看校旗上的字，往往说"哪里来的军队"。听了这个话，我们的精神更见振作，身躯挺得更直，步子也跨得更大。有一年秋季旅行，达到目的地已经是晚上八点过后，天下着大雨，地上到处是水潭。我们依然开正步，保持着队伍的整齐形式。一步一步差不多都落在水潭里，皮鞋里完全灌满了水，衣服也湿透了，紧贴着皮肤。我们都以为这是有趣的佳遇，不感到难受。又有一年秋季，到南京去参观南洋劝业会，正走进会场的正门，忽然来一阵点儿很大的急雨。我们好像没有这回事，立停，成双行向左转，报数，搭枪架，然后散开，到各个馆里去参观。第二天《会场日报》刊登特别记载：某某中学到来参观，完全是军队的模样，遇到阵雨，队伍绝不散乱，学生个个精神百倍，如是云云。我们都珍重这一则新闻记事，认为是这一次旅行的荣誉。

旅行时候的住宿又是一件有味的事。往往借一处地方，在屋子里平铺着稻草，就把带去的被褥摊在上面。睡眠的号声幽幽地吹起来时，大家蚱蜢似地窜向自己的铺位，解带子，脱衣服，都觉得异样新鲜，似乎从来没有做过的。一会儿熄灯的号声响了，就在一团黑暗里静待入睡。各人知道与许多伙伴在一起，差不多同睡在一张巨大的床上，所以并不感到凄寂。第二天醒来当然特别早，只等起身号的第一个音吹出，大家就站了起来，急急忙忙把自己打扮成个军人了。

从前的掮枪生活，现在回想起来，颇带一些浪漫意味。这在当时主张军国民教育的人说来，自然是失败了。然而我们这批人的青年生活却因此得到了一些润泽。

（原载 1934 年 10 月 1 日《中学生》第 48 号）

说　书

因为我是苏州人，望道先生要我谈谈苏州的说书。我从七八岁的时候起，私塾里放了学，常常跟着父亲去"听书"。到十三岁进了学校才间断。这几年间听的"书"真不少，"小书"如《珍珠塔》、《描金凤》、《三笑》、《文武香球》，"大书"如《三国志》、《水浒》、《英烈》、《金台传》，都不止听一遍，最多的听到三遍四遍。但是现在差不多忘记干净了，不要说"书"里的情节，就是几个主要人物的姓名也说不齐全了。

"小书"说的是才子佳人，"大书"说的是历史故事跟江湖好汉，这是大概的区别。"小书"在表白里夹着唱词，唱的时候说书人弹着三弦；如果是双档（两个人登台），另外一个就弹琵琶或者打铜丝琴。"大书"没有唱词，完全是表白。说"大书"的那把黑纸扇比较说"小书"的更为有用，几乎是一切"道具"的代替品，诸葛亮不离手的鹅毛扇，赵子龙手里的长枪，李逵手里的板斧，胡大海手托的千斤石，都是那把黑纸扇。

说"小书"的唱唱词据说是依"中州韵"的，实际上十之八九是方音，往往"ㄣ"、"ㄥ"不分，"真"、"庚"同韵。唱的调子有两派：一派叫"马调"，一派叫"俞调"。"马调"质朴，"俞调"婉转。"马调"容易听清楚，"俞调"抑扬太多，唱得不好，把字音变了，就听不明白。"俞调"又比较是女性的，说书的如果是中年以上的人，勉强逼紧了喉咙，发出撕裂似的声音来，真叫人坐立不安，浑身肉麻。

"小书"要说得细腻。《珍珠塔》里的陈翠娥见母亲势利，冷待远道来访的穷表弟方卿，私自把珍珠塔当作干点心送走了他。后来忽听得方卿来了，是个唱"道情"的穷道士打扮，要求见她。她料知其中必有蹊跷，下楼去见他呢还是不见他，踌躇再四，于是下了几级楼梯就回上去，上去了又走下几级来，这样上上下下有好多回，一回有一回的想头。这段情节在名手有好几天可以说。其时听众都异常兴奋，彼此猜测，有的说"今天陈小姐总该下楼梯了"，有的说"我看明天还得回上去呢"。

　　"大书"比较"小书"尤其着重表演。说书人坐在椅子上，前面是一张半桌，偶然站起来，也不很容易回旋，可是像演员上了戏台一样，交战，打擂台，都要把双方的姿态做给人家看。据内行家的意见，这些动作要做得沉着老到，一丝不乱，才是真功夫。说到这等情节自然很吃力，所以这等情节也就是"大书"的关子。譬如听《水浒》，前十天半个月就传说"明天该是景阳冈打虎了"，但是过了十天半个月，还只说到武松醉醺醺跑上冈子去。

　　说"大书"的又有一声"咆头"，算是了不得的"力作"。那是非常之长的喊叫，舌头打着滚，声音从阔大转到尖锐，又从尖锐转到奔放，有本领的喊起来，大概占到一两分钟的时间；算是勇夫发威时候的吼声。张飞喝断灞陵桥就是这么一声"咆头"。听众听到了"咆头"，散出书场来还觉得津津有味。

　　无论"小书"和"大书"，说起来都有"表"跟"白"的分别。"表"是用说书人的口气叙述；"白"是说书人说书中人的话。所以"表"的部分只是说书人自己的声口，而"白"的部分必须起角色，生旦净丑，男女老少，各如书中人的身份。起角色的时候，大概贴旦丑角之类仍用苏白，正角色就得说"中州韵"，那就是"苏州人说官话"了。

说书并不专说书中的事,往往在可以旁生枝节的地方加入许多"穿插"。"穿插"的来源无非《笑林广记》之类,能够自出心裁的编排一两个"穿插"的当然是能手了。关于性的笑话最受听众欢迎,所以这类"穿插"差不多每回可以听到。最后的警句说了出来之后,满场听众个个哈哈大笑,一时合不拢嘴来。

书场设在茶馆里。除了苏州城里,各乡镇的茶馆也有书场。也不止苏州一地,大概整个吴方言区域全是这批说书人的说教地。直到如今还是如此。听众是士绅以及商人,以及小部分的工人农民。从前女人不上茶馆听书,现在可不同了。听书的人在书场里欣赏说书人的艺术,同时得到种种的人生经验:公子小姐的恋爱方式,吴用式的阴谋诡计,君师主义的社会观,因果报应的伦理观,江湖好汉的大块分金、大碗吃肉,超自然力的宰制人间、无法抵抗……也说不尽这许多,总之,那些人生经验是非现代的。

现在,书场又设到无线电播音室里去了。听众不用上茶馆,只要旋转那"开关",就可以听到叮叮咚咚的弦索声或者海瑞、华太师等人的一声长嗽。非现代的人生经验利用了现代的利器来传播,这真是时代的讽刺。

(原载 1934 年 10 月 5 日《太白》半月刊第 1 卷第 2 期)

昆　曲

　　昆曲本是吴方言区域里的产物，现今还有人在那里传习。苏州地方，曲社有好几个。退休的官僚，现任的善堂董事，从课业练习簿的堆里溜出来的学校教员，专等冬季里开栈收租的中年田主少年田主，还有诸如此类的一些人，都是那几个曲社里的社员。北平并不属于吴方言区域，可是听说也有曲社，又有私家聘请了教师学习的，在太太们，能唱几句昆曲算是一种时髦。除了这些"爱美的"唱曲家偶尔登台串演以外，职业的演唱家只有一个班子，这是唯一的班子了，就是上海"大千世界"的"仙霓社"。逢到星期日，没有什么事来逼迫，我也偶尔跑去看他们演唱，消磨一个下午。

　　演唱昆曲是厅堂里的事。地上铺一方红地毯，就算是剧中的境界；唱的时候，笛子是主要的乐器，声音当然不会怎么响，但是在一个厅堂里，也就各处听得见了。搬上旧式的戏台去，即使在一个并不宽广的戏院子里，就不及平剧那样容易叫全体观众听清。如果搬上新式的舞台去，那简直没法听，大概坐在第五六排的人就只看见演员拂袖按鬓了。我不曾做过考据功夫，不知道什么时候开始有演唱昆曲的戏院子。从一些零星的记载看来，似乎明朝时候只有绅富家里养着私家的戏班子。《桃花扇》里有陈定生一班文人向阮大铖借戏班子，要到鸡鸣埭上去吃酒，看他的《燕子笺》，也可以见得当时的戏不过是几十个人看看罢了。我十几岁的时候，苏州城外有演唱平剧的戏院子两三家，演唱昆曲的戏院子是不常有的，偶尔开设起来，开锣不久，往往因为生意清淡就停闭了。

昆曲彻头彻尾是士大夫阶级的娱乐品，宴饮的当儿，叫养着的戏班子出来演几出，自然是满写意的。而那些戏本子虽然也有幽期密约，盗劫篡夺，但是总要归结到教忠教孝，劝贞劝节，神佛有灵，人力微薄，这就除了供给娱乐以外，对于士大夫阶级也尽了相当的使命。就文词而言，据内行家说，多用词藻故实是不算希奇的，要像元曲那样亦文亦话才是本色。但是，即使像了元曲，又何尝能够句句像口语一样听进耳朵就明白？再说，昆曲的调子有非常迂缓的，一个字延长到十几拍，那就无论如何讲究辨音，讲究发声跟收声，听的人总之难以听清楚那是什么字了。所以，听昆曲先得记熟曲文；自然，能够通晓曲文里的故实跟词藻那就尤其有味。这又岂是士大夫阶级以外的人所能办到的？当初编撰戏本子的人原来不曾为大众设想，他们只就自己的天地里选一些材料，编成悲欢离合的故事，借此娱乐自己，教训同辈，或者发发牢骚。谁如果说昆曲太不顾到大众，谁就是认错了题目。

昆曲的串演，歌舞并重。舞的部分就是身体的各种动作跟姿势，唱到哪个字，眼睛应该看哪里，手应该怎样，脚应该怎样，都由老师傅传授下来，世代遵守着。动作跟姿势大概重在对称，向左方做了这么一个舞态，接下来就向右方也做这么一个舞态，意思是使台下的看客得到同等的观赏。譬如《牡丹亭》里的《游园》一出，杜丽娘小姐跟春香丫头就是一对舞伴，从闺中晓妆起，直到游罢回家止，没有一刻不是带唱带舞的，而且没有一刻不是两人互相对称的。这一点似乎比较平剧跟汉调来得高明。前年看见过一本《国剧身段谱》，详记平剧里各种角色的各种姿势，实在繁复非凡；可是我们去看平剧，就觉得演员很少有动作，如《李陵碑》里的杨老令公，直站在台上尽唱，两手插在袍甲里，偶尔伸出来挥动一下罢了。昆曲虽然注重动作跟姿势，也要演员能够体会才好，如果不知道所以然，只是死守着祖传来表演，那就跟木偶戏差不多。

昆曲跟平剧在本质上没有多大差别，然而后者比较适合于市民，而士大夫阶级已无法挽救他们的没落，昆曲恐将不免于淘汰。这跟麻将代替了围棋，豁拳代替了酒令，是同样的情形。虽然有曲社里的人在那里传习，然而可怜得很，有些人连曲文都解不通，字音都念不准，自以为风雅，实际上却是薛蟠那样的哼哼，活受罪，等到一个时会到来，他们再没有哼哼的余闲，昆曲岂不将就此"绝响"？这也没有什么可惜，昆曲原不过是士大夫阶级的娱乐品罢了。

有人说，还有大学文科里的"曲学"一门在。大学文科分门这样细，有了诗，还有词，有了词，还有曲，有了曲，还有散曲跟剧曲，有了剧曲，还有元曲研究跟传奇研究，我只有钦佩赞叹，别无话说。如果真是研究，把曲这样东西看做文学史里的一宗材料，还它个本来面目，那自然是正当的事。但是人的癖性往往会因为亲近了某种东西，生出特别的爱好心情来，以为天下之道尽在于此。这样，就离开"研究"二字不止十里八里了。我又听说某一所大学里的"曲学"一门功课，教授先生在教室里简直就教唱昆曲，教台旁边坐着笛师，笛声嘘嘘地吹起来，教授先生跟学生就一同嗳嗳嗳……地唱起来。告诉我的那位先生说这太不成话了，言下颇有点愤慨。我说，那位教授先生大概还没有知道，"仙霓社"的台柱子，有名的巾生顾传玠，因为唱昆曲没前途，从前年起丢掉本行，进某大学当学生去了。

这一回又是望道先生出的题目。真是漫谈,对于昆曲一点儿也没有说出中肯的话。

(原载 1934 年 10 月 20 日《太白》半月刊第 1 卷第 3 期)

三 种 船

　　一连三年没有回苏州去上坟了,今年秋天有点儿空闲,就去上一趟坟。上坟的意思无非是送一点钱给看坟的坟客,让他们知道某家的坟还没有到可以盗卖的地步罢了。上我家的坟得坐船去。苏州人上坟向来大都坐船,天气好,逃出城圈子,在清气充塞的河面上畅快地呼吸一天半天,确是非常舒服的事。这一趟我去,雇的是一条熟识的船。涂着的漆差不多剥光了,窗框歪斜,平板破裂,一副残败的样子。问起船家,果然,这条船几年没有上岸修理了。今年夏季大旱,船只好胶住在浅浅的河浜里,哪里还有什么生意。又哪里来钱上岸修理。就是往年,除了春季上坟,船也只有停在码头上迎晓风送夕阳的份儿。近年来到各乡各镇去,都有了小轮船,不然,可以坐绍兴人的"啲啲船",也不比小轮船慢,而且价钱都很便宜。如果没有上坟这件事,苏州城里的船恐怕只能劈做柴烧了。而上坟的事大概是要衰落下去的,就像我,已经改变为三年上一趟坟了。

　　苏州城里的船叫做"快船",与别地的船比起来,实在是并不快的。因为不预备经过什么长江大湖,所以吃水很浅,船底阔而平。除了船头是露天以外,分做头舱中舱和艄篷三部分。头舱可以搭高,让人站直不至于碰头顶。两旁边各有两把或者三把小巧的靠背交椅,又有小巧的茶几。前檐挂着红绿的明角灯,明角灯又挂着红绿的流苏。踏脚的是广漆的平板,一般是六块,由横的直的木条承着。揭开平板,下面是船家的储藏库。中舱也铺着若干块平板,可是差不多贴着船底，所以从头舱到中舱得跨下一尺多。中舱两旁边是两排小方窗，上面的一排可以吊起来，第二排可以卸去，以便靠着船舷眺望。以前窗子都配上明瓦，或者在拼凑的明瓦中间镶这么一小方玻璃，后来玻璃来得多了，就完全用玻璃。中舱与头舱艄篷分界处都有六扇书画小屏门，上方下方装在不同的几条槽里，要开要关，只须左右推移。书画大多是金漆的，无非"寒雨连江夜入吴"，"月落乌啼霜满天"以及梅兰竹菊之类。中舱靠后靠右搁着长板，供客憩坐。如果过夜，只要靠后多拼一两条长板，就可以摊被褥。靠左当窗放一张小方桌，方桌旁边四张小方凳。如果在小方桌上放上圆桌面，十来个人就可以聚餐。靠后靠右的长板以及头舱的平板都是座头，小方凳摆在角落里凑数。末了儿说到艄篷，那是船家整个的天地。艄篷同头舱一样，平板以下还有地位，放着锅灶碗橱以及铺盖衣箱种种东西。揭开一块平板，船家就蹲在那里切肉煮菜。此外是摇橹人站着摇橹的地方。橹左右各一把，每把由两个人服事，一个当橹柄，一个当橹绳。船家如果有小孩，走不来的躺在困桶里，放在翘起的后艄，能够走的就让他在那里爬，拦腰一条绳拴着，系在篷柱上，以防跌到河里去。后艄的一旁露出四条棍子，一顺地斜并着，原来大概是护船的武器，后来转变成装饰品了。全船除着水的部分以外，窗门板柱都用广漆，所以没有其他船上常有的那种难受的桐油气味。广漆的东西容易擦干净，船旁边有的是水，只要船家不懒惰，船就随时可以明亮爽目。

　　从前，姑奶奶回娘家哩，老太太看望小姐哩，坐轿子嫌吃力，就唤一条快船坐了去。在船里坐得舒服，躺躺也不妨，又可以吃茶，吸水烟，甚至抽大烟。只是城里的河道非常脏，有人家倾弃的垃圾，有染坊里放出来的颜色水，淘米净菜洗衣服刷马桶又都在河旁边干，使河水的颜色和气味变得没有适当的字眼可以形容。有时候还浮着肚皮胀得饱饱的死猫或者死狗的尸体。到了夏天，红里子白里子黄里子的西瓜皮更是洋洋大观。苏州城里河道多，有人就说是东方的威尼斯。威尼斯像这个样子，又何足羡慕呢？这些，在姑奶奶老太太等人是不管的，只要小天地里舒服，以外尽不妨马虎，而且习惯成自然，那就连抬起手来按住鼻子的力气也不用花。城外的河道宽阔清爽得多，到附近的各乡各镇去，或逢春秋好日子游山玩景，以及干那宗法社会里的重要事项——上坟，唤一条快船去当然最为开心。船家做的菜是菜馆比不上的，特称"船菜"。正式的船菜花样繁多，菜以外还有种种点心，一顿吃不完。非正式地做几样也还是精，船家训练有素，出手总不脱船菜的风格。拆穿了说，船菜所以好就在于只准备一席，小镬小锅，做一样是一样，汤水不混和，材料不马虎，自然每样有它的真味，叫人吃完了还觉得馋涎欲滴。倘若船家进了菜馆里的大厨房，大镬炒虾，大锅煮鸡，那也一定会有坍台的时候的。话得说回来，船菜既然好，坐在船里又安舒，可以眺望，可以谈笑，玩它个夜以继日，于是快船常有求过于供的情形。那时候，游手好闲的苏州人还没有识得"不景气"的字眼，脑子里也没有类似"不景气"的想头，快船就充当了适应时地的幸运儿。

除了做船菜，船家还有一种了不得的本领，就是相骂。相骂如果只会防御，不会进攻，那不算希奇。三言两语就完，不会像藤蔓似的纠缠不休，也只能算次等角色。纯是常规的语法，不会应用修辞学上的种种变化，那就即使纠缠不休也没有什么精采。船家与人家相骂起来，对于这三层都能毫无遗憾，当行出色。船在狭窄的河道里行驶，前面有一条乡下人的柴船或者什么船冒冒失失地摇过来,看去也许会碰撞一下,船家就用相骂的口吻进攻了,"你瞎了眼睛吗?这样横冲直撞是不是去赶死?"诸如此类。对方如果有了反响,那就进展到纠缠不休的阶段,索性把摇橹撑篙的手停住了,反复再四地大骂,总之错失全在对方,所以自己的愤怒是不可遏制的。然而很少骂到动武,他们认为男人盘辫子女人扭胸脯不属于相骂的范围。这当儿,你得欣赏他们的修辞的才能。要举例子,一时可记不起来,但是在听到他们那些话语的时候,你一定会想,从没有想到话语可以这么说的,然而唯有这么说,才可以包含怨恨、刻毒、傲慢、鄙薄种种成分。编辑人生地理教科书的学者只怕没有想到吧,苏州城里的河道养成了船家相骂的本领。

  他们的摇船技术是在城里的河道训练成功的,所以长处在于能小心谨慎,船与船擦身而过,彼此绝不碰撞。到了城外去,遇到逆风固然也会拉纤,遇到顺风固然也会张一扇小巧的布篷,可是比起别种船上的驾驶人来,那就不成话了。他们敢于拉纤或者张篷的时候,风一定不很大,如果真个遇到大风,他们就小心谨慎地回复你,今天去不成。譬如我去上坟必须经过石湖,虽然吴瞿安先生曾做诗说石湖"天风浪浪"什么什么以及"群山为我皆低昂",实在是个并不怎么阔大的湖面,旁边只有一座很小的上方山,每年阴历八月十八,许多女巫都要上山去烧香的。船家一听说要过石湖就抬起头来看天,看有没有起风的意思。到进了石湖的时候,脸色不免紧张起来,说笑都停止了。听得船头略微有汩汩的声音,就轻轻地互相警戒,"浪头!浪头!"有一年我家去上坟,风在十点过后大起来,船家不好说回转去,就坚持着不过石湖。这一回难为了我们的腿,来回跑了二十里光景才上成了坟。

  现在来说绍兴人的"嘡嘡船"。那种船上备着一面小铜锣,开船的时候就嗙嗙嗙敲起来，算是信号，中途经过市镇，又嗙嗙嗙敲起来，招呼乘客，因此得了这奇怪的名称。我小时候，苏州地方没有那种船。什么时候开头有的，我也说不上来。直到我到甪直去当教师，才与那种船有了缘。船停泊在城外，据传闻，是与原有的航船有过一番斗争的。航船见它来抢生意，不免设法阻止。但是"嗙嗙船"的船夫只知道硬干，你要阻止他们，他们就与你打。大概交过了几回手吧，航船夫知道自己不是那些绍兴人的敌手，也就只好用鄙夷的眼光看他们在水面上来去自由了。中间有没有立案呀登记呀这些手续，我可不清楚，总之那些绍兴人用腕力开辟了航线是事实。我们有一句话，"麻雀豆腐绍兴人"，意思是说有麻雀豆腐的地方也就有绍兴人，绍兴人与麻雀豆腐一样普遍于各地。试把"嗙嗙船"与航船比较，就可以证明绍兴人是生存斗争里的好角色，他们与麻雀豆腐一样普遍于各地，自有所以然的原因。这看了后文就知道，且让我把"嗙嗙船"的体制叙述一番。

"嗙嗙船"属于"乌篷船"的系统，方头，翘尾巴，穹形篷，横里只够两个人并排坐，所以船身特别见得长。船旁涂着绿釉，底部却涂红釉，轻载的时候，一道红色露出水面，与绿色作强烈的对照。篷纯黑色。舵或红或绿，不用，就倒插在船艄，上面歪歪斜斜标明所经乡镇的名称，大多用白色。全船的材料很粗陋，制作也将就，只要河水不至于灌进船里就成，横一条木条，竖一块木板，像破衣服上的补缀一样，那是不在乎的。我们上旁的船，总是从船头走进舱里去。上"嗙嗙船"可不然，我们常常踩着船边，从推开的两截穹形篷中间把身子挨进舱里去，这样见得爽快。大家既然不欢喜钻舱门，船夫有人家托运的货品就堆在那里，索性把舱门堵塞了。可是踩船边很要当心。西湖划子的活动不稳定，到过杭州的人一定有数，"哨哨船"比西湖划子大不了多少，它的活动不稳定也与西湖划子不相上下。你得迎着势，让重心落在踩着船边的那只脚上，然后另一只脚轻轻伸下去，点着舱里铺着的平板。进了舱你就得坐下来。两旁靠船边搁着又狭又薄的长板就是坐位，这高出铺着的平板不过一尺光景，所以你坐下来就得耸起你的两个膝盖，如果对面也有人，那就实做"促膝"了。背心可以靠在船篷上，躯干最好不要挺直，挺直了头触着篷顶，你不免要起局促之感。先到的人大多坐在推开的两截穹形篷的空档里，这里虽然是出入要道，时时有偏过身子让人家的麻烦，却是个优越的位置，透气，看得见沿途的景物，又可以轮流把两臂搁在船边，舒散舒散久坐的困倦。然而遇到风雨或者极冷的天气，船篷必须拉拢来，那位置也就无所谓优越，大家一律平等，埋没在含有恶浊气味的阴暗里。

"哨哨船"的船夫差不多没有四十以上的人，身体都强健，不懂得爱惜力气，一开船就拼命划。五个人分两边站在高高翘起的船艄上，每人管一把橹，一手当橹柄，一手当橹绳。那橹很长，比旁的船上的橹来得轻而薄。当推出橹柄去的时候，他们的上身也冲了出去，似乎要跌到河里去的模样。接着把橹柄挽回来，他们的身子就往后顿，仿佛要坐下来似的。五把橹在水里这样强力地划动，船身就飞快地前进了。有时在船头加一把桨，一个人背心向前坐着，把它扳动，那自然又增加了速率。只听得河水活活地向后流去，奏着轻快的调子。船夫一壁划船，一壁随口唱绍兴戏，或者互相说笑，有猥亵的性谈，有绍兴风味的幽默谐语，因此，他们就忘记了疲劳，而旅客也得到了解闷的好资料。他们又喜欢与旁的船竞赛，看见前面有一条什么船，船家摇船似乎很努力，他们中间一个人发出号令说"追过它"，其余几个人立即同意，推呀挽呀分外用力，身子一会儿冲出去，一会儿倒仰过来，好像忽然发了狂。不多时果然把前面的船追过了，他们才哈哈大笑，庆贺自己的胜利，同时回复到原先的速率。由于他们划得快，比较性急的人都欢喜坐他们的船，譬如从苏州到甪直是"四九路"（三十六里），同样地划，航船要六个钟头，"啥啥船"只要四个钟头，早两个钟头上岸，即使不想赶做什么事，身体究竟少受些拘束，何况船价同样是一百四十文，十四个铜板。（这是十五年前的价钱，现在总该增加了。）

　　风顺，"啥啥船"当然也张风篷。风篷是破衣服、旧挽联、干面袋等等材料拼凑起来的，形式大多近乎正方。因为船身不大，就见得篷幅特别大，有点儿不相称。篷杆竖在船头舱门的地位，是一根并不怎么粗的竹头，风越大，篷杆越弯，把袋满了风的风篷挑出在船的一边。这当儿，船的前进自然更快，听着哗哗的水声，仿佛坐了摩托船。但是胆子小点儿的人就不免惊慌，因为船的两边不平，低的一边几乎齐水面，波浪大，时时有水花从舱篷的缝里泼进来。如果坐在低的一边，身体被动地向后靠着，谁也会想到船一翻自己就最先落水。坐在高的一边更得费力气，要把两条腿伸直，两只脚踩紧在平板上，才不至于脱离坐位，跌扑到对面的人的身上去。有时候风从横里来，他们也张风篷，一会儿篷在左边，一会儿调到右边，让船在河面上尽画曲线。于是船的两边轮流地一高一低，旅客就好比在那里坐幼稚园里的跷跷板，"这生活可难受，"有些人这样暗自叫苦。然而，"啥啥船"很少失事，风势真个不对，那些船夫还有硬干的办法。有一回我到甪直去，风很大，饱满的风篷几乎蘸着水面，虽然天气不好，因为船行非常快，旅客都觉得高兴，后来进了吴淞江，那里江面很阔，船沿着"上风头"的一边前进。忽然呼呼地吹来更猛烈的几阵风，风篷着了湿重又离开水面。旅客连"哎哟"都喊不出来，只把两只手紧紧地支撑着舱篷或者坐身的木板。扑通，扑通，三四个船夫跳到水里去了。他们一齐扳住船的高起的一边，待留在船上的船夫把风篷落下来，他们才水淋淋地爬上船艄，湿了的衣服也不脱，拿起橹来就拼命地划。

　　说到航船，凡是摇船的跟坐船的差不多都有一种哲学，就是"反正总是一个到"主义。反正总是一个到，要紧做什么？到了也没有烧到眉毛上来的事，慢点儿也呒啥。所以，船夫大多衔着一根一尺多长的烟管，闭上眼睛，偶尔想到才吸一口，一管吸完了，慢吞吞捻了烟丝装上去，再吸第二管。正同"嗒嗒船"相反，他们中间很少四十以下的人。烟吸畅了，才起来理一理篷索，泡一壶公众的茶。可不要当做就要开船了，他们还得坐下来谈闲天。直到专门给人家送信带东西的"担子"回了船，那才有点儿希望。好在坐船的客人也不要不紧，隔十多分钟二三十分钟来一个两个，下了船重又上岸，买点心哩，吃一开茶哩，又是十分或一刻。有些人买了烧酒豆腐干花生米来，预备一路独酌。有些人并没有买什么，可是带了一张源源不绝的嘴，还没有坐定就乱攀谈，挑选相当的对手。在他们，迟些儿到实在不算一回事，就是不到又何妨。坐惯了轮船火车的人去坐航船，先得做一番养性的功夫，不然，这种阴阳怪气的旅行，至少会有三天的闷闷不乐。

　　航船比"嗒嗒船"大得多，船身开阔，舱作方形，木制，不像"嗒嗒船"那样只用芦席。艄篷也宽大，雨落太阳晒，船夫都得到遮掩。头舱中舱是旅客的区域。头舱要盘膝而坐。中舱横搁着一条条长板，坐在板上，小腿可以垂直。但是中舱有的时候要装货，豆饼菜油之类装满在长板下面，旅客也只得搁起了腿坐了。窗是一块块的板，要开就得卸去，不卸就得关上。通常两旁各开一

1918年前后甪直第五高等小学全体教师合影(二排左二为叶圣陶)

1921年3月，叶圣陶与沈雁冰等合影留念。叶圣陶站在右边，沈雁冰席地而坐于其前，郑振铎坐在中间，旁边少年即沈泽民

扇,所以坐在舱里那种气味未免有点儿难受。坐得无聊,如果回转头去看艄篷里那几个老头子摇船,就会觉得自己的无聊才真是无聊。他们的一推一挽距离很小,仿佛全然不用力气,两只眼睛茫然望着岸边,这样地过了不知多少年月,把踏脚的板都踏出脚印来了,可是他们似乎没有什么无聊,每天还是走那老路,连一棵草一块石头都熟识了的路。两相比较,坐一趟船慢一点儿闷一点儿又算得什么。坐航船要快,只有巴望顺风。篷杆竖在头舱与中舱之间,一根又粗又长的木头。风篷极大,直拉到杆顶,有许多竹头横撑着,吃了风,巍然地推进,很有点儿气派。风最大的日子,苏州到甪直三点半钟就吹到了。但是旅客究竟是"反正总是一个到"主义者,虽然嘴里嚷着"今天难得",另一方面却似乎嫌风太大船太快了,跨上岸去,脸上不免带点儿怅然的神色。遇到顶头逆风航船就停班,不像"啮啮船"那样无论如何总得用人力去拼。客人走到码头上,看见孤零零的一条船停在那里,半个人影儿也没有,知道是停班,就若无其事地回转身。风总有停的日子,那么航船总有开的日子。忙于寄信的我可不能这样安静,每逢校工把发出的信退回来,说今天航船不开,就得担受整天的不舒服。

(原载1934年12月20日《太白》第1卷第7号)

天井里的种植

搬到上海来十多年,一直住的弄堂房子。弄堂房子,内地人也许不明白是什么式样。那是各所一律的:前墙通连,隔墙公用;若干所房子成为一排;前后两排间的通路就叫做"弄堂";若干条弄堂合起来总称什么里什么坊,表示那是某一个房主的房产。每一所房子开门进去是个小天井。天井,也许又有人不明白是什么。天井就是庭院;弄堂房子的庭院可真浅,只须三四步就跨过了,横里等于一所房子的阔,也不过五六步光景,如果从空中望下来,一定会觉得那个"井"字怪适当的。天井跨进去就是正间。正间背后横生着扶梯,通到楼上的正间以及后面的亭子间。因为房子并不宽,横生的扶梯够不到楼上的正间,碰到墙,拐弯向前去,又是四五级,那才是楼板。到亭子间可不用跨这四五级,所以亭子间比楼正间低。亭子间的下层是灶间;上层是晒台,从楼正间另一旁的扶梯走上去。近年来常常在文人笔下出现的亭子间就是这么局促闷损的居室。然而弄堂房子的结构确乎值得佩服;俗语说,"麻雀虽小,五脏俱全",弄堂房子就合着这样经济的条件。

住弄堂房子,非但栽不成深林丛树,就是几棵花草也没法种,因为天井里完全铺着水门汀。你要看花草只有种在花盆里。盆里的泥往往是反复地种过了几种东西的,一些养料早被用完,又没处去取肥美的泥土来加入;所以长出叶子来开出花朵来大都瘦小可怜。有些人家嫌自己动手麻烦,又正有余多的钱足以对付小小的奢侈的开支,就与花园约定,每个月送两回或者三回盆景来;这样,家里就长年有及时的花草，过了时的自有花匠带回去，真是毫不费事。然而这等人家的趣味大都在于不缺少照例应有的点缀，自己的生活跟花草的生活却并没有多大干系；只要看花匠带回去的，不是干枯了的叶子，就是折断了的枝干，可见我这话没有冤枉了他们。再有些人家从小菜场买一些折枝截茎的花草，拿回来就插在花瓶里，不像日本人那样讲究什么"花道"，插成"乱柴把"或者"喜鹊窠"都不在乎；直到枯萎了，拔起来向垃圾桶一扔，就此完事。这除了"我家也有一点儿花草"以外，实在很少意味。

　　我们乐于亲近植物，趣味并不完全在看花。一条枝条伸出来，一张叶子展开来，你如果耐着性儿看，随时有新的色泽跟姿态勾引你的欢喜。到了秋天冬天，吹来几阵西风北风，树叶毫不留恋地掉将下来；这似乎最乏味了。然而你留心看时，就会发现枝条上旧时生着叶柄的处所，有很细小的一粒透露出来，那就是来春新枝条的萌芽。春天的到来是可以预计的，所以你对着没有叶子的枝条也不至于感到寂寞，你有来春看新绿的希望。这固然不值一班珍赏家的一笑，在他们，树一定要搜求佳种，花一定要能够入谱，寻常的种类跟谱外的货色就不屑一看；但是，果真能从花草方面得到真实的享受，做一个非珍赏家的"外行"又有什么关系。然而买一点折枝截茎的花草来插在花瓶里，那是无法得到这种享受的；叫花匠每个月送几回盆景来也不行，因为时间太短促，你不能读遍一种植物的生活史；自己动手弄盆栽当然比较好，可是植物入了盆犹如鸟进了笼，无论如何总显得拘束，滞钝，跟原来不一样。推究到底，只有把植物种在泥地里最好。可是哪来泥地呢？弄堂房子的天井里有的是坚硬的水门汀！

　　把水门汀去掉；我时时这样想，并且告诉别人。关切我的人就提出了驳议。有两说：又不是自己的房产，给点缀花木犯不着，这是一说；谁知道这所房子住多少日子，何必种了花木让别人看，这是又一说。前者着眼在经济；后者只怕徒劳而得不到报酬。这种见识虽然不能叫我信服，可是究属好意；我对他们都致了谢。然而也并没有立刻动手。直到三年前的冬季，才真个把天井里的水门汀的两边凿去，只留当中一道，作为通路。水门汀下面满是砖砾，烦一个工人用了独轮车替我运出去。他就从不很近的田野里载回来泥土，倒在凿开的地方。来回四五趟，泥土与留着的水门汀平了。于是我买一些植物来种下，计蔷薇两棵，紫藤两棵，红梅一棵，芍药根一个。蔷薇跟紫藤都落了叶，但是生着叶柄的处所，萌芽的小粒已经透出来了；红梅满缀着花蕾，有几个已经展开了一两瓣；芍药根生着嫩红的新芽，像一个个笔尖，尤其可爱。我希望它们发育得壮健些，特地从江湾买来一片豆饼，融化了，分配在各棵的根旁边；又听说芍药更需要肥料，先在安根处所的下边埋了一条猪的大肠。

不到两个月，"一·二八"战役起来了。停战以后，我回去捡残余的东西。天井完全给碎砖断板掩没了。只红梅的几条枝条伸出来，还留着几个干枯的花萼；新叶全不见，大概是没命了。当时心里充满着种种的忿恨，一瞥过后，就不再想到花呀草呀的事。后来回想起来，才觉得这回的种植真是多此一举。既没有点缀人家的房产，也没有让别人看到什么，除了那棵红梅总算看见它半开以外，一点儿效果都没有得到，这才是确切的"犯不着"。然而当初提出驳议的人并不曾想到这一层。

去年秋季，我又搬家了。经朋友指点，来看这所房子，才进里门，我就中了意，因为每所房子的天井都留着泥地，再不用你费事，只一条过路涂的水门汀。搬了进来之后，我就打算种点儿东西。一个卖花的由朋友介绍过来了。我说要一棵垂柳，大约齐楼上的栏干那么高。他说有，下礼拜早上送来。到了那礼拜天，一家人似乎有一位客人将要到来，都起得很早。但是，报纸送来了，到小菜场去买菜的回来了，垂柳却没有消息。那卖花的"放生"了吧，不免感到失望。忽然，"树来了！树来了！"在弄堂里赛跑的孩子叫将起来。三个人扛着一棵绿叶蓬蓬的树，到门首停下；不待竖直，就认知这是柳树而并不是垂柳。为什么不送一棵垂柳来呢？种活来得难哩，价钱贵得多哩，他们说出好些理由。不垂又有什么关系，具有生意跟韵致是一样的。就叫他们给我种在门侧；正是齐楼上的栏干那么高。问多少价钱，两块四，我照给了。人家都说太贵，若在乡下，这样一棵柳树值不到两毛钱。我可不这么想。三个人的劳力，从江湾跑了十多里路来到我这里，并且带来一棵绿叶蓬蓬的柳树，还不值这点儿钱吗？就是普通的商品，譬如四毛钱买一双袜子，一块钱买三罐香烟，如果撇开了资本吸收利润这一点来说，付出的代价跟取得的享受总有些抵不过似的，因为每样物品都是最可贵的劳力的化身，而付出的代价怎样来的，未必每个人没有问题。

柳树离开了土地一些时，种下去过了三四天，叶子转黄，都软软地倒垂了；但枝条还是绿的。半个月后就是小春天气，接连十几天的暖和，枝条上透出许多嫩芽来；这尤其叫人放心。现在吹过了几阵西风，节令已交小寒，这些嫩芽枯萎了。然而清明时节必将有一树新绿是无疑的。到了夏天，繁密的柳叶正好代替凉棚，遮护这小小的天井：那又合于家庭经济原理了。

柳树以外我又在天井里种了一棵夹竹桃，一棵绿梅，一条紫藤，一丛蔷薇，一个芍药根，以及叫不出名字来的两棵灌木；又有一棵小刺柏，是从前住在这里的人家留下来的。天井小，而我偏贪多；这几种东西长大起来，必然彼此都不舒服。我说笑话，我安排下一个"物竞"的场所，任它们去争取"天择"吧。那棵绿梅花蕾很多，明后天有两三朵要开了。

(原载 1935 年 2 月 1 日《中学生》第 52 号)

近来得到的几种赠品

两个月前,接到厦门寄来一封信。拆开来看,是不相识的广洽和尚写的;附带赠给我一张弘一法师最近的相片。信上说我曾经写过那篇《两法师》,一定乐于得到弘一法师的相片。料知人家欢喜什么,就让人家享有那种欢喜,遥远的阻隔不管,彼此还没相识也不管!这种情谊是非常可感的。我立刻写信回答广洽和尚;说是谢,太浮俗了,我表示了永远感激的意思。

相片是六寸的,并非"艺术照相",布局也平常,跟身旁放着茶几,茶几上供着花盆茶盅的那些相片差不多。寺院的石墙作为背景,正受阳光,显得很亮;靠左一个石库门,门开着,画面就有了乌黑的长方形。地上铺着石板,平,干净。近墙种一棵树,比石库门高一点儿,平行脉叶很阔大,不知道是什么;根旁用低低的石栏围成四方形,栏内透出些兰草似的东西。一张半桌放在树前面,铺着桌布;陈设的是两叠经典,一个装着画佛的镜框子,还有一个花瓶,瓶里插着菊科的小花。这真所谓一副拍照的架子;依弘一法师的艺术眼光看来,也许会嫌得太呆板了。然而他对不论什么都欢喜满足,人家给他这样布置了请他坐下来的时候,他大概连连地说"好的,好的"吧。他端坐在半桌的左边;披着袈裟,折痕很明显;右手露出在袖外,拈着佛珠;脚上还是穿着行脚僧的那种布缕扭成的鞋。他现在不留胡须了,嘴略微右歪,眼睛细小,两条眉毛距离得很远;比较前几年,他显得老了,可是他的微笑里透露出更多的慈祥。相片上题着十个字:"甲戌九月居晋水兰若造",是他的亲笔；照相师给印在前方垂下来的桌布上，颇难看。然而我想，他看见的时候，大概也是连连地说"好的，好的"吧。

收到了照片以后不多几天，弘一法师托人带来两个瓷碟子，送给丏尊先生跟我。郑重地封裹着，一张纸里面又是一张纸；纸面写上嘱咐的话，请带来的人不要重压。贴着碟子有个字条子："泉州土产瓷碟二个，绘画美丽，堪与和兰瓷媲美，以奉丏尊圣陶二居士清赏。一音。"书法极随便，不像他写经语佛号的字幅那样谨严，然而没有一笔败笔，通体秀美可爱。

瓷碟子的直径大约三寸，土质并不怎样好，涂上了釉，白里泛点儿青，跟上海缸甏店里出卖的最便宜的碗碟差不多。中心画着折枝；三簇叶子像竹叶，另外几簇却又像蔷薇；花三朵，都只有阔大的五六瓣，说不来像什么；一只鸟把半朵花掩没了，全身轮廓作半月形，翅膀跟脚都没有画。叶子着的淡绿；花跟鸟头，淡硃；鸟身和鸟眼是几乎辨不清的淡黄。从笔姿跟着色看，很像小学生的美术课成绩。和兰瓷是怎样的，我没有见过；只觉得这碟子比那些金边的画着工细的山水人物的可爱。可爱在哪里，贪图省力的回答自然只消说"古拙"二字；要说得精到些，恐怕还有旁的道理呢。

前面说起照片，现在再来记述一张照片。贺昌群先生游罢华山，寄给我一张十二寸的放大片。前几年他在上海，亲手照的相我见过好些，这一张该是他的"得意之作"了。

这一张是直幅，左边峭壁，右边白云，把画面斜分成两半。一条栈道从左下角伸出来，那是在山壁上凿成的仅能通过一个人的窄路；靠右歪斜地立着木栏干，有几个人扶着木栏干向上走。路一转往左，就只见深黑的一道裂缝；直到将近左上角，给略微突出的石壁遮没了。后面的石壁有三四处极大的凹陷，都深黑，使人想那些也许是古怪的洞穴。所有的石壁完全赤裸裸的,只后面的石壁的上部挺立着一丛柏树:枝条横生,疏疏落落地点缀着细叶,类似"国画"的笔法。右边半幅白云微微显出浓淡;右上角还有两搭极淡的山顶,这就不嫌寂寞,勾引人悠远的想象。——这里叫做长空栈,是华山有名的险峻处所。

最近接到金叶女士封寄的两颗红豆。附信大意说,家乡寄来一些红豆,同学看见了,一抢而光。这两颗还是偷偷地藏起来的,因为好玩,就寄给我。过一些时,还要变得鲜艳呢。从小读"红豆生南国"的诗,就知道"红豆"这个名称,可是没有见过实物。现在金叶女士使我长些见识,自然欢喜。

红豆作扁荷包形,跟大豆蚕豆绝不相像。皮硃红色,光泽;每面有不规则形的几搭略微显得淡些。一条洁白的脐生在荷包开口的部分,像小孩的指甲。红豆向来被称为树,而有这生在荚内的果实,大概是紫藤一般的藤本。豆粒很坚硬,听说可以久藏。如果拿来镶戒指,倒是别有意趣的。

这里记述了近来得到的几种赠品。比起名画跟古董来,这些东西尤其可贵,因为这些东西浸渍着深厚的情谊。

(原载 1935 年 2 月 15 日《新小说》月刊创刊号,1983 年编入《叶圣陶散文甲集》,改题名为《几种赠品》)

过 节

逢到节令，我们遵照老例祭祖先。苏州人把祭祖先特称为"过节"。别地方人买一些酒菜，大家在节日吃喝一顿，叫做"过节"；苏州人对于这两个字似乎没有这样用法。

过节以前，母亲早已把纸锭折好了。纸锭的原料是锡箔，是绍兴地方的特产。前几年我到绍兴，在一个土山上小立，只听得密集的市屋间传出达达的声音，互相应答，就是在那里打锡箔。

我家过节共有三桌。上海弄堂房子地位狭窄，三桌没法同时祭，只得先来两桌，再来一桌。方桌子仅有一只，只得用小圆桌凑数。本来是三面设坐位的，因为椅子不够，就改为只设一面。杯筷碗碟拿不出整齐的全套，就取杂色的来应用。蜡盏弯了头。香炉里香灰都没有，只好把三支香搁在炉口就算。总之，一切都马虎得很。好在母亲并不拘于成规，对于这一切马虎不曾表示过不满。但是我知道，如果就此废止过节，一定会引起她的不快。所以我从没有说起废止过节。

供了香，斟了酒，接着就是拜跪。平时太少运动了，才过四十岁，膝关节已经硬化，跪下去只觉得僵僵的，此外别无所思。在满坐的祖先中间，记忆得最真切的是父亲与叔父，因为他们过世最后。但是我不能想象他们与十几位祖先挤坐在两把椅子上举杯喝酒举筷吃菜的情状。又有一个十一岁上过世的妹妹，今年该三十八了，母亲每次给她特设一盘水果，我也不能想象她剥橘皮吐桃核的情状。

从前父亲叔父在日,他们的拜跪就不相同。容貌显得很肃穆,一跪三叩之后,又轻轻叩头至数十回,好像在那里默祷,然后站起来,恭敬地离开拜位。所谓"祭如在","临事而敬",他们是从小就成为习惯了的。新教育的推行与时代的转变把古传的精灵信仰打破,把儒家的报本返始的观念看得并没有什么了不起,于是"如在"既"如"不起来,"临事"自不能装模作样地虚"敬",只成为一种毫无意义的例行故事:这原是必然的。

几个孩子有时跟着我拜,有时说不高兴拜,也就让他们去。焚化纸锭却是他们欢喜干的事,在一个搪瓷面盆里慢慢地把纸锭加进去,看它们给火焰吞食,一会儿变成白色的灰烬,仿佛有冬天拨弄炭火盆那种情味。孩子们所知道的过节,第一自然是吃饭时有较好较多的菜;第二,这是家庭里的特种游戏,一年内总得表演几回的。至于祖先会扶老携幼到来,分着左昭右穆坐定,吃喝一顿之后,又带着钱钞回去:这在孩子是没法想象的,好比我不能想象父亲叔父会到来参加这家族的宴飨一样。从这一点想,虽然逢时过节,对于孩子大概不至于有害吧。

(原载 1935 年 7 月 15 日《创作》月刊第 1 卷第 1 期)

《未厌居习作》自序

我的散文曾经在十年前和平伯先生的散文合在一起，取名《剑鞘》，由朴社出版。以后写的，经过一番选剔，取名《脚步集》，由新中国书局出版。集子出版以后，自己看看，总觉得像个样子的文篇不多，淘汰还不见得干净，引起深切的惭愧。最近两三年来，又写了一些散文。朋友劝说，不妨再来一本。我就把这些新作也选剔一番，再把《剑鞘》和《脚步集》里比较可观的几篇加进去，又补入当时没找到的几篇，成为这本集子。

我常常想，有志绘画的人无论爱好什么派别，或者预备开创什么派别，他总得从木炭习作入手。有志文艺的人也一样，自由自在写他的经验和意想就是他的木炭习作。无奈我们从前的国文教师不很留心这一层，所出题目往往叫我们向自己的经验和意想以外去找话说，这使我们在技术修练上吃了不小的亏。吃了亏只有想法补救，有什么经验就写，有什么意想就写，一方面可以给人家看看，一方面就好比学画的描画一个石膏人头。即使没有大的野心，不预备写什么传世的大作，这样修练也是有益的。能把自己的经验和意想畅畅快快地写出来，在日常生活上就有不少的便利。我是存着这种想头写这些散文的，所以给这一本集子取了个"习作"的名称。

（收入《未厌居习作》，开明书店1935年12月出版）

记游洞庭西山

四月二十三日，我从上海回苏州，王剑三兄要到苏州玩儿，和我同走。苏州实在很少可以玩儿的地方，有些地方他前一回到苏州已经去过了，我只陪他看了可园，沧浪亭，文庙，植园以及顾家的怡园，又在吴苑吃了茶，因为他要尝尝苏州的趣味。二十五日，我们就离开苏州，往太湖中的洞庭西山。

洞庭西山周围一百二十里，山峰重叠。我们的目的地是南面沿湖的石公山。最近看到报上的广告，石公山开了旅馆，我们才决定到那里去。如果没有旅馆，又没有住在山上的熟人，那就食宿都成问题，洞庭西山是去不成的。

上午八点，我们出胥门，到苏福路长途汽车站候车。苏福路从苏州到光福，是商办的，现在还没有全线通车，只能到木渎。八点三刻，汽车到站，开行半点钟就到了木渎，票价两毛。经过了市街，开往洞庭东山的裕商小汽轮正将开行，我们买西山镇夏乡的票，每张五毛。轮行半点钟出胥口，进太湖。以前在无锡鼋头渚，在邓尉还元阁，只是望望太湖罢了，现在可亲身在太湖的波面，左右看望，混黄的湖波似乎尽量在那里涨起来，远处水接着天，间或界着一线的远岸或是断断续续的远树。晴光照着远近的岛屿，淡蓝，深翠，嫩绿，色彩不一，眼界中就不觉得单调，寂寞。

十二点一刻到达西山镇夏乡，我们跟着一批西山人登岸。这里有码头，不像先前经过的站头，登岸得用船摆渡。码头上有人力车，我们不认识去石公山的路，就坐上人力车，每辆六毛。和车夫闲谈，才知道西山只有十辆人力车，一般人往来难得坐的。车在山径中前进，两旁尽是桑树茶树和果木，满眼的苍翠，不常遇见行人，真像到了世外。果木是柿、橘、梅、杨梅、枇杷。梅花开的时候，这里该比邓尉还要出色。杨梅干枝高大，屈伸有姿态，最多画意。下了几回车，翻过了几座不很高的岭，路就围在山腰间，我们差不多可以抚摩左边山坡上那些树木的顶枝。树木以外就是湖面，行到枝叶茂密的地方，湖面给遮没了，但是一会儿又露出来了。

十二点三刻，我们到了石公饭店。这是节烈祠的房子，五间带厢房，我们选定靠西的一间地板房，有三张床铺，价两元。节烈祠供奉全西山的节烈妇女，门前一座很大的石牌坊，密密麻麻刻着她们的姓氏。隔壁石公寺，石公山归该寺管领。除开一祠一寺，石公山再没有房屋，唯有树木和山石而已。这里的山石特别玲珑，从前人有评石三字诀叫做"皱、瘦、透"，用来品评这里的山石，大部分可以适用。人家园林中有了几块太湖石，游人就徘徊不忍去，这里却满山的太湖石，而且是生着根的，而且有高和宽都达几十丈的，真可以称大观了。

饭店里只有我们两个客，饭菜没有预备，仅能做一碗开阳蛋汤。一会儿茶房高兴地跑来说，从渔人手里买到了一尾鲫鱼，而且晚饭的菜也有了，一小篮活虾，一尾很大的鲫鱼。问可有酒，有的，本山自制，也叫竹叶青。打一斤来尝尝，味道很清，只嫌薄些。

吃罢午饭，我们出饭店，向左边走，大约百步，到夕光洞。洞中有倒挂的大石，俗名倒挂塔。洞左右壁上刻着明朝人王鏊所写的寿字，笔力雄健。再走百多步，石壁绵延很宽广，题着"联云嶂"三个篆字。高头又有"缥缈云联"四字，清道光间人罗绮的手笔。

从这里向下到岸滩，大石平铺，湖波激荡，发出汩汩的声音。对面青青的一带是洞庭东山，看来似乎不很远，但是相距十八里呢。这里叫做明月浦，月明的时候来这里坐坐，确是不错。我们照了相，回到山上，从所谓一线天的裂缝中爬到山顶。转向南往下走，到来鹤亭，下望节烈祠和石公寺的房屋，整齐，小巧，好像展览会中的建筑模型。再往下有翠屏轩。出石公寺向右，经过节烈祠门首，到归云洞。洞中供奉山石雕成的观音像，比人高两尺光景，气度很不坏，可惜装了金，看不出雕凿的手法。石公全山面积一百八十多亩，高七十多丈，不过一座小山罢了，可是山石好，树木多，就见得丘壑幽深，引人入胜。

回饭店休息了一会儿，我们雇一条渔船，看石公南岸的滩面。滩石下面都有空隙，波涛冲进去，作鸿洞的声响，大约和石钟山同一道理。渔人问还想到哪里去，我们指着南面的三山说，如果来得及回来，我们想到那边去。渔人于是张起风帆来。横风，船身向右侧，船舷下水声哗哗哗。不到四十分钟，就到了三山的岸滩。那里很少大石，全是磨洗得没了棱角的碎石片。据说山上很有些殷实的人家，他们备有枪械自卫，子弹埋在岸滩的芦苇丛中，临时取用，只他们自己有数。我们因为时光已晚，来不及到乡村里去，只在岸滩照了几张照片，就迎着落日回船。一个带着三弦的算命先生要往西山去，请求附载，我们答应了。这时候太阳已近地平线，黄水染上淡红，使人起苍茫之感。湖面渐渐升起烟雾，风力比先前有劲，也是横风，船身向左侧，船舷下水声哗哗哗，更见爽利。渔人没事，请算命先生给他的两个男孩子算命。听说两个都生了根，大的一个还有贵人星助命，渔人夫妻两个安慰地笑了。船到石公山，天已全黑。坐船共三小时，付钱一块二毛。饭店里特地为我们点了汽油灯，喝竹叶青，吃鲫鱼和虾仁，还有咸芥菜，味道和白马湖出品不相上下。九时息灯就寝。听湖上波涛声，好似风过松林，不久就入梦。

二十六日早上六时起身。东南风很大，出门望湖面，皱而暗，随处涌起白浪花。吃过早餐，昨天约定的人力车来了，就离开饭店，食宿小帐共计六块多钱。沿昨天来此的原路，我们向镇夏乡而去。淡淡的阳光渐渐透出来，风吹树木，满眼是舞动的新绿。路旁遇见采茶妇女，身上各挂一只篾篓，满盛采来的茶芽。据说这是今年第二回采摘，一年里头，不过采摘四五回罢了。在镇夏乡寄了信，走不多路，到林屋洞，洞口题"天下第九洞天"六个大字。据说这个洞像房屋那样有三进，第一进人可以直立，第二三进比较低，须得曲身而行。再往里去，直通到湖广。凡有山洞处，往往有类似的传说，当然不足凭信。再走四五里，到成金煤矿，遇见一个姓周的工头，峄县人，和剑三是大同乡，承他告诉我们煤矿的大概。这煤矿本来用土法开采，所出烟煤质地很好，运到近处去销售，每吨价六七块钱，比远来的煤便宜得多。现在这个矿归利民矿业公司经营，占地一万七千亩。目前正在开凿两口井，一口深十七丈，又一口深三十丈，彼此相通。一个月以后开凿成功，就可以用机器采煤了。他又说，西山上除开这里，矿产还很多呢。他四十三岁，和我同年，跑过许多地方，干了二十来年的煤矿，没上过矿业学校，全凭实际得来的经验。谈吐很爽直，见剑三是同乡，殷勤的情意流露在眉目间。剑三给他照了个相，让他站在他亲自开凿的井旁边。回到镇夏乡正十一点。付人力车价，每辆一块二毛半。在面馆吃了面，买了本山的碧螺春茶叶，上小茶楼喝了两杯茶，向附近的山径散步了一会儿，这才挨到午后两点半。裕商小汽轮靠着码头,我们冒着狂风钻进舱里,行到湖心,颠簸摇荡,仿佛在海洋里。全船的客人不由得闭目垂头,现出困乏的神态。

(原载 1936 年 5 月 5 日《越风》半月刊第 13 期)

假　山

佩弦到苏州来，我陪他看了几个花园。花园都有假山，作为园子的主要部分。假山下大都是荷花池。亭台轩榭之类就环拱着假山和池塘布置起来。佩弦虽是中年人，而且身子比较胖，却还有小孩的心性，看见假山总想爬。我是幼年时候爬熟了这几座假山了，现在再没有这种兴致，只是坐定在一处地方对着假山看看而已。

假山实在算不得一件好看的东西。乱石块堆叠起来，高高低低，凹凹凸凸，且不说天下决没有这样的山，单说阳光照在上面，明一块，暗一块，支离破碎，看去总觉得不顺眼。石块与石块的胶粘处不能不显出一些痕迹，旧了的还好，新修的用了水门汀，一道道僵白色真令人难受。玄墓山下有一景，叫做"真假山"，是山脚露出一些石块，有洞穴，有皱襞，宛如用湖石堆成的一般。胶粘的痕迹自然没有，走近去看还可以鉴赏山石的"皱法"。然而合着玄墓山一起看，这反而成为一个破绽，跟全山的调子不协调。可观的"真假山"，依我的浅见，要算太湖中洞庭西山的石公山了。那里全山是湖石，洞穴和皱襞俯拾即是，可是浑然一气。又有几十丈高的幛壁，比虎丘"千人石"大得多的石滩，真当得上"雄奇"二字。看了石公山再来看花园里的假山，只觉得是不知哪一个石匠把他的石料寄存在这里罢了。

假山上大都种树木，盖亭子。往往整个假山都在树木的荫蔽之下，而株数并不多，少的简直只有一株。亭子里总得摆一张石桌，可以围坐几个人，一座亭子镇压着整个所谓"山峰"也是常有的事。这就显得非常不相称。你着眼在山一方面，树木和亭子未免太大了，如果着眼在树木和亭子一方面，山又未免小得可笑了。《浮生六记》里的《闲情记趣》开头说：

> 留蚊于素帐中，徐喷以烟，使其冲烟飞鸣，作青云白鹤观，果如鹤唳云端，怡然称快。于土墙凹凸处，花台小草丛杂处，常蹲其身，使与台齐，定神细观。以丛草为林，以虫蚁为兽，以土砾凸者为邱，凹者为壑，神游其中，怡然自得。

这不失为很好的幻想。作者所以能"怡然称快"，"怡然自得"，在乎比拟得相称。以烟为云，自不妨以蚊为鹤；以丛草为树林，以土砾为邱壑，自不妨以虫蚁为走兽。假若在蚊帐中"徐喷以烟"，而捕一只麻雀来让它逃来逃去，或者以丛草为树林，而让一只猫蹲在丛草之上，这就凝不成"青云白鹤"和"林壑幽深"的幻想，也就无从"怡然"了。假山上长着大树，盖着亭子，情形正跟上面所说的相类。不相称的东西硬凑在一起，只使人觉得是大树长在乱石堆上，亭子盖在乱石堆上而已。

据说假山在花园中起障蔽的作用。如果全园的景物一目了然，东边望得到西边，南边望得到北边，那就太不曲折，太没有深致了。有假山障蔽着，峰回路转，又是一番景象，这才引人入胜。这个话当然可以承认，而且有一些具体的例子证明这个作用的价值。顾家的怡园，靠西一带假山把全园的景物遮掩了，你走到假山的西边去，回廊和旱船显得异常幽静，假山下的一湾水好像是从远处的泉源通过来的（其实就是荷花池中的水），引起你的遐想。还有，拙政园的进园处类似从前衙署中的二门，如果门内留着空旷处所，从园中望出来就非常难看。当初设计的人为弥补这个缺陷，在门内堆了一座假山，使你身在园中简直看不见那一道门。可见假山的障蔽作用确有它的价值。然而障蔽不一定要用假山。在园林建筑上，花墙极受重视，也为它的障蔽作用。墙上砌成各式各样的镂空图案，透着光，约略看得见隔墙的景物。这种"隔而不隔"的手法，假若使用得适当，比较堆假山作障蔽更有意思。此外，丛树也可以作障蔽之用。修剪得法，一丛树木还可以当一幅画看。用假山，固然使花园增加了曲折和深致，但是也引起了一堆乱石之感。利弊相较，孰轻孰重，正难断言。

依传统说法，假山并不重在真有山林之趣，假山本来是假山。路径的盘曲，层次的繁复，凡是山上所有的景物，如绝壁、危梁、岩洞、石屋，应有尽有，正合"麻雀虽小，五脏俱全"的谚语，在这等地方，显出设计的人的匠心。而假山的可贵也就在此。有名的狮子林，大家都说它了不起，就为那假山具有上面所说的那些条件。我小时候还没到过狮子林，长辈告诉我说，那里的假山曲折得厉害，两个人同在山上，看也看得见，手也握得着，但是他们要走到一条路上，还得待小半天呢。后来我去了，虽然不至于小半天，走走的确要好些时间。沿着高下屈曲的路径走，一路上遇见些"具体而微"的山上应有的景物。总之是层次多，阻隔多。就从这个诀窍，产生了两个人看得见而不能立刻碰头的效果。要堆这样一座假山当然不是容易事，不比建筑整整齐齐的房屋，可以预先打好平面和剖面的图样。这大概是全凭胸中的一点意象，堆上了，看看不对就卸下，卸下了，想停当了，再堆上，这样精心经营，直到完工才得休歇。然而不容易的事不一定做成功具有艺术价值的东西。在芝麻大的一粒象牙上刻一篇《陋室铭》，难是难极了，可是这东西终于是工匠的制品,无从列入艺术之林。你在假山上爬来爬去,只觉得前后左右都是石块,逼窄得很。遇见一些峭壁悬崖,你得设想自己缩到一只老鼠那样小才有味。如果你忘不了自己是个人,让躯体跟峭壁悬崖对照,那就像走进了小人国一般,峭壁悬崖再没有什么气魄,只见得滑稽可笑了。爬到"绝顶"的时候,且不说一览宇宙之大,你总要想来一下宽广的眺望吧。但是糟得很,什么堂什么轩的屋顶就挤在你眼前,你可以辨认那遗留在瓦楞上的雀粪。真山真水若是自然手创的艺术品,假山便是人类的难能而不可贵的"匠"制。凡是可以从真山真水得到的趣味,假山完全没有。

　　看既没有可看,爬又无甚意趣,为什么花园里总得堆一座假山呢?山不可移。叠起一堆乱石来硬叫它山,石块当然不会提抗议。而主人翁便怡然自得,心里想:"万物皆备于我矣,我的花园里甚至有了山。"舒服得无可奈何的人往往喜爱"万物皆备于我",古董、珍宝、奇花、异卉、美人、声伎,样样都要,岂可独缺名山?堆了假山,虽然眼中所见的到底不是山,而心中总之有了山了,于是并无遗憾。兴到时吟吟诗,填填词,尽不妨夸张一点儿,"苍崖千丈"呀,"云气连山"呀,写上一大套征求吟台酬和,作为消闲的一法。这不过随便揣想罢了,从前的绅富爱堆假山究竟是这个意思不是,当然不能说定。

(原载1936年10月16日《宇宙风》半月刊第27期)

弘一法师的书法

　　弘一法师对于书法是用过苦功的。在夏丏尊先生那里，见到他许多习字的成绩，各体的碑帖他都临摹，写什么像什么。这大概由于他画过西洋画的缘故。西洋画的基本练习是木炭素描，一条线条，一笔烘托，都得和摆在面前的实物不差分毫。经过这样训练的手腕和眼力，运用起来自然能够十分准确，达到得心应手的境界。于是写什么像什么了。

　　艺术的事情大多始于摹仿，终于独创。不摹仿打不起根基，摹仿一辈子，就没有了自我，只好永远追随人家的脚后跟。但是不用着急，凭真诚的态度去摹仿的，自然而然会有蜕化的一天。从摹仿中蜕化出来，艺术就得到了新的生命——不傍门户，不落窠臼，就是所谓独创了。弘一法师近几年来的书法，可以说已经到了这般地步。可是我们不要忘记，他是用了多年的苦功，临摹各体的碑帖，而且是写什么像什么的。

　　弘一法师近几年来的书法，有人说近于晋人。但是，摹仿的哪一家呢？实在指说不出。我不懂书法，然而极喜欢他的字。若问他的字为什么使我喜欢，我只能直觉地回答，因为他蕴藉有味。就全幅看，好比一堂温良谦恭的君子人，不亢不卑，和颜悦色，在那里从容论道。就一个字看，疏处不嫌其疏，密处不嫌其密，只觉得每一笔都落在最适当的位置上，不容移动一丝一毫。再就一笔一画看，无不使人起充实之感，立体之感。有时候有点儿像小孩子所写的那样天真，但是一面是原始的，一面是成熟的，那分别又显然可

1928年新年，叶圣陶与章雪村等几位朋友，到白马湖访问夏丏尊、胡愈之。照片摄影于平屋门口；左首为叶圣陶，往右依次为胡愈之、章雪村、贺昌群、周予同，站在周后边的是钱君匋，最右边的是平屋主人夏丏尊

1928年创作《倪焕之》时的叶圣陶

见。总括以上的话,就是所谓蕴藉,毫不矜才使气,功夫在笔墨之外,所以越看越有味。

这样浅薄的话,方家或许要觉得好笑,可是我不能说我所不知道的话,只得暴露自己的浅薄了。

(原载1937年1月17日厦门《星光日报》"弘一法师特刊")

骑　马

我小时候，苏州地方还没有人力车，代步的是轿子和船。一些墙门人家的女眷，即便要去的地方就在本城，出门总要依靠这两种交通工具。男人呢，为了比较体面的庆吊应酬，出门大都坐轿子，往城外乡间去上坟访友，大都坐船，平时出门，好在至多不过三四条巷，那就走走罢了。

那时候已经通行了脚踏车，可是很少见。骑脚踏车的无非是教会里的外国人，以及到过上海得风气之先的时髦小伙子。偶然看见一个人骑着脚踏车在铺着小石块的路上经过，抖抖抖抖的似乎要把浑身的骨节都震得发痠，在几乎肩贴肩走着的两个人中间，只这么一闪就擦过去了：这使大家感到新奇，不免停了脚步回过头去望那好像只有一片的背影。

与脚踏车一样需要自己驾驭的，还有驴子和马。可是骑驴子和马，意义不纯在代步，把它当作玩意儿的居多。骑了驴子往玄妙观去吧，骑了马往虎丘去吧，并不为玄妙观和虎丘路远走不动，却在于借此题目尝一尝控纵驰骋的快乐。

一般人对于驴子和马，用两样的眼光来看待。驴子，那长耳朵的灰黑色的畜生，饲养它的只是藉此为生的驴夫，一匹驴子又不值几个钱，所以大家不把它看作奢侈品。无论是谁，骑骑驴子，还不至于惹人非议。马，那昂然不群的畜生，可不同了，虽然多数的马也由马夫饲养，但是很有几个浮华的少爷名门的败家子也养着马，所以大家都把马看作要不得的奢侈品。谁如果骑着马在路上经过，有些相识的人就不免窃窃私议，某人堕落了，他竟骑起马来了。这种想法，在别的事例上也常常可见。从前我们地方一些规矩人都不爱穿广东的拷绸，因为拷绸是所谓"流氓"之类惯用的衣料。马既是浮华的少爷名门的败家子的玩意儿，规矩的有教养的人当然不应该骑；这好像是很周密的推理。

当时我们一班中学生可没有顾到这一层，一时高兴，竟兴起了骑马的风尚。原由是有一个同学在陆军小学呆过一年，他会骑马，把骑马的趣味说得天花乱坠，大家听得痒痒的，都想亲自试一试。刚好学校近旁有一片兵营里的校场，校场东边是一条宽阔的道路，两旁栽着柳树，正是试马的好所在。马夫养马的草棚又正在校场的西北角，花一角钱，就可以去牵一匹出来，骑它一个钟头。于是你也去试骑，我也去试骑，最盛的时候竟有二十多人同时玩这宗新鲜玩意儿。

现在马背上大都用西式皮鞍子了，从前却用木鞍子。十三四岁的人，站在平地，头顶就高出木鞍子不多，要用两手按着鞍子，左脚踏在踏镫里，让身子顺势一耸跨上马背，这是一连串并不容易的动作。马好像知道骑马的人本领的高低似的，生手跨上去，它就歪着头只是将身子旋转，这又是很难制服的。这当儿，马夫和朋友的帮助自属必要了，拉缰绳的拉缰绳，托身子的托身子，一阵子的乱嚷嚷，生手居然坐上了鞍子。于是把缰绳接在手里，另一只手按着鞍子，再也不敢放松。那畜生如果是比较驯良的，以为一切都已停当，肯规规矩矩走这么几步，初学的人就心花怒放了。

但是这样按着鞍子骑马叫做"请判官头"，是最不漂亮的姿势。多骑了几回，自然想把手放松，不再去"请"那"判官头"。同时拉缰绳的一只手也要学着去测验马的"口劲"，试探马的脾气,准备在放松一点儿或是扣紧一点儿的几微之间,操纵胯下的畜生。

通常以为骑马就是让屁股服服贴贴坐在鞍子上。其实不然,得在大腿里侧用劲,把马背夹住,屁股部分却是脱空的。如果不用腿劲,在马"跑开"的时候不免要倒翻下来,两只脚虽然踏在踏镫里,也没有多大用处。这腿劲自然要从锻炼得来。我骑了好几回马,腿劲未见增强多少,可是站到地上,坐到椅子上,只觉得两条腿和腰部都是僵僵的了。

让马走慢步,称为"骑老爷马",最没有趣味。那是一步一拍的步调,马头一颠一颠的,与婚丧的仪仗中执事人员所骑的马一样。我们都不爱"骑老爷马",至少得叫它"小走"。"小走"是较为急促的步调,说得过甚些,前后左右四个蹄几乎同时离地,也几乎同时着地。各匹马的脾气不同,有的须把缰绳放松,有的却须扣紧;有的须略一放松随即扣紧,有的却须向上一提,让它的头偏左或是偏右一点儿;只要摸着它的脾气,它就会了意,开始"小走"了。好的马四条腿虽然在急速的运动,身子可绝不转侧,总是很平稳的前进。骑到这样的马是一种愉快,挺着身躯,平稳的急速的向前,耳朵旁边响着飕飕的风,柳树的枝条拂着头顶和肩膀,于是仿佛觉得跑进了古人什么诗句的境界中了。

至于"跑开",那又是另一种步调:前面两个蹄同时着地,随即后面两个蹄离地移前,同时着地,接着前面两个蹄又同时跨出去了。这里所谓着地实在并不"着",只能说是非常轻快的在地上"点"一下。在前面两个蹄点地和后面两个蹄点地之间,时间是极其短促的。这当儿,马身一高一低,约略成一条曲线前进。骑马的人一高一低的飞一般的向前,当然爽快不过,有凌云腾空的气概。

但是腿劲如果差点儿,这种爽快很难尝试,尝试的时候不免要吃亏。

有一回,我就这样从马上摔了下来。那一天,我跟在那个进过陆军小学的同学的后面,在我背后还有好几匹马。起初是"小走",忽然前面的那个同学把缰绳一扣,他的马开始"跑开"了。我的马立即也换了步调。我没有提防,大概马跑了两三步,我就往左侧里倒翻下来。后面的几匹马怎么一脚也不曾踩着我,我至今还不明白。当时如果有一个马蹄踩着我的脑壳或是胸膛,我的生命早在中学二年级时候结束了。

我摔了下来就不省人事,醒来的时候,很觉得奇怪,我是通学生,怎么睡在寄宿舍里的一张床上!又好像时间很晚了,已经吃过晚饭。其实还是上午十一点过后,我只昏迷了一点钟多一点儿。想了一会,才把刚才的事想起来。坐起来试试,居然没有什么痛苦,只觉得浑身软软的,像病后起身的光景。我赶紧跑回家,像平时一样吃午饭,绝不提摔交的事——在外面骑马,我从来不曾在父母面前提起过。直到前几年,儿子在外面试着骑马,回来谈他的新经验,我才把那回摔交的事说出来。母亲听了,微皱着眉头说:"你不回来说,我们在家里哪里知道。这种危险的事,还是不要去试的好。"她现在为孙儿担心了。

当时我们骑马,现在想起来,在教师该是桩讨厌的事儿。那时候学校比较放任,校长是一个自以为维新的人物,虽然不曾明白提倡骑马,对于其他运动却颇着力鼓励。七八匹马在学校墙外跑过,铃声蹄声闹成一片,他不会绝不知道。他为什么不禁止呢?大概以为这也是一项运动,不妨任学生去练习吧。但是多数教师却受累了。他们有一般人的偏见,以为骑马是不端的行为,眼睁睁的看学生骑着马在旁边跑过,总似乎有失体统。于是有故意低着头走过去,假作不知道马背上是什么人似的,也有远远望见学生的马队在前面跑来,立刻回身,或者转向从别一条路走去的。他们一定在怨恨学生,为什么不肯体谅教师,离开学校远一点儿去练习你们的骑术呢!

(原载 1937 年 6 月 25 日《新少年》第 3 卷第 12 期)

抗战周年随笔

去年芦沟桥事件发生以后，不到半个月，中央当局就有明白严正的表示。但是北平天津相继失陷，中央当局还没有什么实际行动，不免使人有"但闻楼梯响，不见人下来"之感。其时我怅惘得很，按《鹧鸪天》调子写了一首词。

> 不定阴晴落叶飞，小红花自媚疏篱。颇惊宿鸟依枝久，亦讶行云出岫迟。　吟止酒，写新词，寻消问息费然疑。同仇敌忾非身外，莫道书生无所施。

"宿鸟"指飞机。集款购机，近几年来是一件大事，北方已经打得这么厉害，而飞机还不出动，不免惊诧那些"鸟""宿"在枝上睡得那么沉酣。"行云"指对付敌寇的具体计划，从报纸上看，今天这样说，明天又那样说，今天硬一点儿，明天又软一点儿，为什么那"行云"还不"出岫"呢？直到八月十三日的下午，买到地方报纸的号外，说上海我军已经和寇军开战了。第二天又听到我空军初次出动，大获胜利的消息。我的怅惘这才完全消散，我不再"惊""讶"了，我们的"鸟"原来是"一飞冲天"的大鹏，我们的"行云"原来是"天地为之变色"的势力。

九月三日的夜间，吴大琨君来访。他在上海做救护难民的工作，这一次回苏州就为护送难民回籍。他告诉我关于伤兵的故事，又告诉我难民的一般情况。我把他的话写了两首词，调子是

《卜算子》。

"莫致慰劳辞，谁耐闲消遣！快与咱家去弹丸，心急回前线！" "留臂创难治，去臂魂先断。岂似新丰折臂翁，独臂争重战！"

齐视死和生，哪问恩和怨？荡析伤夷任惨凄，独颂今回战。 紧紧咬牙根，炯炯睁双眼。身份无分共一舟，民质从今变。

第一首记的是两个伤兵的话。噜噜哝哝的慰劳话，听起来有点儿厌烦，爽直的伤兵就说："不用慰劳吧！快给我去掉中在身上的子弹，我还要回前线去呢！"第二个伤兵可真惨，他不单是身上受了伤，连精神也受了伤了。要把那条臂留着，创口难以医治，如果去掉那条臂，单剩一条臂，怎么能再上前线呢？这种精神上的创伤比身体上的创伤更为难受。"新丰折臂翁"是我加进去的，伤兵当然不会知道白乐天有过这么一首乐府，写一个厌战而损伤自己肢体的懦夫。我用这个典故，不过表明"我岂是个怕打仗的懦夫"的意思罢了。第二首里的"独颂今回战"和"民质从今变"两句，现在想来，可以说是对一年来我们同胞的总题语。一年来我跑了几千里路，遇见了各式各样的人，他们中间有的叹息事业的衰败，有的痛哭亲属的死伤，有的离开了故乡，身无立锥之地，有的倒空了钱袋，更无买饭的钱：但是没有一个怨恨这回抗战的，没有，绝对没有，大家只是更炽热地燃烧着对于敌寇的仇恨，更固执地抱持着抗战到底的意志。这是个最为值得注意的现象，就是所谓"民质从今变"。

九月二十一日，我全家离开苏州。我在苏州住的是新造的四间小屋，讲究虽然说不上，但是还清爽，屋前种着十几棵树木，四时不断地有花叶可玩。

那天走出家屋，几时再回来是未可预料的，也许回来时屋已被炸被烧了，可是当时我自己省察，并没有什么依恋爱惜之感。我以为抗战要本钱，本钱就是各个人的牺牲。具有积极意义的牺牲就是所谓"有钱者出钱，有力者出力"。仅有消极意义的牺牲就是不惜放弃所有，甘愿与全国同胞共同忍受当前的艰苦。积极意义的牺牲，价值当然极大，但是消极意义的牺牲也并非无关紧要。一个人当情势危迫，不得不放弃所有的时候，假如想不通，看不破，硬是不肯放弃所有，那么汉奸心理就像病菌似的侵入他的灵魂了。所以能够作消极的牺牲，也算在抗战这一桩大事业上出了一份本钱，是心安理得的事。两个月前，丰子恺先生抄给我看他写的一首诗，那诗是答复友人作了诗来吊他的已毁的缘缘堂的。

> 寇至予当去，非从屈贾趋。
> 欲行焦土策，岂惜故园芜？
> 白骨齐山岳，朱殷染版图。
> 老夫家亦毁，惭报庶几无。

丰先生所说的"惭报庶几无"，大概正是我所说的作了消极意义的牺牲的意思。不过我在苏州的家屋至今没有毁。我并不因为它没有毁而感到欣喜。我希望它被我们的游击队的枪弹打得七穿八洞，我希望它被我们正规军队的大炮轰得尸骨无存，我甚至希望它被逃命无从的寇军烧得干干净净。

去年"八一三"以后，苏州地方也闹过某人某人是汉奸的风说。当时我也暗自揣想，万一上海方面我军失利，寇军到了昆山，某某等人会冒用全体苏州人的名义，到昆山去欢迎他们，希望他们不要糟蹋苏州吧。后来苏州失陷了，从报上看到所谓维持会中人物的姓名，居然有两三个是我预料到的。这批人大都有田，有钱，有玩好，有享用，临到危难，不肯放弃所有，就傀儡登场当汉奸了。顾颉刚先生曾经写信给我，说到苏州的汉奸道："维持会中，某姓甚多，亦见故家大族之鲜克由礼也。"故家大族为什么会这样不争气？就在乎他们有"所有"，把"所有"看得太重了，"所有"之外的一切当然都丢在脑后了。这批汉奸有一件事，使人听了非常难受，觉得啼笑皆非。他们为了逢迎寇军，在张贴的通告上写上"昭和"的年号，寇军却假仁假义说："这是你们中国人的事，照旧用中华民国好了。"他们听了哪敢照旧用，结果有一个聪明的汉奸想出了改用西历纪元的办法，据说一直用到如今了。就在这件简单的事上，汉奸心理充分表现出来了。这批人若不消灭净尽，我真耻为苏州人。去冬从宜昌来重庆，在江轮上写一首诗道：

故乡且付梦魂间，不扫妖氛誓不还。
偶与同舟作豪语，全家来看蜀中山。

我爱故乡，我切盼回到扫尽了"妖氛"的故乡。

（原载1938年7月9日《抗战文艺》第1卷第12期）

乐山被炸

日本飞机轰炸乐山的那一天，我在成都。成都也发了警报，我和徐中舒兄出了新西门，在田岸上走，为了让一个老婆子，我的右脚踹到稻田里去了，鞋袜都沾满了泥浆。一会儿我们的飞机起飞了，两架一起，三架一起，有的径往东南飞去，有的在晴朗的空中打圈子，也数不清起飞了多少架，只觉得飞机声把浓绿的大平原笼罩住了。田岸上的人一路走，时常抬起头来眯着眼望天空，待望见了一个银灰色的颗粒，感慰的兴奋的神色就浮上了脸，仿佛说，我们准备好了，你们来吧！

我们在一条溪沟旁边的竹林里坐了一点钟光景，又在中舒兄的朋友的草屋里歇了将近两点钟，并且吃了午饭，警报解除了，日本飞机没有来。哪知道就在这一段时间里，我们寄居的乐山城毁了大半，有两千以上的人丧失了生命。我的寓所也毁了，从书籍衣服到筷子碗盏，都烧成了灰；我的一家人慌忙逃难，从已经烧着了的屋子里，从静寂得不见一个人只见倒地的死尸的小巷子里，从日本飞机的机枪扫射之下，赶到了岷江边，渡过了江，沿着岸滩向北跑，一直跑了六七里路，又渡过江来到昌群兄家里，这才坐定下来喘一口气。

我和徐中舒兄回进城里，听到传说很多，泸州被炸了，自流井被炸了，提到的地方总有八九处。到了四点半的时候，知道被炸的是乐山。消息从防空机关里传出来，而且派去察看的飞机已经回来了，全城毁了四分之三，火还没有扑灭呢。那是千真万确的了，多数人以为该不至于被炸的乐山,竟然被炸了。

为什么要轰炸乐山呢?乐山有唐朝时候雕凿的大佛,有相传是蛮子所居实在是汉朝人的墓穴的许多蛮洞,有凌云乌尤两个古寺,有武汉大学,有将近十万居民,这些难道是轰炸的目标吗?打仗本来没有什么公定的规则,所谓不轰炸不设防城市,乃是从战斗的道德观念演绎出来的。光明的勇敢的战斗员都有这种道德观念。彼此准备停当了,你一拳来,我一脚去,实力比较来得的一方打倒了对方,那才是光荣的胜利。如果乘对方的不防备,突然冲过去对准要害就来个冷拳,那么即使把对方打得半死,得到的也只是耻辱而不是胜利,因为这个人违背了战斗的道德。多数住在乐山的人以为乐山该不至于被炸,一半就由于料想日本军人也有这种道德观念。他们似乎忘却了几乎每天的报纸都记载着的事例,要是不忘记那些事例,日本军人并没有这种道德观念是显然的。他们存着极端不真切的料想,又把自己的身家性命作为赌注,果然,他们输了。我是他们中间的一个,我也输了。

那一夜差不多没有阖眼。想我的寓所在岷江和大渡河合流的尖嘴上,那是日本飞机最先飞过的地方,决不会不被炸;想我家每次听见了警报总是守在寓里,不过江,也不住山野里跑,这回一定也是这样,那就不堪设想了;想日本飞机每次来轰炸,就有多少人死了父母,伤了妻子,人家的人都可以牺牲,我家的人哪有特别不应该牺牲的理由?但是,只要家里有一个人断了一条臂或者折了一条腿,那就是全家人永久的痛苦。如果情形比断一条臂折一条腿还要严重呢?如果不只是一个人而是几个人呢?如果老小六口都烧成了焦炭呢?我要排除那些可怕的想头,故意听窗外的秋虫声,分辨音调和音色的不同,可是没有用,分辨不到一分钟,虫声模糊了,那些可怕的想头又钻进心里来了。

第二天上午八点钟，一辆小汽车载着五个归心如箭的人开行了。沿路的景物，没有心绪看；公路上的石子弹起来，打着车底的钢板当当发响，也不再嫌它讨厌了；大家数着路旁的里程标，"走了几公里了，剩下几公里了"，这样屡次地说着。那些里程标好像搬动过了，往常的一公里似乎没有那么长。

总算把一百六十多个里程标数完了。从乱哄哄的人丛中，汽车开进了嘉乐门，心头深切地体验到"近乡情更怯，不敢问来人"的况味。忽然有人叫我，向我招手。定神看时，见是吴安真女士，"怎么样？"我慌张地问。

"你们一家人都好的，在贺昌群先生家里了。"听了这个话，我又深切地体验到"疑是梦里"并不是夸饰的修辞。

跑到昌群兄家里，见着老母以下六口，没有一个人流了一滴血，擦破了一处皮肤，那是我们的万幸。他们告诉我寓中一切都烧了；那是早在意料之中的事，我并不感到激动。他们告诉我逃难时候那种慌急狼狈的情形；我很懊悔到了成都去，没有同他们共尝这一份惶恐和辛苦。他们告诉我从火场中检出来的死尸将近上千了；那些人和我们一样，牺牲的机会在冥冥之中等候着，他们不幸竟碰上了，那比较听到一个朋友或是亲戚寻常病死的消息，我觉得难受得多。最后，他们告诉我在日本飞机还没飞走的时候，武大和技专的同学出动了，拆卸正在燃烧的房子，扛抬受了伤的人和断了气的尸体，真有奋不顾身的气概；听到这个话，我激动得流了泪。在成都听人说起那一回成都被炸，中央军校的全体同学立刻出动，努力救火救人，我也激动得流了泪。那是教育奏效的凭证，那是青年有为的凭证。把这种舍己为群的精神推广开来，什么事情做不成呢。

被炸以后的两个月中间，我家都忙着置备一切器物。新的寓所租定了，在城外一座小山下，就搬了进去。粗陶碗，毛竹筷子，一样可以吃饭；土布衣衫穿在身上，也没有什么不舒服；三间面对田野的矮屋，比以前多了好些阳光和清新空气。轰炸改变了我的什么呢？到现在事隔半年了，在曾经是闹市区的瓦砾堆上，又筑起了白木土墙的房屋，各种店铺都开出来了。和被炸的别处地方以及沦为战区的各地一样，还是没有一个人显得颓唐，怨恨到抗战的国策；这是说给日本军人听也不会相信的。

1940年2月9日作

（原载1940年4月5日《中学生》战时半月刊第20期）

《我与文学及其他》序

　　孟实先生重订这个集子，嘱我写几句话，作为序文。这里的十来篇文字，我大多读过；现在重读，好像初尝时鲜似的，还是觉得甘美。各篇谈说的方面不同，可差不多都涉及诗。孟实先生说，"一切纯文学都要有诗的特质"；推广开来，好像艺术都是诗，一幅图画是诗，一座雕像是诗，一阕曲调是诗，一节舞蹈是诗，不过不是文字写的罢了。要在文学跟艺术的天地间回旋，不从诗入手，就是植根不厚。孟实先生对于文学跟艺术有深广的理解，从文学跟艺术得到美满的享受，就使他在诗上立下深厚的根基。他把这些文字贡献给读者，读者受他的薰染，也在诗上下工夫，得益自不待言。

　　寻常说话作文，各人有各人的派头，讨论文艺也一样。有些人把理论认作数学的定理，一阵子"因为""所以"，就达到结论：这必须如此，不能如彼。这样的讨论往往带着命令的意味，言外仿佛说，你们得跟我一样的想。另外一派可不然。他们不把理论看作金科玉律，无论现成的或是独得的，都给它作详悉的疏解；就是结论也不以为"天下之道尽在是"，仿佛说，我是这么想，愿与你们商量。如果让我站在读者的地位，我喜欢读后一派的文字；因为这时候我有自由细细的想，这自由是作者给我的，其中流荡着诚挚的友谊。孟实先生的文字，一贯的属于后一派；他能得到众多的读者，这是一个原因。

　　我想，同样说话作文，照前一派的办法比较容易——虽然我连比较容易的也做不来。现成的理论有的是，拣些中意的，作为论据，像演算这么算一下，答数就来了。后一派的办法可就难些。给理论作详悉的疏解，得有深入的学力；把语言说得亲切有味，有见地而不是成见，有取舍而不流于固执，得有开廓的襟怀。孟实先生这些文字是深入的学力跟开廓的襟怀交织而成的。他的《文艺心理学》，评论者认为是一部"醰醰有味的谈美的书"，这些文字的大部分写于写《文艺心理学》那个时期，正如作画似的，既有挥洒巨画的魄力，画些尺页小品，自能行所无事，而精妙不二。我们读《文艺心理学》，宛如听孟实先生讲学，可决不是学校里常遇的让学生们倒头欲睡的那种讲学。我们读这个集子，宛如跟孟实先生促膝而坐，听他娓娓清谈，他说他怎样跟文学打过交道，一些甘苦，一些心得，一些愉悦，都无拘无束的倾吐出来。他并不教训我们；我们也没有义务必须受他的教训。可是，不知不觉之间，我们让他薰染了，至少对文学见得深广了。我自己有这么个直觉，写在这里，愿与这个集子的读者相互印证。

1943 年 5 月 10 日作

（收入朱光潜著《我与文学及其他》，开明书店 1943 年 7 月出版）

读《蔡孑民先生传略》

这是商务印书馆本年出版的一本书,高乃同先生编的,除了序跋,包含六篇文字:一、蔡孑民先生传略上,蔡先生口述,由黄世晖先生记录的;二、蔡孑民先生传略下,蔡先生口述,由本书编者高先生记录的;三、蔡孑民先生的贡献,王云五先生作;四,民国教育总长蔡元培,蒋维乔先生作;五、我在教育界的经验;六、我在北京大学的经历,以上两篇是蔡先生的遗著。口述而由人记录,与自己执笔无多出入;所以一二两篇也可以看作"自叙"性质的文字,与五六两篇同类。六篇之中,自叙占了四篇,此外两篇又比较简短;所以这本书不妨看作蔡先生的自叙传。

像蔡先生这样一个人,真该由一个明澈博通的作者给他作一部详尽精美的传叙,供世人讽诵。可是蔡先生在世时,不见有人动手,蔡先生逝世到现在也已三年有余,还是不见传叙出世,这本传略,虽然如《编者叙言》里所说,不过"给读者做一个简短的参考",却也"慰情聊胜于无"了。

现在二十左右的青年,对于蔡先生,大概没有多大印象。但是,四十以上的知识分子,他如果稍有知人论世的识见,他的心目中必然有个蔡先生在。在辛亥以前,或者读了他发表于报纸杂志的论文,或者读了他关于哲学伦理的著译,或者听见了他参加或主持的团体、教授或创办的学校的消息,蔡先生这么一个人就在意念中有了个轮廓。辛亥以后,他任民国第一任的教育总长,宣布他对于教育方针的意见,说教育"不可不以公民道德教育为中坚;欲养成公民道德，不可不使有一种哲学上之世界观与人生观；而涵养此等观念，不可不注重美育。"民国六年，他任北京大学校长，第一天演说即揭出"大学学生当以研究学术为天责，不当以大学为升官发财之阶梯。"他对于北京大学的措施，主张沟通文理，相资为用；包罗众家，使之并存，"无论何种学派，苟其持之有故言之成理者，兼容并包，听其自由发展。"于是北京大学精神大振，人才辈出，到现在，有好些人是社会国家的中坚。十六年国民政府成立之后，他任大学院长，兼任中央研究院长，于中央研究院成立各研究所；后来大学院仍改为教育部，他就专任中央研究院长，直到二十九年他逝世。此外他所任的职务还多，可以不说；单凭前面说的几项，至少会有这么个印象：他是给民国教育打基础的人，他是给我国学术开途径的人。如果经常留心时事的话，还可以知道他调停国事，周旋得当，去就之际，极有分寸，以及其他与他有关的事。这种种凑合起来，便见得他是个忘不了的人；心目中便自然而然的有个蔡先生在。

以上只就一般人对于蔡先生的印象说。至于与他接近的人，熟知他的整个生活，不单凭一些文字记载的迹象，所见自然要深广得多。本年五月间，冯友兰先生在重庆《大公报》刊布一篇《跋蔡孑民先生传略》，副题是《蔡先生的人格与气象》。他说蔡先生的人格属于旧日所谓君子的类型。蔡先生的气象可用子贡形容孔子的"温、良、恭、俭、让"五个字形容之。他说君子率真，可是"发乎情，止乎礼"；"君子可欺以其方，难枉以非其道"；君子超然物外，可是不必放弃他在社会中的责任，即在日常事为之中，也可以超然物外；蔡先生的生平就实践了这些个。他在末了一节说，我们可以说：蔡先生是近代确合乎君子的标准的一个人。一个人成为名士英雄，大概由于"才"的成分多。一个人成为君子，大概由于"学"的成分多。君子是儒家教育理想所要养成底理想人格，由此方面说，我们可以说，蔡先生的人格，是儒家教育理想的最高底表现。

与蔡先生接近的人，未必个个能像冯先生一样说得有条有理；可是提起蔡先生，谁都会想到"君子"两字，而且这"君子"两字必不含有"虚伪造作，无真性情"，"遇事毫无主张，随人转移"，"规规于尘网绳墨之中，必不能如名士之超然物外，潇洒不群"等等意义，如一般人的误解。

青年喜欢交朋友。交朋友的至乐何在？我想莫过于彼此人格的交流。一个人的人格的美质不能分给旁人，可是可以影响旁人；彼此具有美质，彼此互相影响，第一是觉得生命并不孤单，第二，越来越感到"充实之谓美"：这种乐趣，还有什么可以比的？有些人朋友尽多，可是并不觉得怎么乐，那大概由于彼此之间没有人格的交流。讽诵传叙文字，尚友古人，也可以得到同样的至乐，虽然古人已去，今人的人格没法与他们"交流"了。青年如果想读些传叙文字，我愿意推荐这一本书；蔡先生是作古未久的人，即使对他本来生疏，读了这本书必然感到亲近；书中又大部是自叙性质的文字，平实的写下去，没有什么夸饰装点，可是在种种事为之中，自然表现他的崇高的人格。我想青年读了之后，必将有一个总印象：蔡先生这么个朋友是值得交的。

王云五先生谈蔡先生的贡献，可分为政治方面，教育方面，学术方面。政治方面可分为直接的和间接的两部分。直接的是清末鼓吹革命，民元首倡责任内阁，民十四年以后赞助国民革命；间接的是培成五四运动。教育方面可分为行政的，实施的和推广的三部分。行政的是蔡先生当教育总长大学院长时，对于教育的具体方案，都有划时代的革新。实施的是讲学自由与人格陶冶。推广的是赞助白话文运动。学术方面可分为研究与提倡两部分。由研究而得的创见，最显著的是以科学方法整理国故，以美育代宗教。对于学术的提倡是除在北京大学促进研究之学风甚著效果外，国立中央研究院之创设与支持，实为蔡先生最大之贡献。王先生这个纲目周偏而扼要，按照着这个纲目读这本传略，就像游览者有了个响导似的。

我在这儿要特别提出一点来说。谁读过这本传略，必然会注意到蔡先生是一辈子在学习之中的，和一般人大不一样。蔡先生在二十九岁以前，做我国读书人惯做的那一套学问。三十岁开始看科学书，三十二岁开始学习日文，三十七岁开始学习德文。四十一岁第一次游学德国，研究哲学、文学、文明史、人类学、实验心理学及美学。四十六岁第二次游学德国，入世界文明史研究所研究。四十七岁游学法国，学习法文。五十九岁又游德国，在汉堡大学研究民族学。直到暮年，尚欲研究民族学以终老。请看看上文所记的年岁。蔡先生开始看科学书的"三十岁"，照现在说，该在大学毕过业了，依一般人的见解，大学毕业便是学成业就，往后只待收取功名，再没有什么学习呀研究呀那些麻烦；可是蔡先生在三十岁上才走了学习途程的小半截儿。从童年开始，为学连续到六十多年，到死方休，这样的人，虽不是绝无仅有，至少是超乎一般人的见解以上，非一般人所能了解的。读者如果更仔细一些，又将注意到蔡先生做的都是"为己之学"；他学习这个，学习那个，也可以说无所为；也可以说大有所为，为着一个总目标——充实自己。唯其如此，所学与生活常打成一片。他二十岁以前崇信宋儒，母病刲臂，母丧陪灵，母丧既除而未葬，闻兄为之订婚而痛哭，要求取消。此等举动，就迹象说，当然不免拘迂；可是就精神说，这是诚敬的表现，正是有所得于宋儒。他接触了外来思潮之后，续娶前向媒者提出了"男死后女可再嫁，夫妇如不相合可离婚"，在当时颇为骇俗的条件。他怀抱社会主义，而说"夫唯于交际之间一介不苟者，夫然后可以言共产；夫唯于男女之间一毫不苟者，夫然后可以破夫妇之界限；社会主义固在此不在彼也。"这些都和儒家不相干，但既知既行，在践履上见功夫，正是儒家的精神。此外如看出了培养人才为当务之急，便委身于教育；相信了革命的主张，便加入革命的团体，并参加制造炸药的小组；研究了文史哲学各科，便建立注重美育的教育主张，怀抱尊重自由的学术襟怀：他随时学习研究，生活随时精炼与进展。这样的学自然"不可以已"，所以他没有终了，学了一辈子。冯友兰先生听说"一个人成为君子，大概由于'学'的成分多"，这个"学"字决不指记诵，稗贩，装点门面而言，这个"学"字一定是说"为己之学"，在这儿也可以见出。蔡先生因为学得广博，生活的内涵也广博。蒋梦麟先生谈蔡先生温良恭俭让，具有中国最好的精神；蔡先生过的平民生活，在他的眼中，个个都是好人，这又具有希伯来最好的精神：他这些精神都从学问而来。知道蔡先生的人都说蒋先生这个话确当。博学而反乎约，归结到一点，完成一个君子的人格，是冯先生所谓"儒家教育理想"；而蔡先生是实现这种理想的具体例子。

　　读了这本传略，如果想更详细的知道蔡先生的思想言论，可以看《蔡孑民先生言行录》。这部书是新潮社编辑的，民国九年出版，现在归开明书店发售。九年以后的文字，这里没有，当然是缺憾；但在蔡先生全集还没有编成的今日，得此亦足慰情，正如没有传叙只得读传略一样。这部书，就其内容方面与文体方面，多数人推为于青年有益的读物。内容方面说来话长，这儿只好不说。至于文体，全书文言多而白话少，论其类别，不是说明文，便是议论文。现在青年的读物里最缺乏简短的说明文和议论文，无论文言或白话。再说文言方面有的是古书，唐宋八家文，明人小品文，以及著述文字等等，这些都不能帮助青年学习应用的文言。而蔡先生这部集子里的文言，朴实简明，恰合现在的应用；现在报纸上的文言便是这种文言，这是最显著的标准。这儿所说应用，又称实用，是广义的，并不是拟一件公文写一张契券那种意义的应用。许多国文教本采选了蔡先生这部集子里的文篇，就因为蔡先生的文篇可以作说明文、议论文以及应用的文言的模范。所以，单就语文学习的方面着想，这部《言行录》也值得一读。

1943 年 8 月 21 日作

（原载 1943 年《中学生》战时月刊第 68 期）

答复朋友们

　　五十岁,一个并不算大的年纪。就是大到七十八十,又有什么意思?七十八十的老人,男的女的,哪儿都可以见到。若说"知非"啊,"知天命"啊,能够办到,当然不错;可惜蘧伯玉跟孔子的那种人生境界,我一丝儿也没有达到。生日到了,跟四十九四十八那时候一样,依从旧例,买几斤切面,煮了全家吃,此外就不想什么。有几位朋友说我乡居避寿,其实不确切;我本来乡居,因为乡间房价比较低,又省得"跑警报";至于寿不寿,的确没有想起。

　　承蒙朋友们的好意,把我作为题目,写了些文字,我倒清楚的意识起五十岁来了。大概不会活一百年吧,如今五十岁,道路已经走了大半截。走过的是走过了,"已然"的没法叫它"不然";倒是余下的小半截路,得打算好好的走。

　　朋友们的文字里,都说起我的文字跟为人;这两点,这自己知道得清楚,都平庸。为人是根基,平庸的人当然写不出不平庸的文字。我说我为人平庸,并不是指我缺少种种常识,不能成为专家;也不是指我没有干什么事业,不当教员就当编辑员;却是指我在我所遭遇的生活之内,没有深入它的底里,只在浮面的部分立脚。这样的平庸,好比一个皮球泄了气,瘪瘪的;假如人生该像个滚圆的皮球的话,这平庸自然要不得。

　　像个滚圆的皮球的人生,其人必然是诗人,广义的诗人。写不写诗没关系,生活本身就是诗。如果写,其诗必然是好诗,即使不用诗的形式也还是好诗。屈原、陶潜、杜甫、苏轼、托尔斯泰、易卜生，他们假如没有什么作品，照样是诗人，说他们的作品可爱，诚然不错，但是，假如说他们那诗人的本质可爱，尤其推究到根柢。

为要写些什么，故意往生活里钻，这是本末倒置的办法，我知道没有道理。可是，一个人本当深入生活的底里，懂得好恶，辨得是非，坚持有所为有所不为，实践如何尽职如何尽伦，不然就是白活一场；对于这一层，我现在似乎认识得更明白，愿意在往后的小半截路上加紧补习，补习有没有成效，看我的努力如何。如有成效，该可以再写些，或者说，该可以开头写。不过写不写没有大关系，重要的是加紧补习。

朋友厚爱我，宽容我，使我感激；又夸张的奖许我，使我羞愧，虽然羞愧，想到这无非要我好，还是感激。最近在报上看见沈尹默先生的诗，有一句道，"久客人情真足惜"，吟诵了好几遍。沈先生说的"久客"是久客川中，我把他解作人生在世，像我这么一个平庸的人，居然也能得到朋友们的厚爱、宽容跟奖许，"人情真足惜"啊！在这样温暖的人情中，我更没有理由不打算加紧补习。

这不是寻常致谢的话，想朋友们一定能够鉴谅。

1943 年 12 月 10 日作

（原载 1943 年 12 月 19 日成都《华西日报·每周文艺》第 3 期）

关于夏章两先生被捕

夏丏尊章锡琛两位先生在上海被敌人拘系的消息，登载在本年一月二十日重庆、成都、桂林等地的报纸上，是屯溪发出的电讯。当时我们看了，并不觉得太惊异；在沦陷地区，不干汉奸行为、不表顺民态度的人，本来随时有被拘系的可能。不过他们的安危如何，总不免令人放心不下；报上的电讯太简略了，揣测也无从揣测；上海又不通电报，不能打个电报去立即探明究竟；无可奈何，只得提起笔来写信，准备熬着八九十天的长时间，待接到上海的复信，慰藉心头的挂念。此后，与他们两位认识或不认识的朋友纷纷来问，本刊读者也有来信问起的，言辞之间，私情的成分少，公义的成分多，我们虽不是身处其境的他们两位，也深深的感动。可是我们能够回答什么呢？我们知道的又没有比旁的人多出分毫，彼此都只看见了屯溪发出的那个电讯。约摸过了二十天，报纸上又刊载了一个屯溪电讯，说他们两位放出来了。这对于我们，对于纷纷来问的许多朋友，自然是个安慰。然而详细情形还是一无所知。

直到最近，上海朋友来了一封长信，详叙这一件事情，才算一是一二是二的知道了。我们想，关心他们两位的既然不少，应该在这儿报告一下。

去年十二月十五日清晨五时光景，有敌宪兵多名去敲夏先生家的门。夏先生问明来由，知道是要他到宪兵部去。临走的时候，关照家中人说，"去向老板（朋友们都习惯地把章锡琛先生唤作'老板'）说一声。"敌人听说，就问老板何人，住在哪儿。结果由夏先生的大媳妇陪同两名宪兵往章家，于是章先生也被拘去。两人先后由汽车载走，两家都有宪兵留守，家中人不得自由行动。消息传出之后，许多朋友托人四处打听，知人在虹口旧德邻公寓旁边的敌宪兵本部，原因大概是个人的思想问题。多人就设法营救，结果似乎不坏，每天都说即可放出。直到二十五日下午一时，两人始由一位朋友用汽车接了出来。究竟为什么被捕，又为什么放出，两人还是莫名其妙。大致夏先生的名字已经进了敌人的"黑名单"，章先生可没有，只因夏先生的一句话而被累。列名"黑单"的人，拘禁十天，教你小小受一些累，在敌人原不当一回事。这一次同时被捕的共有五六十人，大多是旧市立中小学的校长跟教职员。

拘系时间的生活情形：每天吃冷饭两餐（晨间吃他物），没有饭菜，只有一撮盐，或者一碗酱汤。夜间睡在地板上，每两个人合用三条毯子。许多人挤得紧紧的睡满一屋子，像白铁罐头里的沙丁鱼。大小便以及痰唾都在一个木桶里，木桶放在屋角，其味可想。早晨送来一桶水，大家就桶内洗脸，洗手，漱口。每天要运动几次，所谓运动，就是走马灯式的绕室而行。审问的时间很多，两人在内十天，几乎五天是受审。审问语气极随便，毫无范围，想到什么就问什么。"八一三"前某次文艺家协会开会，夏先生是主席团里的一个，敌人那里有详细记录，出席者的名单，他们也留着，一一指着询问夏先生。他们知道夏先生能说日本话，要他用日本话回答。夏先生说，"我是中国人，我说中国话。你们有翻译人员，翻译就是了。"他们问章先生是不是主张抗日，章先生说，"这先得问你们的行动是不是侵略，是侵略谁都主张抗你们。"

夏先生初进去的几天，因为营养不良，曾患便秘，服了药就好了。出来的时候面部略现浮肿，不久也就复元。那时候正值严冬，幸而天气还暖和，两人都没有得什么病。章先生在拘囚中作了三首诗，前两首富于谐趣，第三首却是"庄言"。现在把那三首诗抄在这儿。

　　日食三餐不费钱，七时早起十时眠。
　　一瓯香饭搏云子，半钵新茶泼雨前。
　　汤泛琼波红滟滟，盐霏玉屑碧芊芊。
　　煤荒米歉何须急，如入桃源别有天。

　　一日几回频点呼，"喧凄尼散哈凄枯"。
　　低眉趺座菩提相，伸手抢羹饿鬼图。
　　运动憧憧灯走马，睡眠簇簇罐藏鱼。
　　剑光落处山君震，虎子兼差摄唾壶。

　　执戈无力效前驱，报国空文触网罟。
　　要为乾坤扶正气，枉将口舌折侏儒。
　　囚龙筊凤只常事，屠狗卖浆有丈夫。
　　惭愧平生沟壑志，南冠亏上白头颅。

1944 年 4 月 27 日作

（原载 1944 年《中学生》战时月刊第 76 期）

读《人和书》

王楷元先生在二十五年入开明编辑所和我同事。那时候我半个月回苏州去住，半个月在上海作事。一个月的事儿挤在半个月里干，不免匆忙些儿，因而没有同王先生深谈过。不久开战，他到别处去了。直到去年成都《新民报》出版，才在报上读到他的文字，才重行会面。屈指算来，分别已有七年之久了。

王先生在《新民报》上写的文字很多，我都喜欢看，他有时换个笔名。笔名我大体猜得中，夸张一点说，我似乎认得他的风格。从他的文字和言谈中间，可以觉察他特别强调传记的重要性。别的且不说，一部二十五史，大概十分之九是人物传记，这就够多了。可是严格说起来，尤其是用现代传记文学的观点看起来，够标准的传记实在寥寥。真正的传记文学在我国不曾发达，文学批评家当然可以说出种种理由。咱们单就常识而言，没有真正的传记文学，国人就失掉了若干精神上的朋友，假如朋友在人生中很关紧要的话，那么这个缺憾实在不算轻微。王先生作文，特别强调传记的重要性，并且试作一些漫画式的传记，能说能行，开创风气，激动作者的兴会，引起读者的口味，我所以喜欢他的文字，就在于此。

最近王先生把这本《人和书》送给我，就是登在《新民报》上的那些文字结集起来的，我都看过了，好书不厌重读，我又把这本书分做三部分。第一部分叫做《学人小志》，记的是现今我国的一些学者，大都是就其人的一事一行，暗示他的全貌，正如人物中的漫画像。在平常不很亲近传记的读者，请他读长篇巨幅的传记，也许

1935年秋,叶圣陶(靠前穿长衫者)与沈从文(后穿深色衣者)、张兆和及张允和(穿黑裙者)同游天平山

1938年在巴蜀学校留影

会不耐烦。读这些小品就不同了，局势不大，线条简明，那些人物又都在日常耳目之间，自然会觉得趣味盎然。第二部分叫做《书评》，也可以说是漫画式的传记，不过所叙的是书籍而不是人物，是把书籍看作人物。提及的书籍仅有六七种，但都值得一读，尤其是斯特来基的《维多利亚女王传》，大家认为现代传记文学的杰作。第三部分叫做"杂文"，大体还是叙人物，现代的或是已经去世了的人物，偶尔也涉及古人。此外还有些掌故谈。我国著述的门类中，有所谓随笔小说一体。在这个大类名之下，包含的东西很广，有荒诞不经的，浅薄无聊的，也有典雅翔实的，识精意远的。看完这本《人和书》，至少有个总印象，宛如读了一种上品的笔记小说。

　　王先生对于写文字，自己期望很厚，有他一篇文字里的话为证。他说，"古人说过，'修辞立其诚'。要想毫无矫饰，毫无保留的把自己的话讲出来，得有一颗光明磊落的心，才能够像一面镜子，忠实地反映出自己的观感。有惭德有秘密的人就不能够畅所欲言了。"他又说，"其次，说自己的话，需要极纯熟的技术。要有一枝生花的妙笔，委曲详赡，能达幽隐，才能把心坎深处的话，技术地表达出来。古人说'文章千古事'，道出了此事的甘苦，而没有丝毫的夸张。我愿意向着'说自己的话'这五个大字努力，希望有一天能够完全做到。"这些话兼包人和文、质和形而言，就这本《人和书》看来，我相信王先生是能够实践的。我愿意推荐这本书，并且盼望王先生续出第二本书。

1944年8月2日作

（原载1944年8月6日成都《新民报》晚刊）

"八一三"随笔

当年"七七"事起之后,如果不接上个"八一三",说不定只是个地方事件。这不是当时激昂的民气所能容受。"八一三"炮声一响,"八一四"我空军出动,仗才算是打定了。单说我自己,我被冲激在那股民气里头,在苏州看见报馆发出的号外,虽不免有些惘然,但是再一想时,就来了"求仁得仁,又何怨乎"的成语。你主张跟日本打仗,如今真的打起来了,还有什么惘然的?颠沛流离,挨炸挨烧,是你的本分。尽你的绵薄,使仗打好,更是你的本分。可惜想想容易,实践却难。二十八年在乐山遇炸,把所有的东西都烧光了,只剩下幸而没有受伤的老幼七口。在不可计数的受难同胞中间,我分享了一份苦难,贡献了一份牺牲,对于前一项本分,我总算尽了。可是,后一项本分呢?实在惭愧,竟没有尽得分毫。住在后方的大城市里,编些无多精彩的刊物,写些不痛不痒的文字,你就交代得过了吗?不,不,绝对交代不过。不想起这一层也罢了,想起来时,不说假话,真有些无地自容。因此我决不敢憎恨战时生活的困苦。就是这样困苦的生活,已经便宜了你了,你有什么权利要求较好的生活?

据一般人说,我国这回抗战是具有革命性的。反抗侵略,争取独立自主,建立真正民主化工业化的国家,所谓革命性大概指的这些个。那么,以不变应万变虽是最高原则,实践起来却不能不见事行事。仗一定要打到胜利为止,建国大业非完成不可,那是不变。至于封建习性,胡涂头脑,官僚政治,独占经济,还有其他种种,如果也是个不变,那就完了。那些个不变就是不革命,不革命,即使幸而打胜了日本,又有什么好处?变吧,革命吧,该死的赶快死去吧,新生的赶快成长吧。

我所知不广,所见有限,根据我的狭窄的知和见,不免时时愁虑。大家喜爱侈言革命,可是只限于挂在口头,实际上是懒得革命,尤其是懒得革自己的命,懒得见少数的旁人真正革命。这样的不变应万变太可虑了,我想不出补救的办法(我不能不想,虽然没有人要我想)。有些人读熟了曾涤生的《原才》,希望有"一二人"出来开创风气,在报纸上,这样论调的文字登过许多篇。可是那"一二人"始终姗姗其来迟。照我的笨想头,恐怕只有大家一旦灵心忽通,决意革自己的命,才有希望。否则现实板起铁青的面孔,迫得你非革自己的命不可,大家也该会不情不愿勉勉强强的革起自己的命来。除开这两条路径,大概只有个彻头彻尾的以不变应万变。

旁的人我管不着,我管我自己。我不想做那"一二人",我没有那么狂妄,可是我要革自己的命。好好先生要不得,我不敢说要有所为,只能说要有所不为。我有言论自由,我要享受那个自由,见到什么就说什么,不想畏首畏尾,当然我也决不故意触犯刑法。我若管公家的钱,决不捡一个钱藏在腰包里;我若管公家的事,决不"等因奉此",摘由归档,就此了事。这么噜噜苏苏说下去太琐屑了,请即打住。也许有人要笑我,这也算革命吗?并且,你能不能实践又有谁替你证明?的确,无从证明,发誓又近于迷信,我不愿发誓。不过我真的要照说的做。其他并无希图,只希图这么做了,稍稍减轻几年以来,没有尽前面所说那后一项本分的惭愧。

1944年8月5日作

(原载1944年8月13日成都《新民报》晚刊)

刃锋的木刻与绘画

去年教育部川康社教队在社会服务处举办木刻展览会，我去看了。那些木刻家的名字大半熟悉，可是我特别注意一个初见的名字，刃锋。他多从勤劳大众中取材，与其他木刻家相仿，可是构图谨严，线条有力量，表现什么都表现得出来，其中有些他自己的东西在，似乎最为杰出。我记住这个名字，久久不忘。

最近我与汪刃锋先生认识了，承他带一些作品来给我看。一幅高尔基，侧形，一只手托着下巴，纯用直线条烘托，从遒劲中显出力量，有力量而不觉得粗犷，传出了高尔基悲天悯人的精神。几幅水灾旱灾的纪录，灾民挨饿太久，全都成了皮包骨头，而那面貌，那姿态，谁都能认出确是我们的同胞，不像有些木刻似的给外国人换上了中国人的服装。其中描写水灾的一幅最使我感动。一家老小挤在草屋顶上，草屋顶飘浮在洪水之中。那几个人有的已经咽了气，倒了；有的张着手，似乎在叫喊，眼神都瞪着前方，那表情超出于惊恐绝望之上，背景是淡淡的无边的水。（汪先生用两块板套印，背景另是一块，用淡墨，所以是淡淡的。）二十八年夏天，我在乐山安澜门外，亲眼见过同样的景象，当时只觉得无可奈何，自己安然站在岸上万分惭愧，而此情此景，绝非语言文字所能描摹。现在汪先生却用他的刀子描摹出来了。还有一幅题名《小组会议》，几个人聚在窑洞里，只见背形与侧形，从他们凑合的部位与身体的姿态，见出讨论的热烈与专心。另外一个人坐在窑洞的后部，眼注着那几个，似乎随时要插几句话的那副神气。这一幅的线条是汪先生独创的,他叫做"金石味的线条",是从钟鼎碑刻剥蚀的纹路得到的启发。我以为这条途径很可以发展,这也是承受遗产,利用遗产。——此外不多记了。

汪先生善于素描。素描是绘画艺术的基本,这一项功夫没有做到家,胡乱谈创作是枉费心力,要作木刻更无从着手。据我外行人的看法,汪先生的素描,观察正确,笔姿纯熟而富有趣味。承他告诉我关于素描的甘苦之谈,我觉得他的话通于文艺,颇得到些启发。

汪先生又能作国画,山水,花卉,不拘拘于家派。我常常看图画展览,见有些画家太拘于家派了,规宋仿元,八大四王,一一都肖似,可没有自己。汪先生作图画,像他的木刻一样,以表现自己为主,这是我极表赞同的。

1945 年 1 月 11 日作

(原载 1945 年 1 月 13 日成都《新民报》晚刊)

记丏翁一二事

去年中原战争发动以后，直到如今，没有接到过上海丏翁来信。邮路并非不通，人家已经收到了上海九月间发出的信。丏翁为什么没有来信，令人怀念无极。猜想起来，大概没有旁的原因，只因为敌人的深入把我们分隔得愈远了；从前神仙家有什么缩地之方，如今适得其反，彼此居处虽然没有变更，而邮递迟迟，寄一封信就得八九十天，好像把距离拉远了似的。在这么遥远的程途中寄信，收信人开缄细读，无非是些明日黄花。古代人有那么一种习惯，由交通的不方便养成的，书到经年，不以为奇，在现代人可觉得太难受了。并且写信也不能说什么；问个安好，写些近况，原可以心照不宣；米价涨到若干，燃料如何艰难，写了也是徒然，彼此帮不了忙。这样想时，索性不写了事，一切待会面那时候谈它三天三夜吧。我猜想就是这么个原因。

前天 N 先生到来，嘱我写些文字给《朝华》，因为我与丏翁是亲家，特别"点戏"写些关于丏翁的什么。我正在怀念丏翁，写这个题目倒不觉得勉强。可是想了一想，怀念不过是一种情绪，空灵得很，难以把捉。不如记述一二事实，来得便当。

前年十二月间，丏翁被日本宪兵部捕去，关了十天放出来。问何被捕，因何放出来，始终莫名其妙；据推测，大概丏翁的名字已列入敌人的"黑单"；黑单中人只关了十天，可见在敌人心目中，情形并不怎么严重。丏翁不会参加什么地下活动，直接打击敌人，我是知道的。在被拘留期间，受审问倒有五天之多；日本人是天南地北的乱问，把回答的话一一记录下来。他们知道丏翁能说日本话，要他用日本话回答。他说，"我，中国人，我说中国话。你们审问有翻译员，翻译就是了。"这个话是去年从上海来的一位朋友转述给我听的，确是丏翁的声口，我听了仿佛看见了丏翁本人。

在被拘留期间，有一天，丏翁家来了个客人，送一封信，说是几个同学凑起来的钱，请夏师母随便使用，夏师母把钱收下了，没有问明来客姓甚名谁。后来丏翁回了家，一定要去还那笔钱；他以为自己虽然窘，那些学生也并不宽裕，不该凭被捕的名义受他们的钱。可是逐个逐个地问，没有一个学生承认送过那笔钱。他没有办法，只好打算捐给慈善机关，让受难同胞用。那笔钱到底捐了没有，我不清楚，因为那位朋友没有说明。我相信那送钱的确是他的学生，而且就在他问过的若干人中间，说不定那若干人个个都掏了腰包。他们知道丏翁的耿介脾气，才来个闷葫芦。我替丏翁着想，单是学生们的这一份深情厚爱，就足以抵过十天的拘囚生活而有余了。

1945 年 1 月 15 日

（原载《朝华旬刊》创刊号）

四个"有所"

有所爱,有所恶,有所为,有所不为。

四个"有所"联成一串儿。

兼爱是个理想。在还有善恶正邪的差别的时代,不能不"偏爱"那些善的正的。同时就得恶那些恶的邪的。若不恶那些恶的邪的,就是并没有爱那些善的正的。如果恶的一边恶得不强烈,也就是爱的一边爱得不深切。爱了恶了,只是意向方面的事儿,如果不发而为行为,与没有这些意向并无不同。所以要有所为。为,就是把爱的意向恶的意向发而为种种行为,在种种行为上表现出来。行为方面干得愈积极愈有劲儿,就是爱的意向愈深切,恶的意向愈强烈,而且,这才不枉有了这些意向,是真正有了这些意向。同时,凡是与这些意向违反的事儿自然不愿干,不屑干。当前是些所爱的人,却去欺侮他们,给他们吃些苦头,肯吗?明明是件所恶的勾当,却昧良违心的干去,肯吗?这就是有所不为。

所以说,四个"有所"联成一串儿。

行为决定于意向。意向,就是爱与恶,要求其得当,先得辨别善恶正邪,不至于错失。怎么才能不至于错失呢?

就人来说,无论善恶正邪,大家总喜欢自居于善的正的一边。譬如当今时代,革命算是善的正的了,不像前清末年那样算是反叛,要杀头,就谁都喜欢自居于革命的一边。跟人家不大合意的时候,不免想骂几句,就说人家不革命,或者反革命。这当儿,到底谁革命,谁不革命,谁反革命,不是好像很难辨别吗?

这不过好像很难而已，实际上并不难。所谓革命，无非要摧毁那些束缚人压迫人的制度，钳制那些欺侮人剥削人的人，使大家得以在自由平等的新天地中做人，过日子。这个说法假如没有错儿，那么，无论是谁，他口头嚷着革命没有用，他到底革不革命还得看他的行为来判断。如果他干的是摧毁和钳制这方面的事儿，同时对于建设自由平等的新天地尽一分力，他就是革命的。如果他袖起手来，既不干摧毁和钳制这方面的事儿，也不在建设那方面尽什么力，他就是不革命的。如果他非但不摧毁，还要拥护那些束缚人压迫人的制度，非但不钳制，还要亲自当个欺侮人剥削人的人，他就是反革命的。这不是很容易辨别吗？

以上就辨别人的善恶正邪而言。对于一切事物，也如此。

我们是人，辨别一切事物的善恶正邪，与辨别人的善恶正邪一样，也以人为根据。肠子里帮助消化的细菌是好的，病菌是不好的；足以发电的瀑布激流是好的，洪水险滩是不好的；帮助他人成功立业是好的，帮助他人为非作歹是不好的；说一句算一句是好的，信口开河，说谎欺人是不好的：诸如此类，无非就对于人的利害而言。

我们人又必须合群，离开了群就无所谓人生。所以利害不能单就个人看，要就许多许多人合成的群看。欺人，说谎，贪赃，枉法，囤积，高利贷，仗势霸占，把人当牛马，专制，独裁，诸如此类，对于干这些事儿的人是有利的，但是对于其他的人，人数或少或多，范围或小或大，总之是有害的，也就是对于群是有害的。因此之故，这些事儿都是不好的，应该归到恶的邪的一边去。交通发达，世界各地的距离越来越近，各地人物质上与精神上的联系越来越密切，这时候，群的范围不限于一个民族，一个国家，全世界的人就是一个大群。就对于大群的利害看，毫无疑义，侵略主义与法西斯主义应该归到恶的邪的一边去，即使是日本人或德国人，也应该把它归到恶的邪的一边去。自然，这不过举例而言。

有利于群，是好的，有害于群，是不好的。这个话虽嫌平凡而且抽象，却极扼要。据以辨别一切事物的善恶正邪，也就虽不中不远矣。

辨别既明，意向——就是爱与恶——自然不至于不得其当。意向得其当，发而为行为，自然不至于有多大错儿。

于是，有所爱，有所恶，有所为，有所不为。

1945 年 1 月 27 日

（原载《中学生》战时月刊第 84 期）

谈成都的树木

前年春间，曾经在新西门附近登城，向东眺望。少城一带的树木真繁茂，说得过分些，几乎是房子藏在树丛里，不是树木栽在各家的院子里。山茶、玉兰、碧桃、海棠，各种的花显出各种的光彩，成片成片深绿和浅绿的树叶子组合成锦绣。少陵诗道："东望少城花满烟，百花高楼更可怜。"少陵当时所见与现在差不多吧，我想。

登高眺望，固然是大观，站到院子里看，却往往觉得树木太繁密了，很有些人家的院子里接叶交柯，不留一点儿空隙，叫人想起严译《天演论》开头一篇里所说的"是离离者亦各尽天能，以自存种族而已，数亩之内，战事炽然，强者后亡，弱者先绝"，简直不像布置什么庭园。为花木的发荣滋长打算，似乎可以栽得疏散些。如果处在玩赏的观点，这样的繁密也大煞风景，应该改从疏散。大概种树栽花离不开绘画的观点。绘画不贵乎全幅填满了花花叶叶。画面花木的姿态的美，加上所留出的空隙的形象的美，才成一幅纯美的作品。满院子密密满满尽是花木，每一株的姿致都让它的朋友搅混了，显不出来，虽然满树的花光彩可爱，或者还有香气，可是就形象而言，那是毫无足观了。栽得疏散些，让粉墙或者回廊作为背景，在晴朗的阳光中，在澄彻的月光中，在朦胧的朝曦暮霭中，玩赏那形和影的美，趣味必然更多。

根据绘画的观点看，庭园的花木不如野间的老树。老树经历了悠久的岁月，所受自然的剪裁往往为专门园艺家所不及，有的竟可以说全无败笔。当春新绿芃葱，生意盎然，入秋枯叶半脱，意致萧爽，观玩之下，不但领略他的形象之美，更可以了悟若干人生境界。我在新西门外，住过两年，又常常往茶店子，从田野间来回，几株中意的老树已成熟朋友，看着吟味着，消解了我的独行的寂寞和疲劳。

　　说起剪裁，联想到街上的那些泡桐树。大概由于街两旁的人行道太窄，树干太贴近房屋的缘故，修剪的时候往往只顾保全屋面，不顾到损伤树的姿态，以致所有泡桐树大多很难看。还有金河街河两岸以及其他地方的柳树，修剪起来总是毫不容情，把去年所有的枝条全都锯掉，只剩下一个光光的拳头。我想，如果修剪的人稍稍有些画家的眼光，把可以留下的枝条留下，该会使市民多受若干分之一的美感陶冶吧。

　　少城公园的树木不算不多，可是除了高不可攀的楠木林，都受到随意随手的摧残。沿河的碧桃和芙蓉似乎一年不如一年了，民众教育馆一带的梅树，集成图书馆北面的十来株海棠，大多成了畸形，表示"任意攀折花木"依然是游人的习惯。虽然游人甚多，尤其是晴天，茶馆家家客满，可是看看那些"刑余"的花树以及乱生的灌木和草花，总感到进了个荒园似的。《牡丹亭·拾画》出的曲文道："早则是寒花绕砌，荒草成窠。"读着很有萧瑟之感，而少城公园给人的印象正相同。整顿少城公园要花钱，在财政困难的此刻未必有这么一笔闲钱。可是我想，除了花钱，还得有某种精神，如果没有某种精神，即使花了钱恐怕还是整顿不好的。

1945年3月5日作

（原载1945年《成都市》创刊号）

血 和 花

德明小姐主编《血花》副刊，嘱咐我写些文字，情不可却，可是没有什么可以写的。忽然想起何不就取"血花"二字，仿效从前人作诗钟的分咏格，把两个字分开来各写几句呢。主意想定，就拿起笔来。

抗战到了第八个年头，我国同胞的血流得多了，各个战场上士兵的血，各个敌后游击区爱国志士的血，各条公路铁路上，各个飞机场上男女老幼的民工的血，各处被轰炸的地方受难者的血，各处被占领的地方遭到杀伤者的血，并到一块儿来说"血流成渠"，"血汇成海"，未必是过分的形容。那些流光了血的是死了，死了就无知。那些没有流光的还留着残废的身体和衰弱的生命，当然有知。假定死了的也有知，那么凡是流了血的没有别的恨，只恨滥肆侵略的敌人，只恨不把人当人的法西斯主义，只恨破坏秩序、妨碍自由的国际强盗；同时他们没有别的爱，只爱与他们平等的许许多多的人，只爱真正的"四海皆兄弟"的那种思想，只爱和平康乐，物质上和精神上的享受都比以往好的那种社会秩序，这样的恨与爱是付出了血的代价的，决不是只在心头萦绕一下而已，他们将始终执著，强固地执著，假若死了有知的话，死了也还是强固地执著，至于个人生命的丧失，肢体的残废，那是比较不关重要的事，人谁不遇到衰病死亡，只要恨得到雪，爱得到抒，血就不是白流的，心头也就安然了。如果那些血真的汇流成渠，汇合成海，一定会掀起波涛，那波涛激动的调子一定会表现出前面说的那些意思。

其次说花。什么花呢？就是《棠棣之花》中聂嫈所唱的"我望你鲜红的血液，鲜红的血液，迸发成自由之花，开遍中华，开遍中华"的自由之花。这种花不见于植物词典，与这时节成都各处盛开的李花、桃花、海棠花、木笔花不同类。这是一个象征，表示人人心目中认为美好的一件东西就是自由；通常把花认为美好的东西，由于爱自由故而说自由之花。要注意这种花是鲜红的血液迸发而成的，现在已经流了那么多的血，自由之花应该"开遍中华"了，试看看，开了没有？即使事情没有那么容易，一时不得开，当然不会开遍，试看看，在将来（且不说最近的将来）有开的指望没有？这是必须问的，如果不问，旁的且不说，怎么对得起那些流成渠汇成海的鲜红的血呢？再说，自由之花虽然是个象征的说法，它的含意却是可以具体说出来的。把人当人看，把事当事做；人人自己管理，彼此相助管理；无论物质上精神上，谁也不受谁的欺侮和压迫；大家兼善，也就是大家真个达到独善，兼善与独善混而不分；生活一定要比往时好。不必学梦想家羡慕迹近渺茫的羲皇，也不必学笃古家怀念无征难信的唐虞，只须把目前的情形作准，譬如民国三十四年有百分之九十的人吃不饱，到三十五年吃不饱的人减到百分之八十了，以后减到百分之七十六十了，直到每个人都吃得饱了，这就是生活比往时好。譬如民国三十四年事事乱糟糟，认真说话忌讳多，认真作事窒碍多，到三十五年比较好些了，以后逐步逐步好起来，直到一无忌讳，一无窒碍，这就是生活比往时好……再写下去可以写得很多，但是表明自由之花的含意，上面的话差不多够了。根据上面的话，要看自由之花开了没有就很容易，如果有人报说开了，要鉴别到底是真的自由之花呢还是假的也就不难。当然，谁也不要假的。真的自由之花开了，大伙儿培植它，保护它。

真的自由之花没有开,大概是血还没有流够,再流吧,再流吧,"迸发成自由之花,开遍中华,开遍中华!"

1945 年 3 月 19 日作

(原载 1945 年 3 月 22 日《党军日报·血花》)

独善与兼善

古人谈立身处世,有所谓"穷则独善其身,达则兼善天下"的说法。穷并不是说没有钱用,没有饭吃,而是说得不到时君的看顾,就是不能够得君行道。那时候只好自顾自,勉力做个好人,这叫做"独善"。达是穷的反面,就是让时君看上了,居高位,做高官。那时候你有什么抱负可以施行出来,使民众得些好处,这叫做"兼善"。古代的知识分子,除开那些没志气的不说,单说那些极端有志气的,他们只能在穷啊达啊独善啊兼善啊两条路上走一条,没有第三条路可走。因为从前所谓天下是皇帝的私产,谁要对天下作什么事务,必须得到皇帝的任用,至少也要得到皇帝的默许,否则就无法作,硬要作就是违碍,非遭殃不可。譬如著书立说,启迪民众,也算是一种影响到天下的事务,如果你循规蹈矩,不违反皇帝的利益,皇帝就默许你,由你去著书立说,不来管你;如果你要说些不利于皇帝的话,皇帝就不能默许,于是焚稿,劈版,杀头,戮尸,种种的花样都来了。你觉得如果碰到这一套挺麻烦,就只好把要说的一番话藏在肚肠角里,隐居山林,诗酒自娱,实做个独善其身。眼见生民涂炭,天下陷溺,也只好当作没有看见,哪怕你心热如焚,实际上还是形冷如冰。从来真有志气的人往往不得志,看他们写些诗文,往往透露出一腔牢骚,其故就在于此。再说那些达的,可以举历代得位当政的一班政治家为例,他们未尝不作些好事,使民众得些好处,但是也不过像牧人一样,好好看顾牛马,无非为了主人,使主人可以多挤些牛马的奶汁,多用些牛马的劳力罢了。无论他们怎样存心兼善，民众还是离不了牛马的地位，如果认定牛马的地位说不上什么善，那么"兼善"简直是空话。说句幼稚的话，古代要行兼善只有皇帝才行得通，他若不把民众放在牛马的地位，他就兼善了。但是，不把民众放在牛马的地位，他皇帝怎么做得成？有那样的傻皇帝吗？至于知识分子，注定的只好独善，没法兼善。并且，要能独善，总得有田有地，有吃有穿。得到那些供给，或由祖宗遗传，或由自己弄来，似乎毫无愧怍；可是踏实一想，无非吸了牛马的血汗，与皇帝大同而小异。那么，独善果真是"善"吗？看来也大有问题。

到如今，皇帝的时代过去了，所谓天下是民众的公产。对于这份公产，大家自己来管理，大家共同来管理。就自己管理而言，见到民主的精神。就共同管理而言，见到组织的重要。"四海之内皆兄弟"的情感，在从前是只属于伦理的，如今因为共有一份公产，从实际生活上见到彼此的相需相关，伦理的之外又加上经济的，关系的密切简直达到没法分开的地步。在这样的情形之下，事情干得好大家好，干不好大家糟，没有什么独善可言。也可以这么说，即使你喜欢独善，也得通过兼善才做得到真个独善。如今时代与从前不一样，如今是独善兼善混而不分，而且非"善"不可的时代了。如今无所谓穷，唯有知能不足，不懂道理，办不了事，那才是穷。那样的穷，独善兼善都谈不上。如今也无所谓"达"，懂得道理，办得了事，独善兼善双方顾到，也不过是尽了本分，没有什么所谓"达"的。虽然没有什么所谓"达"的，兼善却万万不可放松。如果一放松，你就是拆了大家的台，使大家吃亏。并且大家之中有个你在，也就是使你自己吃亏。自己吃亏是最为显而易见的，除了傻子谁愿意？

以上的话虽属抽象,对于如今的知识分子却有些关系。本志的读者是中等学生,在知识分子的范围里,所以我们要在这儿谈这个话。我们以为如今的知识分子固然要继承从前的文化传统,但是继承必须是批判的而不是盲目的,值得继承的才继承,否则就毫不客气,抛开完事。关于立身处世的传统,像"穷则独善其身,达则兼善天下"的说法,就非抛开不可。若不抛开,就将一塌糊涂,做不得民主国家的公民。你讲"穷""达",无异承认社会上有个排斥你赏识你像皇帝那样的特权阶级,而这个特权阶级非但不该有,假如实际上有也要把它打倒,如何能加以承认呢?你讲"穷则独善,达则兼善",无异说你有燮理阴阳,治民济世的大才,你没有看清如今作事,为自己也为大家,为大家也为自己,并没有一种特别叫作治民济世的事,这个错误又如何要得?认识一错,全盘都错,你受教育就不明白为什么受教育,你作事就不明白为什么作事,你成了个古代的知识分子,距离民主国家的公民却有十万八千里。我们想,如今的知识分子第一要不把知识分子看得了不起。知识分子了不起乃是知识封锁时代的现象,民主国家知识公开,知识共享,人人有了知识,人人成为知识分子,也就无所谓知识分子了。第二,要在实际生活中贯彻着"四海之内皆兄弟"的感情,真正见到彼此同气,不能分开,于是各自去参加"大家自己来管理,大家共同来管理"的某项事务。见解如此,才算脱去了古代知识分子的窠臼。

单管认识与见解,不顾日常的实践,还是不济事。每个民主国家的公民,必须随时随地实践,随时随地顾到共有的这份公产,才能使国家真个成为民主国家,自己与他人并受其益。譬如政治,就不能不管,有些人以为政治是罪恶的渊薮,管政治是卑琐龌龊的勾当,不去管它才是清高。其实这是古来知识分子的想头,与如今全不相干。按如今的说法,管政治并不等于做官(进一步说,官也可以做,只要明白做官是为公众办事,并不是去作威作福,鱼肉公众,就好了),只是管理自己与公众都有份的事而已,那些事太切身了,非管不可。选举保长乡长了,知道这关系到一保一乡的福利,就不该随便填个人名了事,更不该放弃选举权,不去投票。见到了什么意思,或者是积极的建议,或者是消极的指摘,知道不建议不指摘将会坏事,就不该想多一事不如少一事,让见到的意思在头脑里消逝。诸如此类,不能尽说。总之,凡是该管的样样都认真的管,才是实践。又如与大众为伍,要真个感到彼此为一体,这种习惯也不能不努力养成。从前的知识分子大多抱个人主义,喜欢超出恒流,即或有所交往,也只限于同辈,对于操劳力耕的工人农人,就看作下贱之徒,避之若浼,民胞物与,只在谈道学的时候那么说说,在作文的时候那么写写而已。如今彼此既同为国家的主人,无所谓高贵与下贱,而实际生活中又必须相济相助,搅在一起,所以文艺作者有深入民间的切需,知识青年有回到乡村的必要。其实说"深入"似乎未妥,深入了可能还有出来的时候,如果出来,岂不是仍在民间之外?若说"没入"民间,像一滴水,顺着江河归于大海,永不复回,那就更妥帖了。说回到乡村,也不是回去调查调查,考察考察,或者劝说一番的意思,大致也在于"没入",乡间比之于大海,回去的青年就是一滴水。要真个做到如此地步,必须脱胎换骨,把沾染在身上的从前知识分子的坏习气完全消除,向大众学习,与大众共同学习。这又是非实践不可的事。

如今虽然有人嫌民主讨厌,又有人以为我国谈民主还早,可是我们相信民主是当前最好的共同生活方式，必须求其从速实现。就知识分子而言，其知识是可贵的，可是传统的精神必须革除，新的实践必须养成，才能够排除民主的障碍，促进民主的实现。这儿说了一番话，请读者诸君加以考核，如有可取，希望采纳。未尽的意思以后再谈。

1945 年 3 月 27 日作

（原载《中学生》战时月刊第 86 期）

"五四"文艺节

今年"五四"是第一届的文艺节。把"五四"定作文艺节,有意思。

我国的新文艺跟着"五四运动"发了芽。就文字体制说,在"五四"以前运用一贯相承,代有渐变的文言,白话文只是引车卖浆之徒的工具,不登大雅之堂的东西。从"五四"开始,白话文才占领了著作的地盘,到如今虽然还得努力扩大,脚跟总算站稳了。就文艺精神说,"五四"以后的作品,在观点上,在表现上,几乎与以前完全不一样。虽然细按起来也有种种的派别,各异的风格,但其间差别之大,远不如"五四"以后的全部作品与"五四"以前历代传下来的文艺。通常说新文艺,那个"新"字就表示这么个意思。

"五四"的旨趣,是对内反封建,对外反帝。读者诸君读过现代历史,也读过每年逢到"五四"报纸杂志上刊载的论文,这儿不必多加说明。民国的招牌虽然从民国元年早就挂起,可是一般知识分子从实际的生活经验中感到,要使自己与所有同胞做个现代人,过现代人合理的生活,非反封建反帝不可,却是到了"五四"才真正开了端("反帝"二字的使用与通行还在以后几年,可是"五四运动"本身,就其政治意义而言,就是个反帝运动)。这个开端带来了又沉重又艰难的任务。几千年来的封建旧束缚,一百年来的帝国主义新压迫,要解除,要摆脱。而且,单由知识分子来干,济得甚事,必须大多数同胞都起来担当这个任务才成。而大多数同胞由于知识的封锁,传统的拘束,虽然也有改善生活的想望,却不知道该往哪条道路走。给他们开导,引他们走上正确的道路,与他们肩并着肩,手牵着手,在道路上迈步前进,又不是一朝一夕的事儿。从"五四"到如今二十几年了,凡是明白的人都认定这个任务,从种种方面贡献他们的力量,明知它沉重,艰难,硬是要担当起来。他们深信完成了这个任务,大家的生活才会改善,那不是闹着玩儿的事,故而非完成不可。八年来的抗战,他们坚持着必须取得真正的胜利,在抗战的同时,他们又坚持着争取民主——政治的与经济的民主。现在胜利还没有取得,民主的实现更是障碍重重,他们知道"五四"以来一贯的反封建反帝的精神,还得发扬光大,力量求其更结实,范围求其更广大,才可以完成任务,大家过现代人合理的生活。以往的中国人肩膀上没有担当过这样的任务,反封建反帝完全成功之后,中国人也不须再担当这样的任务了。这是现代中国人特有的任务,开端于"五四",结束于将来。这个"将来"是近是远,要看大家的努力如何。

就身份来说,文艺作者与其他同胞一样,都是现代中国人。一般人既已从实际生活经验中感到反封建反帝亟需实践,否则就什么都谈不上,文艺作者哪有别唱一调,或者丢开不管之理?他们也是现代中国人,他们也以反封建反帝为自己的人生哲学。根据他们的人生哲学,他们写下若干东西,虽然取材各各不同,手法互有差异,自然而然有共通的精神,并不是谁要强同于谁。这就是文艺的时代精神,也可以叫作时代思潮。如果有些作品抓不住这种精神,赶不上这个思潮,读者与批评者就觉得不是那么一回事,或多或少表示不满意。有人把这个现象叫作"差不多",显然带着嘲讽的意味,认为"差不多"的现象若不改变,文艺的前途就将暗淡无光。

其实这是不劳过虑的。时世到了现代，难道还要写那些继承传统的封建文艺，以及开埠通商以后的洋场文艺，以见文艺的多样化吗？难道还该脱离现实，追求纯美，给读者以虚无缥缈的梦境吗？文艺本是内心的吐露，如今人同此心，当然小异之外有其大同。此心又都集中在切近自己与大群的事儿，写下来的文艺当然是现实的，人生的。用这样的看法来看"五四"以来的新文艺，就比徒然说声"差不多"得其真谛了。

就文体改用白话来说，一方面，固然由于现代人的思想情感，用活的语言来表达最为亲切明确，用那文言，就不免隔膜一层，打些折扣。另一方面，这个改变也含有反封建的意味。文言经历代的运用，不只是一种形式，其间也流荡着一种精神，一种承袭封建传统的非现代的精神。现代人也可以写文言，但是写文言的时候，那种精神就缠绕着你的笔尖，使你无法摆脱。有人说，白话达意，文言也达意，白话文言都只是工具罢了，主要的还在于意。这个看法未免简单了些。文言并不是纯工具，你要运用它，就不能不多少受它的影响，更改你的意，甚至违反你的意。谁愿意受它的影响，愿意自己笔底下流荡着那种承袭封建传统的非现代的精神，当然可以写文言，那是各人的自由。但是文艺作者决不愿意，他们的人生哲学规定他们决不愿意，所以他们抛弃文言，采用白话。白话也不是纯工具，新的文体必然带来一种新的精神，是一。从前虽然也有白话的东西，可是并未广泛运用，其间尽有开创发展的余地，是二。"五四"以来的新文艺运用白话，似乎应该这样理解，如上面所说的。

我国的新文艺跟着"五四运动"发了芽，所以说，把"五四"定作文艺节，有意思。我国的什么节什么节很多了。节日的意义，无非纪念以往,策励未来,而后一层尤其重要。如果不从心底里发出策励的热情,不在践履上表出策励的实迹,徒然开个会,举行个仪式,发表一套八股式的演说,那就毫无意义,尽可以不要那个节日。我们看见许多的节日化为毫无意义的了,说得正确些,是人没有搞清楚那些节日的意义。希望文艺节决不如此,从今年第一届起,直到永远,始终是个有意义的节日。就目前说,现代中国人特有的任务尚未完成,文艺作者自然该加紧策励,向这方面努力,第一届文艺节就是大家加紧策励的一个信号。

1945 年 4 月 13 日作

(原载《中学生》战时月刊第 87 期)

略谈雁冰兄的文学工作

我与雁冰兄初次会面,记不清是民国九年还是十年,总之在"文学研究会"成立,《小说月报》革新之后。列名发起"文学研究会",经常投稿《小说月报》,都由郑振铎兄来信接头。那时振铎兄在北京,彼此也没有会过面,他见我在《新潮》上登载几篇小说,就通起信来了。《小说月报》革新号印出来,我的一篇小说蒙雁冰兄加上几句按语,表示奖赞,我看了真有受宠若惊之感。到了上海,就到他鸿兴坊的寓所去访问他。第一个印象是他的精密和广博,我自己与他比,太粗略了,太狭窄了。直到现在,每次与他晤面,仍然觉得如此。那时还遇见他的弟弟泽民,一位强毅英挺的青年。振铎兄已经从北京到上海来了。我们同游半淞园,照了相片。后来商量印行《文学研究会丛书》,拟订译本目录,各国的文学名著由他们几位提出来,这也要翻,那也要翻,我才知道那些名著的名称。

雁冰兄是自学成功的人。他在商务印书馆任事,编译工作不仅是他的职业,也是他磨练自己的课程。在主办《小说月报》以前,已经有好些著译问世了。那时候似乎还不大有人注意世界文艺思潮,杂志上的一些译品,以及成本的翻译小说,无非像苏州人所说"拉在篮里就是菜",碰到什么就翻什么。雁冰兄却专心阅读外国的文艺书报,注意思潮与流派,又运用他的精审识力,选择内容与风格都有特点的那些小说翻出来,后来编成的集子如《雪人》《桃园》等,大家认为是最好的选集。他把许多书堆在床头,纸笔也常备,半夜醒来,想起些什么,就捻亮了电灯阅读,阅读有所得,惟恐遗忘,赶紧写在纸片上。当时我闻知他有这样的习惯,非常钦服,我是从来没有这样勤奋的。

《小说月报》的革新是极有意义的事。这种杂志记得创刊在宣统年间,原只是供人消闲的东西。后来恽铁樵先生接办,要在小说之中讲求古文义法,未免矫枉过正。恽先生办了几年,不知道为什么,又由先前的编者王莼农先生接办,恢复了以前的格调。但是"五四运动"起来了,喊出了"新文学"的名称。就粗处说,新文学好像等于白话文学,其实不尽然;除了使用白话以外,大家心目中还有一个朦胧的影象,要求一种骨子里全新的文学。于是雁冰兄接办《小说月报》了,理论与作品并重,对于文学,认认真真做一番启蒙工作。在以前,梁任公先生以及其他几位也出过小说杂志,用意也在启蒙,然而他们的观点太切近功利,刊载的作品又是谴责性质的居多,反而把文学的功能缩小了。我不说革新以后的《小说月报》怎样了不起,我只说自从《小说月报》革新以后,我国才有正式的文学杂志,而《小说月报》革新是雁冰兄的劳绩。

雁冰兄起初不写小说,直到从武汉回上海以后,才开始写他的《幻灭》。其时《小说月报》由振铎兄编辑,振铎兄往欧洲游历去了,我代替他的职务。我说,让我试试。虽说试试,答应下来就真个动手。不久,《幻灭》的第一部分交来了。登载出来,引起了读者界的普遍注意,大家要打听这位"茅盾"究竟是谁。徐志摩先生曾经问我:"《幻灭》是你的东西吧?"我摇摇头:"我哪里写得出这样的东西。"他也不再问究竟是谁了。我想他一定厌我不肯坦白告诉他。雁冰兄在第一部分原稿上署名"矛盾",他自有他的意思。可是《百家姓》中没有矛姓,把"矛"字改写成"茅"字,算是姓茅名盾，似乎好些。这是我的意思。与他商量，他不反对，就此写定了。谁知道后来有少数人以为"茅盾"是"矛盾"的正写，在用到"矛盾"的地方有意把"矛"字写成"茅"字，这贻误的责任应该由我负担。

《幻灭》之后接写《动摇》，《动摇》之后接写《追求》，不说他的精力弥满，单说他扩大写述的范围，也就可以大书特书。在他三部曲以前，小说哪有写那样大场面的，镜头也很少对准他所涉及的那些境域。我很荣幸，有读他三部曲的原稿的优先权，又一章一章的替他校对，把原稿排成书页。那时我与他是贴邻，他的居室在楼上，窗帷半掩，人声静悄，入夜电灯罩映出绿光，往往到深更还未捻灭。我望着他的窗口，想到他的写作，想到他的心情，起一种描摹不来的感念。如今回想起来，那种感念依然如新，但是时间相距已经十七八年了。

他作小说一向是先定计划的，计划不只藏在胸中，还要写在纸上，写在纸上的不只是个简单的纲要，竟是细磨细琢的详尽的记录。据我的记忆，他这种工夫，在写《子夜》的时候用得最多。我有这么个印象，他写《子夜》，是兼具文艺家写作品与科学家写论文的精神的。近来他写《霜叶红似二月花》与《走上岗位》，想来仍然是这样。对于极端相信那可恃而未必可恃的天才的人们，他的态度该是个可取的模式。

最近问起他《霜叶红似二月花》的后文如何，他告诉我还没写下去。我心里想，《霜叶红似二月花》缓些也无妨，按照他以前写三部曲的先例，在这个时日，他有更急于要写的题目，大家在等待写那种题目的作品，而他正是适于写那种题目的作者。可是我没有把这个意思说出来，我知道说了出来他将怎样回答我。然而，那种沉闷的天气会长久吗?"争自由的波浪"终将掀动整个海洋。今年雁冰兄五十岁,算它十年,到他六十岁的时候,他的纪念碑式的作品必然写了起来而且完篇了。我们等着吧。

1945 年 6 月 4 日作

(原载 1945 年 6 月 23 日《华西晚报》)

胡愈之先生的长处

胡愈之先生是我们《中学生》杂志的老朋友,从《中学生》杂志创刊到复刊,他一直给我们许多帮助,不但为我们写文字,还帮我们出主意,定规划。如今的新读者也许不很知道胡先生其人,可是从五年之前起往上溯,那时候的读者一定知道他。假如那时候的读者在《中学生》杂志以外还看旁的杂志,接触他的文字更多,那就不但知道他,并将永远的记住他了。

今年得到消息,说胡先生在南洋某地病故了。朋友们听了,都感到异样的怅惘,与他作朋友很少会是泛泛之交的。消息极简略,可是据说十之八九可靠。我们真个失掉了这位老朋友吗?于是大家作些文字来纪念他,汇刊在这儿,成个特辑。万一的希冀是"海外东坡",死讯误传。如果我们有那么个幸运,等到与他重行晤面,这个特辑就是所谓"一死一生,乃见交情"的凭证,也颇有意义。

我不想在这儿说我与胡先生的私交,因为这在一般读者看来,没有多大关系。我只想说胡先生的自学精神。他没有在中学毕业,从职业中学习,从生活中学习,始终不懈,结果既博且通,为多数正途出身的人所不及。我们经常标榜自学,也许有人以为徒然说得好听,难收真实效果。但是我们可以坚决的说绝对不然,胡先生就是个最可凭信的实例。

我只想说胡先生的组织能力。他创设了许多团体,计划了许多杂志与书刊,理想不嫌其高远,而步骤务求其切实。他善于识别朋友的长处,加以运用与鼓励,使朋友人人尽其所长,把团体组织得很好,把杂志书刊办得很好。这种能力,在现代社会中是极端需要的,却又是一般人所极端缺乏的。章程议定,计划通过,招牌挂起,下文就没有了,是我们常见的事。但是我们深切的知道,要真个干一些事,非有胡先生那样的组织能力不可。

我只想说胡先生的博爱思想。我想这或许是从他学习世界语种下根的。世界语原来不仅是一种工具,其中还蕴蓄着人类爱的精神。后来他入世更深,知道普遍的人类爱还是未来的事,在当前,有所爱就不能不有所憎,爱的方面越真切,憎的方面也越深刻,深刻的憎正所以表现真切的爱,而表现的方式不限于用口用笔,尤其紧要的是用行为。在后半截的生涯中,他奔走各地,栖栖皇皇,计划这个,讨论那个,究竟何所为呢?为名吗?为利吗?都不是。无非实做"有所为"三个字而已。为什么要"有所为"?本于他那种博爱思想,只觉得非"有所为"不可而已。

我只想说胡先生的友爱情谊。这与前一点是关联的。朋友之可贵,不在聚集在一起吃点儿,喝点儿。一个人既要"有所为",他知道无论什么事决不是独个儿办得了的,必须与他人通力合作才成,那时候朋友就像自己的性命一样,友爱情谊自然而然深挚起来。近来有几位朋友与我谈起,朋辈之中,胡先生最笃于友谊,他关顾朋友甚于关顾他自己。在感叹家说起来,这是"古道",如今不可多得了。其实这也是"新道",唯有不"古"不"新"的人物,才以为友谊是无足轻重的。

以上说了四点,自学精神,组织能力,博爱思想,友爱情谊,是胡先生的长处,我们一班朋友所公认的。关于这四点,都没有叙及具体事实,因为几位朋友的文字中都有叙及,不必重复了。

在纪念人物的文字中，有句老调，"我们要学某人的什么什么"。我不想学这句老调。我以为看了几篇纪念文字就会学起某人来，没有这么简单，"学"的因素很多，种种因素具备了才得完成个"学"字。不过，看了几篇纪念文字，在思想行为上发生或多或少的影响，如茅盾先生说的，受了那人物的感召力，是可能的。现在我们纪念胡先生，一位可敬的朋友，写了几篇纪念文字，这几篇文字如果能在读者的思想行为上发生若干影响，那就不是浪费笔墨，我们对于胡先生的怀念也可以稍稍发抒了。

1945 年 5 月 23 日作
（原载《中学生》战时月刊第 89 期）

木 刻

　　板画是图画中的一个部门,由于所用材料不同,又可分成铜板画、石板画、玻璃板画和木板画四种。木刻属于木板画,也称作板画或刻画,普通就称作木刻。

　　木刻的材料当然是木材。木材以梨、枣、白杨最为合适。这几种木材的质地都比较细密。我们中国古时候的木刻,大多也用梨枣为材料。所谓"灾梨祸枣",就是说梨木枣木可以作为刻书的材料。倘若刻的是一部坏书,那么这两种木材未免白白地遭殃了。

　　木刻最主要的工具当然是刻刀。刻刀大致分成两种形式,一种是偏刀,一种是角刀。偏刀用来刻凸起的线条,把大片的木质铲去,剩下凸起的线条。角刀是三角形的,为了使用的方便,又有大小宽狭各种形式,都用来刻凹陷的线条。

　　我国木刻曾因佛像的印刷,有一个时期很为发达。后来佛教势力衰落了,木刻也跟着消沉下去。至于现代的木刻,与我国古时候的木刻并不完全相同。古时候的木刻是"白纸黑图",画面本身像张白纸,刻出来的东西像画在纸上的素描,通常只绘出轮廓,而不用阴影来烘托。要是拿已经刻好的木板来看,画的东西是凸出来的,好比"阳文"的印章。现代的木刻恰恰相反,是"黑纸白图",刻出一些线条表现明亮的部分,留下的表现阴暗的部分,使人看了有立体的感觉。这进步其实和绘画一样。要是拿已经刻好的木板来看,就像"阴文"的印章。

　　当然,现代的木刻也不是绝对不用古时候的方法,常常在一幅画上，两种方法同时参用。不过比较起来，现代木刻采用"黑纸白图"的方法的来得多些。

有了木板和刀，就可以动手刻了。木板有时候该用横断面的，有时候该用纵剖面的，大凡刻精细的画，就得用横断面的。因为横断面的木纹比较细。普通木刻就用纵剖面的。前者称为木口木刻，后者称为木面木刻。

木板先要磨光，涂上一层墨，又用铅笔在上面把画稿打好，然后动刀。别的国家的木刻家也有先把画稿打在透明的纸上，又用蓝色晒图法印在木板上，然后动刀的。我国现在的木刻家大多把画稿直接打在木板上。

把图画直接画在纸上，也就算了，为什么还要经过刻木的手续？这不是浪费吗？不，木刻非但不浪费，还具备着更经济的条件。普通一张图画，常常为一个人独占，供少数人欣赏。木刻画却可以拓成许多许多张，供许多许多人欣赏。另一方面，木刻画具有明快、朴素、有力的特色，在艺术上有它独特的价值。

在苏联，木刻艺术特别发达。在我国，经鲁迅先生的提倡，才开始有人重视木刻，从事木刻。十多年来，我国从事木刻工作者相当努力，到现在，我国的木刻已经走上了自己的道路，产生了特有的作风，这是一件值得高兴的事。

这里选载了一幅木刻，古元先生的《运草》。

古元先生在鲁迅先生提倡木刻的时候，就热心从事木刻工作了。经过十几年的努力，创造了他自己的风格，有了很大的成就。古元先生作风上的特点，是参用古时木刻与现代木刻的刻法，就是在一幅画面上，一部分的线条属于"白纸黑图"那一种，一部分的线条属于"黑纸白图"那一种。主题方面的特点，是专从平民生活取材，尤以描摹农民生活的为多。所以很多人都尊敬他，称他为服务人民的艺术家。

《运草》是以现代木刻的刻法为主，表现农民生活的一张木刻。因为画面上黑的部分比较多，所以能给我们一种情调浓重的感觉。在北方，大家爱好农民的生活，重视农民的工作，这也许是古元先生把这幅木刻的情调表现得很浓重的原因吧。

1945 年 8 月 16 日作

（原载《开明少年》第 3 期）

"胜利日"随笔

今天"胜利日",你作何感想?

当然是极度的高兴。我有生之年是甲午,从甲午到今年五十二年,这五十二年中,我国人受了日寇不知多少侵害,就我一家而论,也受了日寇好几回直接损伤。现在日寇投降了,以后他们会不会彻底悔改,固然要看同盟国家的管制如何,日本全国人民的觉醒如何,可是仇恨的"前账"可以结一结了。结清前账,心头一松,极度的高兴在此。

从今天起,第二次大战结束了,世界上法西斯的最后堡垒倒塌了,虽然有些"法西斯细菌"还待各国人民努力清除。若问"老百姓的世纪"什么时候开始,就全世界而言,可以说开始于今天。老百姓的世纪与以前的世纪有什么不同?我回答说:老百姓的世纪将实现法国革命时候的三大原则"自由,平等,博爱",与罗斯福先生提出的四大自由"发表的自由,信仰的自由,免于匮乏的自由,免于恐惧的自由"。这三大原则与四大自由是实实在在对老百姓有好处的,在物质生活精神生活上都有好处的,怎能叫我不极度高兴呢?

还有旁的感想吗?

我愧对牺牲在战场上的士兵同胞,愧对牺牲在战场上的盟军。

我愧对挟了两个拐棍,拖了一条腿,在东街西巷要人帮忙的"荣誉军人"。

我愧对筑公路修飞机场的"白骨"与"残生"。

我愧对拿出了一切来的农民同胞。

我愧对在敌后与沦陷区,坚守着自己生长的那块土地,给敌人种种阻挠,不让他们占丝毫便宜,同时自己也壮健地成长起来的各界同胞。

我恨着——今天算是吉祥的日子,恨着的话暂时不说吧。

还有吗?

当然还有,说起来将无穷无尽。"三句不离本行",单就有关本行的说一些吧。战争结束了,老百姓的世纪开始了,图书杂志审查制度应该立刻取消了。要彻底的无条件的取消,再不要什么尺度与标准。

凡是身体与精神都健康的人,凡是认认真真生活的人,他们想要发表些什么自有尺度,自有标准。什么是他们的尺度与标准?要自己好,要大家好,不损伤自己的自由,也不侵犯他人的自由:就是他们的尺度与标准。除此而外,如果还有什么尺度与标准,由某些人定下来,要他们遵守,这就是加给他们的精神上的迫害。无论你定得怎样客观,怎样公平,怎样有道理,总之是加给他们的精神上的迫害。只要想,由人家定下尺度与标准,就是划定了个范围,只许在范围里面发表,不许在范围以外发表,四大自由的第一项"发表的自由"不就受了侵犯吗?

说图书杂志审查是精神上的迫害,理由就在此。所以这个制度要立刻取消,要彻底的无条件的取消,让大家得到发表的自由,像检回一件失去已久的宝贝一样。

1945 年 8 月 22 日作

(原载 1945 年 8 月 24 日《华西晚报》)

我坐了木船

从重庆到汉口,我坐了木船。

木船危险,当然知道。一路上数不尽的滩,礁石随处都是。要出事,随时可以出。还有盗匪——实在是最可怜的同胞,他们种地没得吃,有力气没处出卖,当了兵经常饿肚子,没奈何只好出此下策。假如遇见了,把铺盖或者身上衣服带了去,也是异常难处的事儿。

但是,回转来想,从前没有轮船,没有飞机,历来走川江的人都坐木船。就是如今,上上下下的还有许多人在那里坐木船,如果统计起来,人数该比坐轮船坐飞机的多得多。人家可以坐,我就不能坐吗?我又不比人家高贵。至于危险,不考虑也罢。轮船飞机就不危险吗?安步当车似乎最稳妥了,可是人家屋檐边也可能掉下一片瓦来。要绝对避免危险就莫要做人。

要坐轮船坐飞机,自然也有办法。只要往各方去请托,找关系,或者干脆买张黑票。先说黑票,且不谈付出超过定额的钱,力有不及,心有不甘,单单一个"黑"字,就叫你不愿领教。"黑"字表示作弊,表示越出常轨,你买黑票,无异帮同作弊,赞助越出常轨。一个人既不能独个儿转移风气,也该在消极方面有所自守,帮同作弊,赞助越出常轨的事儿,总可以免了吧。——这自然是书生之见,不值通达的人一笑。

再说请托找关系,听人家说他们的经验,简直与谋差使一样的麻烦。在传达室恭候,在会客室恭候,幸而见了那要见的人,他听说你要设法买船票或飞机票，爱理不理的答复你说："困难呢……下个星期再来打听吧……"于是你觉着好像有一线希望，又好像毫无把握，只得挨到下个星期再去。跑了不知多少回，总算有眉目了，又得往这一处签字，那一处盖章，看种种的脸色，候种种的传唤，为的是得一份充分的证据，可以去换一张票子。票子到手，身份可改变了，什么机关的部属，什么长的秘书，什么人的本人或是父亲，或者姓名仍旧，或者必须改名换姓，总之要与你自己暂时脱离关系。最有味的是冒充什么部的士兵，非但改名换姓，还得穿上灰布棉军服，腰间束一条皮带。我听了这些，就死了请托找关系的念头。即使饿得要死，也不定要去奉承颜色谋差使，为了一张票子去求教人家，不说我自己犯不着，人家也太费心了。重庆的路又那么难走，公共汽车站排队往往等上一个半个钟头，天天为了票子去奔跑实在吃不消。再说与自己暂时脱离关系，换上别人的身份，虽然人家不大爱惜名器，我可不愿滥用那些名器。我不是部属，不是秘书，不是某人，不是某人的父亲，我是我。我毫无成就，样样不长进，我可不愿与任何人易地而处，无论长期或是暂时。为了跑一趟路，必须易地而处，在我总觉得像被剥夺了什么似的。至于穿灰布棉军服更为难了，为了跑一趟路才穿上那套衣服，岂不亵渎了那套衣服？亵渎的人固然不少，我可总觉不忍。——这一套又是书生之见。

　　抱着书生之见，我决定坐木船。木船比不上轮船，更比不上飞机，千真万确。可是绝对不用请托，绝对不用找关系，也无所谓黑票。你要船，找运输行，或者自己到码头上去找。找着了，言明价钱，多少钱坐到汉口，每一块钱花得明明白白。在这一点上，我觉得木船好极了，我可以不说一句讨情的话，不看一副难看的嘴脸，堂堂正正凭我的身份东归。这是大多数坐轮船坐飞机的朋友办不到的，我可有这种骄傲。

决定了之后，有两位朋友特地来劝阻。一位从李家沱，一位从柏溪，不怕水程跋涉，为的是关爱我，瞧得起我。他们说了种种理由，设想了种种可能的障碍，结末说，还是再考虑一下的好。我真感激他们，当然不敢说不必再考虑，只好带玩笑的说"吉人天相"，安慰他们的激动的心情。现在，他们接到我平安到达的消息了，他们也真的安慰了。

1946 年 3 月 28 日作

（原载 1946 年 4 月 7 日《消息半周刊》第 1 期）

革　心

辛亥革命那年，我十八岁，对于革命一下子就成功，感到莫名其妙的高兴，看看事实，似乎跟理想中的革命不大对头，又感到莫名其妙的忧虑。我就写了一篇文字，题目叫做《革心》，寄给一家报馆，居然在报上登出来了。是什么报，记不起了，文字里说些什么，也记不起了，总之是些非常幼稚的想头。现在只觉得"革心"两个字还有些意思。

抗战胜利了，当前的大事业是建国。要建什么样的国？大家心中有数。国是大家的，不是专属于张三李四的，但是张三李四也必须得到好处，跟大家一样，不特别多也不特别少，人人这么样，国才是适应大家需要的国，才是大家见得可爱的国。所谓好处，就是人人都可以享受到自由，人人的物质生活精神生活都有保障，可以各自发展，共同合作，走上欣欣向荣的道路。这是货真价实的好处，为了争取这些好处，才起来抗战，也为了争取这些好处，才着手建国。

建国建国，千头万绪，可是有个根本要点，就是上面提起的"革心"两个字。人人要革心，要像成语所说的"革面洗心"。不要以为这两个字太迂腐了，换个时新说法，就是改变意识，就是改变人生观跟世界观。心跟意识跟什么观，如果只顾闭起眼来胡思乱想，不跟实际打交道，同样会迂腐。如果能从实际出发，认得清，想得透，说心说意识说什么观都一样，不会因为说了心就迂腐了。

说到革心，最要紧的是改变对于政治的了解。人是政治的动物,这句话很古了,可是在今天以前,我国并没有人人做这种动物。一般的了解以为政治是治人者的事,治人者行政叫做治国治天下,其余的人只有恭候他们来治。从今以后,可真要人人做政治的动物了,政治必须成为各人生活里的重要项目,谁不管政治,谁就是跟自己捣蛋,同时间接地捣旁人的蛋。管政治并不等于做官,管政治只是参与公众的事,参与有关于自己跟旁人的事。以前是一部分人替大家代劳了——代劳是好听的说法,实际上是抢了去,不让大家参与,大家就吃了不知多少的亏,若要不吃亏,唯有事事参与,一件也不放松。这才对得起自己,同时间接地对得起旁人。

  人人参与,结果取决于多数。多数人信任的办法必须照办,多数人信任的人就接受委托去照办。这里后面的一句很关紧要,"信任","接受委托","照办",把行政人员的性质跟职分规定了。行政人员不是治者,他们是替公众办事的人,以前的行政人员,大的,小的,高级的,低级的,历代有种种名目,从没有接受过公众的委托。最高级的一些往往是乘机会凭武力取得了天下,就居之不疑,硬要管公众的事了,这当然不是接受委托。其余各级的人员接受了这班最高级的人的委托,帮他们硬管公众的事,没有接受公众的委托自不待说。既然没有接受委托,当然说不上公众的"信任",更说不上依据公众的意见"照办"。这个局面必须改变,就因为公众太吃亏了,不是名义上的吃亏,是生活上实实在在的吃亏。今后的行政人员必须得到公众的信任,接受公众的委托,又必须依据公众的意见照办。这一层,公众要绝对了解,接受委托的行政人员也要绝对了解,大家才有好日子过。

  还有一点,今后的行政几乎全是技术工作,绝对用不着君师主义了。公众要把经济调整,要把工业兴起,要把教育办好,诸如此类，都是一个题目，一个纲领。行政人员必须切实做到调整，兴起，办好，才不负公众的信任和委托。而切实做到调整，兴起，办好，其间是一串的技术工作，要有计划，要有方法，还要有锲而不舍，做成方休的毅力。什么叫君师主义呢？君师主义是行政人员自视甚高，最高的时候竟自认为哲学家，把公众看得一钱不值，以为你们懂得什么，我的意见才是无所不周，无所不至，由我来"作之君，作之师"吧。这种君师主义的最大毛病就在于抹煞了公众，自己要为君为师。至于流弊怎样，也不必再说。总之，今后的"君"跟"师"就是公众，行政人员如果抱着君师主义，其人就不配当行政人员。

今后的局面是全新的，切不要搬古书，翻旧皇历，说什么什么古已有之，现在的什么什么就是从前的什么什么。试问，人人参与政治，多数人相信的办法必须照办，这种情形，在我国哪朝哪代见过？又试问，各级的行政人员必须受公众的信任跟委托，照办公众要办的事，这种情形，在我国哪朝哪代见过？水必有源头呀，文化不能没有根本呀，这些话诚然不错，可是不能作为现在必须继承以往的借口。我国政治如果必须继承以往，那唯有照抄一脉相承的专制。专制，试问你要不要？如果不要，就得把古书上说的，旧皇历上载的，一刀斩断，不回头，向前走，从开创中学习，从学习中得到享受。

1946 年 4 月 14 日作

（原载《抗战文艺》第 10 卷第 6 期）

答 丐 翁

四月二十二日上午,去看丐翁,临走的时候,他凄苦的朝我说了如下的话:"胜利,到底啥人胜利——无从说起!"这是我听见的他的最后的声音。二十三日下午再去,他已经在那里咽气,不能说话了。

听他这话的当时,我心里难过,似乎没有回答他什么,或者说了现状诚然一塌糊涂的话也说不定。现在事后回想,当时没有说几句话好好安慰他,实在不应该。明知他已经在弥留之际,事实上说这句话之后三十四小时半就去世了,不给他个回答,使他抱着一腔悲愤长此终古,我对他不起。

现在,我想补赎我的过失,假定他死而有知,我朝他说几句话。我说:

胜利,当然属于爱自由爱和平的人民。这不是一个空洞的概念,不是一句喊滥了的口号,是事势所必然。人民要生活,要好好的生活,要物质上精神上都够得上标准的生活,非胜利不可。胜利不到手,非争取不可。争取复争取,最后胜利属于人民。

把强大武力掌握在手里的,耀武扬威。把秘密武器当作活宝贝的,奇货可居。四肢百体还繁殖着法西斯细菌的,摆出侵略的架势,独裁的气派。乃至办接收的,发胜利财的,一个个高视阔步,自以为天之骄子。这些家伙好像是目前的胜利者。正因为有这些家伙在,才使人民得不到胜利,才使你丐翁在将要离开这个世界的时候,消释不了你心头的悲愤。但是,他们不是真正的胜利者。如果把他们目前的作为叫做陷溺，那么他们的陷溺越深，他们的失败将越惨。他们脱离人民，实做人民的敌人，在爱自由爱和平的人民的围攻之下，终于惨败是事势之必然。这个"终于"究竟是何年何月，固然不能断言，可是，知道他们不是真正的胜利者也就够了，悲愤之情不妨稍稍减轻，着力之处应该特别加重。你去世了，当然不劳你着力，请你永远休息吧。着力，有我们没有死的在。

丏翁，我不是向你说教，我对于青年朋友也决不敢说教，何况对于你。我不过告诉你我的简单的想头而已，虽然简单，可的确是我的想头。

你对于佛法有兴趣，你相信西方净土的存在。信仰自由，罗斯福先生把他列为四大自由之一，不是说罗斯福先生说的就一定对，信仰的确不该受他力的干涉。因此，我尊重你这一点，而且，自以为了解你这一点。不过我有一句诗，"教宗堪慕信难起"，要我起信，至少目前还办不到，无论对于佛法，基督教，或者其他的教。我这么想，净土与天堂之类说远很远，说近也近。到人民成了真正的胜利者的时候，这个世界就是净土，就是天堂了。如果这也算一种信仰，那么我是相信"此世净土"的。

我比你年轻，今年也五十三了。对于学问，向来没有门径，今后谅来也不会一朝发愤，起什么野心。做人，平平，写文字，平平，既然平平了这么些年，谅来也不会在往后的年月间，突然有长足的长进。至于居高位，发大财，我自己剖析自己，的确不存丝毫的想望。总而言之，在我自己，活着既无所为，如果死了也不足惜。可是在"临命终时"以前，我决不肯抱玩世不恭的态度，因为我还相信"此世净土"，觉得活着还有所为。

丏翁，你以为我的话太幼稚吧？我想，如果多数的人都存这种幼稚的见解，胜利的东家就将调换过来，"此世净土"也将很快的涌现了。

　　我回到上海来不满三个月，由于你的病，虽然会面许多回，没有与你畅快的谈一谈。现在我写这几句，当作与你同坐把杯，称心而言。可是你已经一棺附身，而且在十天之后就将火化成灰。想到这里，我收不住我的眼泪。

1946 年 4 月 28 日作

（原载《周报》第 35 期）

开明书店二十周年

开明书店创办于十五年八月间,到今年这一个月,二十周年了。《中学生》是开明书店发行的刊物,本志的同人都是开明书店的从业员,现在逢到开明书店二十周年,请容许我与读者谈谈开明书店。

开明书店是一些同志的结合体。这所谓同志,并不是信奉什么主义,在主义方面的同志,也不是参加什么党派,在党派方面的同志。只是说我们这些人在意趣上互相理解,在感情上彼此融洽,大家愿意认认真真做点儿事,不求名,不图利,却不敢忽略对于社会的贡献:是这么样的同志。这些同志都能够读些书,写些文字,又懂得些校对印刷等技术方面的事,于是相约开起书店来,于是开明书店成立了。

书店有各种的做法。兼收并蓄,无所不包,是一种做法。规定范围,不出限度,是一种做法。漫无标的,唯利是图,又是一种做法。我们以为前一种需要大力量,不但财力要大,知力也要大,我们担当不了。后一种呢,与我们的意趣不相容,当然不取。与我们相宜的只有中间一种,就是规定范围的做法。我们把我们的读者群规定为中等教育程度的青年,出版一些书刊,绝大部分是存心奉献给他们的。这与我们的学识修养和教育见解都有关系。我们自问并无专家之学,不过有些够得上水准的常识,编选些普通书刊,似乎还能胜任愉快。这是一层。我们看出现在的新教育继承着旧教育的传统,而新教育继承着旧教育的传统是没有效果的。我们也知道教育不是孤立的事项，要改革教育必须其他种种方面都改革，但是改革教育的意识不能不从早唤起，改革教育的工具不能不从早预备。这又是一层。

二十年来，我们出版了不少书刊，有的已经绝了版，现在的读者不再能称说它们的名字，有的一直畅销，到现在还是读者爱好的读物。对于这些书刊，我们都是认认真真地编撰，审读，校对，印刷的。我们不敢说辛苦，辛苦原是做事的人的本分。我们觉得安慰的是在读者界造成了口碑，好多人说开明的书不马虎。不马虎，就内容而言，也就形式而言。可是我们宁愿认为这个话是鼓励，不是的评。如果认为的评，说不定会走上自满的歧途。认为鼓励，才可以加紧努力，期望做到百分之百的不马虎。

在二十年中间，竟有八年是抗战时期。战事初起，炮火就把我们的栈房厂房给烧了。后来迁移内地，心力交瘁，损失屡屡。湘桂战役中，损失尤其惨重，在黔桂路上，在金城江边，几百大包的书被抛散了，被烧掉了，这些都是我们心力的结晶啊！可是我们并不颓丧。我们这么想：战时损失当然越少越好。然而在无可避免的时候，也只有咬紧牙关忍受。忍受下来，想到自己与全国死的，伤的，亡家的，破产的同其命运，自然而然加强了同胞之爱，振起了努力再干的勇气。因而我们并不颓丧。

去年八月间日本投降，我国赢得了胜利，我们兴奋极了。在战后建国的进程中，在推进文化的工作中，我们的力量虽然微薄，该可以尽其可能地贡献出来吧。不料美妙的希望禁不起无情的现实的打击，到现在才只一年，已经证明去年我们想的未免太天真了，就在这一年间，出版业遇到了比抗战时期更甚的困难。物价激剧上涨，运输依然阻滞，由于生活资料一般地贫乏，原该与日用品并列的书刊升到了奢侈品的地位。出版业虽然称为文化事业，但同时也是工商业中的一个部门，所有工商业都已奄奄一息，出版业岂能独居例外？因此，这一年间，我们出版的书刊不比往年多，我们书刊的销场不比往年广，什么出版方针呀，编辑计划呀，想得好好的，只能暂时收藏起来，目前还是与抗战时期一样，只能勉力支撑。

支撑下去总该有一条出路，正如其他各业总该有一条出路，咱们中国总该有一条出路。我们站在出版业的立场，也觉得民主与和平太需要了。实现民主，大家才可以商商量量，各尽知能，把千头万绪的公共事务办好。实现和平，大家才可以休养生息，培植元气，共同过那盼望了好久好久的安乐日子。就在这中间，书刊才会恢复到日用品的地位，我们才真可以尽其可能地贡献我们微薄的力量。我们不能独自找出路，但是我们必得汇合在大势所趋之中找出路，这是我们此刻的信念。

我们与读者谈起开明书店二十周年，不能把出版编辑方面的什么好消息告诉诸位，我们非常抱歉。好消息不是听听就算的，要能实现才有意思，现在呢，却是什么方针计划都实现不了的时候。不过我们可以笼统地说一句，读者界鼓励我们的那个意思，我们愿意继续奉行，直到永远，那就是"不马虎"。

1946 年 7 月 14 日作

（原载 1946 年 8 月 1 日《中学生》8 月号）

《抗战八年木刻选集》序

在第九世纪，我国就有了木刻画。第十四到第十七世纪，木刻画极为发达，精品很多。直到西洋印刷术传入，多数书本与印件不再用木刻的办法了，木刻画才衰落下来。

我国的木刻画大多是经书、史书、子书、佛经、道藏、小说、剧本的插图，也有纯粹的艺术画，刻着山水，花鸟，人物。此外又有神像，风俗画，吉祥画等类，是彻底的民间艺术——就是说，并非士大夫书斋里的东西。那些作品技法各异，工拙不一，却有个相同之点：画底稿的是一个人，动手刻的另是一个人。先得有好画手画底稿，好刻手才可以显他的本领，他的本领在乎不走样、不损伤底稿的神采。如果没有好底稿，好刻手也无所施其技。

我国现代的木刻艺术却并非承袭本国的传统，是受的外来的影响，是刻手而兼画手的。我们要永远记住鲁迅先生，介绍许多国外作品，印行一些木刻选集，鼓励青年艺术家着手学习，延请能手指授技法，全是他的劳绩。假如没有鲁迅先生的倡导，我国的木刻艺术会不会发展到目前的地步，是很难说定的。

从倡导到如今，时间不满二十年，成绩已经相当可观了，这本《抗战八年木刻选集》就是证据。这本选集包含七十五位作家，一百幅作品。七十五位，一个不小的数目。一百幅，那是从陈列在"抗战八年木刻展览会"的几千幅作品中精选出来的。

看了这本选集，可以领悟几层意思。

由于所处的国度和所值的时代，木刻作家与文艺作家一样，一

成都送佩兄之昆明

平生儔侶寘感子性情真南北萍蹤聚東
西錦水濱追尋如密約歡對擬芳醑不謂秋
風起又來別恨新寂
此日一為別成都頓寂寞獨尋浣度井悵望宋
公橋詩興憑誰發若園復孰扳芙期抱負
悴雙鬢覺漫蕭條

三十年九月 弟 葉紹鈞

与朱自清唱和诗手迹

1943年11月15日,成都文艺界补祝叶圣陶五十大庆时合影留念。叶圣陶夫妇站在前排

贯的表现着反帝反封建的精神。从正面说，一贯的表现着争自由的精神。他们不把木刻艺术认作无所为而为的东西，他们有所为，他们把木刻艺术认作宣传的工具，争自由的武器，虽是工具和武器，本身却仍然是件艺术品。是艺术品兼有工具和武器的作用，不是为了工具和武器牺牲了艺术。

在抗战八年间，木刻作家够努力的了，请想想，陈列在展览会中的作品有几千幅。单就这本选集来看，对于敌人的憎恨，对于受苦难者的同感（不是同情），对于大众生活的体验，对于自由中国的期望，可以说表露无遗了。八年的抗战是我国历史上没有前例的大事件。我国脱去了自身的以及外来的重重束缚，自由独立的站在世界上，虽然现在还没有做到，还待全国人民努力奋斗，可是将来叙说起这一段艰辛的成功史来，八年的抗战必然是个极大的关目。我国人民以生命写下历史，而这本选集就是那历史的缩影。

就技术方面看，也有可以说的。在木刻艺术刚介绍进来的时候，我国的一些作品脱不了摹仿，某一幅的蓝本是外国的某一幅，某人的作品依傍着外国的某一家，几乎全可以指出来。这是不可避免的，也是无可非议的，学习任何艺术，总得经过摹仿的阶段。重要的是始于摹仿而不终于摹仿，摹仿只作创造的准备。这一点，我国的木刻作家很快的做到了。请看这本选集里的作品，构图，阴影，线条，刀法，各有独到之处。一个总印象：木刻艺术成了我国土生土长的东西。有几幅细的近似我国旧时的"绣梓"，可是并不相同，绣梓哪里有那种生命力！而且，绣梓只是书本的插图，是附属品，现在这些作品却是独立的艺术。近似于传统而不承袭传统，受着外来的影响而不为影响所拘束，土生土长，趋于创造；我国的木刻艺术已经发展到这个地步了,可是距离创导当时还没有满二十年。

1946 年 8 月 10 日作

(原载 1946 年 9 月 18 日《联合晚报》)

"相濡以沫"

去年在重庆,参加鲁迅先生纪念会,我提起了他爱用的一句话"相濡以沫"。今年在上海,参加他的逝世十周年纪念会,我仍旧提起了这句话。

大概是我的话没有说清楚,或者根本没有把意思表达出来。第二天看报纸的记载,与我所说的不大相符。因此再在这里说一说,辞句和顺序未必与说话当时全同,大旨却不相违异。

"相濡以沫"这句话出于《庄子》,鲁迅先生常爱引用它,只是断章取义,与这句话的上下文不大有关系。单就这句话看,是一个悲壮动人的场面。一群鱼失了水,干得要死,大家吐出口沫来,彼此互相沾润,藉此延长大家的生命。试想,吐出自己仅有的东西来,不但沾润自己,还要互相沾润,那"生的意志"的强固和"群的联系"的强固,不是够得上悲壮两个字的考语吗?

鲁迅先生引用这句话,为的是他所处的环境正是一片干地,没有一滴水。他又见和他同在的人所处的是相同的环境,于是自然而然记起这句话。说它是口号,不如说它是信念。他奉行他的信念,在一片干地上,所吐的口沫非常之多。二十册的《鲁迅全集》是他的口沫,新近出版的《鲁迅全集补遗》是他的口沫,由他校印的木刻画集以及《海上述林》等书是他的口沫,尤其重要的,他那明辨是非的态度,坚决奋斗的精神,待人接物的诚恳与认真,全是他的口沫。与他接触的人见他的为人,读他的文字,也各各吐出他们的口沫,相信他,学习他,和他在一起。到了今日,"走鲁迅先生的道路"成为普遍的号召了。我想这么说：鲁迅先生的影响所以伟大，就在于他奉行那"相濡以沫"的信念。

鱼到了"相濡以沫"的境地，虽然延长一时的生命，结果总不免死掉。可是，鲁迅先生引用这句话是取作比喻，说的还是人事。就人事方面想，情形就不同了。鲁迅先生逝世不久，我曾作一首七律挽他，现在抄在这里：

> 木坏山颓万众悲，感人岂独在文辞。
> 暖姝凤恨时流态，刚介真堪后死师。
> 岩电烂然无不照，遗容穆若见深慈。
> 相濡以沫沫成海，试听如潮继志词。

前面六句不说，只说末后两句。这两句还是比喻。人与人要是"相濡以沫"，范围越推越广，口沫越聚越多，不将汇成大海吗？既然有个大海，被喻为鱼的人就可以在其中游泳自如，不再是干得要死的鱼了。而现在，大海已经汇成了，因为已经听见了潮水似的声音。潮水似的声音就是所谓"继志词"，就是"走鲁迅先生的道路！""学习鲁迅先生的精神！"一类的号召。

1946年10月22日作
（原载《新文化》半月刊第2卷第8期）

"努力事春耕"

新年里与诸位相见，赠给诸位一张贺年片，印在本期《开明少年》的开头。那是胡一川先生的一幅彩色木刻，原来收在《抗战八年木刻选集》里，我们把它重新铸版，短小了尺寸。在画幅之下，我们题了四句诗：

大地藏无尽，勤劳资有生。
念哉斯意厚，努力事春耕。

现在谈谈那四句诗。

"大地藏无尽"，就是说我们居住在大地之上，这大地储藏着无穷无尽的物质。通常把物质分做三大类，动物，植物，矿物。年年岁岁有新生的鸟兽虫鱼，飞的，走的，跳的，游的，参加到大地这座舞台上来，演出生动活泼的戏剧。年年岁岁有新的苗萌发出来，新的叶子长出来，新的花朵开出来，新的果实结出来，把大地这座舞台点缀得这么丰富，这么美丽。再说矿物。金呀，银呀，铜呀，铁呀，锡呀，以及煤呀，石油呀，在古代已经采来使用，到现代使用得更多更勤。可是从古到今掘地开矿，还是像在苹果上削去了一层表皮，没有开采的比已经开采的多到多少倍，谁也说不上来。只要就以上说的简单地想一想，就觉得大地真像个传说里的"聚宝盆"，盆里的东西是取之不尽，用之不竭的。岂但物质而已，还有种种的能力。水有水力，风有风力，发了电有电力，破坏了原子核有原子能。这些能力都由物质而来，物质无穷无尽，能力也无穷无尽。

"勤劳资有生"，就是说我们人类凭劳动来供养自己。"有生"本来包括一切有生命的东西，这里缩小范围，用来指我们人类。试想一想，我们人类如果像猴子一样，饿的时候采几个果子来吃，渴的时候跑到溪边去喝几口水，那生活多么可怜！我们人类可并非如此，原因在于我们能劳动。我们手脑并用，造成种种劳动工具，练成种种劳动技能，这就脱离了动物的生活，创造了人的生活。人的生活不但活命而已，而且要活得好，不但物质方面要好，精神方面也要好。如果一只麻雀一只黄猫懂得我们的话，我们与它们谈起来，它们一定会羡慕我们的生活，说物质方面精神方面都比它们胜过千万倍。要知道这不是平空得来的，是我们千万代的祖先继续劳动的结果啊！一切享用是劳动的结果，一切发明是劳动的结果，一切著作是劳动的结果。我们的祖先既然劳动过来，传到我们，我们自该继续劳动，把人类的生活变得更丰富，更美好。就每一个人说，劳动供养自己，同时供养他人，供养这一辈子的人，同时遗留给下一辈子的人。劳动的技能尽可以改良，劳动的辛苦尽可以减轻，劳动的不公平尽可以排除，可是决不能停手息脑不劳动。一朝人类劳动完全停止了，世界将会变成什么样子，我们能够想象吗？

"念哉斯意厚"，就是说，想想吧，这两层意思多么深厚。哪两层意思？"大地藏无尽"是一层，"勤劳资有生"又是一层。怎么说深厚？因为其中大有可想。前面说的一些话就是分别想起的，现在再把两层意思联在一块儿想。我们居住在这么丰富的大地上，我们的凭借太好了。我们能够继续不断的劳动，我们的努力堪以自慰了。单有丰富的大地，没有我们的劳动，我们的生活就与鸟兽虫鱼一样，至多像猴子。猴子也居住在这个丰富的大地上，可是它们除了吃几个果子喝几口水以外，得到了什么好处？单有我们的劳动，没有丰富的大地，也不成。常言说，巧媳妇做不来没有米的饭。必须有物质，劳动才可以显出能耐，得到收获。必须有物质，劳动才可以利用工具，发明技能。且不说大地空无所有（这是不能想象的），单说大地储蓄的物质假如没有这么丰富，人类的生活与人类的文明就必然差得远了。我们幸而有这么丰富的凭借，又幸而能继续不断的努力，这才使生活一步一步的改进，文明一步一步的发展，到了现在的地步。照现在的情形看，说我们人类是大地的主人，大地是为我们人类准备的舞台，该不是夸大的话吧。可是现在的情形还没有到极限，也许永远不会有什么极限。那么，将来的进步将达到什么地步，岂不是很难预言，只有到得那时才会知道吗？想到这儿，就觉得意思更深厚了。我们既然有了这样的幸运，万万不可辜负，必须加紧努力才行。

"努力事春耕"，这一句是不须解释的，看字面就明白。春耕是一年农事的开头，什么事都一样，开头的功夫用得越深，到后来的成果越大越多。想到了前面说的那些深厚的意思，"努力事春耕"是不须勉强的了，是自发的自动的了。望着丰富的大地，不肯不努力。想着劳动的可贵，不肯不努力。努力啊！努力啊！深深的耕下去，将会有无穷无尽的收获到手。这"春耕"又岂只指耕田一件事呢？我们学习什么，研究什么，经营什么，如果比做农事，同样是"春耕"啊！

四句诗谈完了,我们愿以十二分的诚意,祝颂大家"努力事春耕"!

1946年12月26日作

(原载《开明少年》第19期)

谈弘一法师临终偈语

我不参佛法，对于信佛的人只能同情，对于自己，相信永远是"教宗堪慕信难起"（拙诗《天地》一律之句）的了。也曾听人说过修习净土的道理，随时念佛，临命终时，一心不乱，以便往生净土。话当然没有这么简单，可是几十年来我一直有个总印象：净土法门教人追求"好好的死"。我自信平凡，还是服膺"未知生，焉知死"的说法。"好好的死"似不妨放慢些，我们就人论人，最要紧的还在追求"好好的活"。修习净土的或者都追求"好好的活"，只是我很少听见说起。

弘一法师临终作偈两首，第二首的后两句是"华枝春满，天心月圆"。照我的看法，这是描绘他的生活，说明他的生活体验：他入世一场，经历种种，修习种种，到他临命终时，正当"春满""月圆"的时候。这自然是"好好的死"，但是"好好的死"源于"好好的活"。他临终前又写了"悲欣交集"四字，我以为这个"欣"字该作如下解释：一辈子"好好的活"了，到如今"好好的死"了，欢喜满足，了无缺憾。无论信教不信教，只要是认真生活的人，谁不希望他的生活达到"春满""月圆"的境界？而弘一法师真的达到这种境界了。他的可敬可佩，照我不参佛法的人说，就在于此。

我曾作四言两首颂赞他，就根据这个意思，现在重抄在这儿：

"华枝春满,天心月圆。"
其谢与缺,罔非自然。
至人参化,以入涅槃。
此境胜美,亦质亦玄。

"悲欣交集",遂与世绝。
悲见有情,欣证禅悦。
一贯真俗,体无差别。
嗟哉法师,不可言说。

1947 年 9 月 21 日作

(原载《总有情》第 8 卷第 10 期)

佩弦的死讯

　　本月十日接到北平航空信，清华大学的信封，署个"朱"字，笔迹不是佩弦的，我心中就有了预感。拆开来一看，果然不是佩弦的信，是他的儿子乔森写的，说他爸爸在六日早上四点钟突然胃部剧痛，十点钟在北大医院已经不能动弹。下午两点在医院开刀，经过情形还好，可是三四天间是危险期。又说与我合编的国文教本最近大概不能编了，请我原谅。我就发个电报给北平的一位朋友，请他代往医院探望，并将所见电告。十一日《大公报》有一条电讯，说开割历五小时之久，又有肾脏炎的毛病，情形很严重。十二日下午，北平的朋友来了回电，说是未脱危险。看《新民晚报》，登载着一条电讯也说严重。到今天早上，预料而又怕看的一条消息果然在报上刊出了，佩弦已于昨日上午十一时后去世。

　　佩弦的胃病是老病，我说不大准确，拖了十五年左右。他的病时发时止，最近七八年间发得较频繁，而且每发必凶。实在是十二指肠溃疡，这是早已知道了的。有人劝他开割，他也想去开割，但是听医生说不开割也可以，就拖下来了。近两月间又发了几次，曾经写信来说拟停止合编教本的工作。我劝他且从事休养，编书的事将来再说。后来他身体似见好转，很高兴的写信来说愿意继续合作。不料就在二十天之后他去世了，使我再没有与他合作的机会了。

　　他在昆明的几年太苦了。兼课，饮食不好，每天跑很远的路。暑假中回到成都算是舒服些。然而他责任心重，不肯请假，赶在开学以前就急急忙忙动身回校。回到北平以后也从未闲过，教课之余，写文字，编刊物，编《闻一多全集》，只有病发时候才躺下来。如果他能有好好的休养，如果他早几年开割，到今天也许还是健康精壮的人。事务跟经济限制了他，使他不能好好的休养，使他直到体力消耗将尽的时候才去开割，于是他只能享有五十一岁的生命。

佩弦是个好人，凡是认识他跟他有交谊的人都承认。他可不是"烂好人"，不是无可无不可，随俗依违的那一流。只要看他几年来对于一些看不顺眼的大事都站出来说话，就可以知道。他这样做，我确切的知道，不是讨好什么人，不存什么企图，只是行其心之所安。目前由于多所顾虑，有所见到而不愿宣露出来的人似乎很多，这就是不能行其心之所安，结果弄到经常的不安。经常的不安才有所谓"烦闷彷徨"，随时行其心之所安，又有什么"烦闷彷徨"呢？

他近年来很有顾影亟亟的心情，在几次来信中曾经提到。我想他未必如屈原所说的"恐修名之不立"（如果把"名"字作通常的"名誉"讲），却是恐怕自己的成绩太少，对于人群的贡献太不够的缘故。加上他的病，自己心中有数，就只盼望成绩多一点儿好一点儿，能够工作就尽量工作。他实践他的意愿，不停的工作，直到本月六日最后一次发病为止。

我想人生不可解而可解，不可究诘而可究诘。离开了人的观点，或从天文学的观点，或从生物学的观点，人生只是宇宙大化中的一粒微尘而已。但是取了人的观点，就有了个范围，定了个趋向。既讲人，不能不求其进步，不能不求其好——物质方面跟精神方面都好，而且必须大家好，不能单让一部分人好，其他的人不好。这就产生了为大众服务，努力将自己的成绩贡献于大众的想头。个人的名利有什么可以追求的呢？唯有实实在在的成绩足以贡献给大众，在大众的海洋里加增一点一滴的，才是生命的真意义，才算没有虚度短短的几十年的寿命。我虽然没有跟佩弦谈过这一套近乎玄虚的话，可是我确知他带着病辛辛苦苦的工作着，是含有这个意思的。我说的也许太浅薄，但是决不会牛头不对马嘴。

现在时髦的词儿中有一个叫"学习"。我想佩弦是时时在那里学习的，他对什么都虚心的问，都细心的研究，对方不论是谁，告诉他他都认认真真的听。举新诗研究为例。他是早期的新诗作者。新诗在二十几年间变得很多，大部分早期作者都掉头不顾了。独有佩弦，他一直留意新诗的发展，探询各方面的意见，揣摩各方面的意见，揣摩各种派别的作品，而且写了不少解析和介绍的文字。有一些一般人不认为诗的诗，他很平心的承认这也是诗，不过不是某些传统里所认为诗的诗。他肯定的说新诗有前途，那前途在于现代人有了新的生活。

说起生活，他也是经常在学习的。本月五日出版的《中建》北平版有《知识分子今天的任务》的座谈记录，他老老实实地说："现在我们过群众生活还过不来。这也不是理性上不愿意接受，理性上是知道该接受的，是习惯上变不过来。所以我对我的学生说，要教育我们得慢慢来。"这其间绝无虚矫之气，却表明他愿意接受学生的"教育"，将习惯慢慢地变过来。向学生受教育，在权威主义的先生们看来是岂有此理的事。可是我确切相信，在生活实践方面，现代的青年实在比中年人老年人进步了不少（糊里糊涂的青年人当然不在此例）。中年人老年人要自己好，就得向青年人学习。

写实在写不出什么，平时的友情，今天的悲感，化为几句话都只是迹象而已，这有什么意义？编辑先生要我当天交稿，只能杂乱的写一些，不能表现出佩弦的若干分之一，很对不起他。

1948 年 8 月 13 日作

（原载 1948 年 8 月 15 日《文艺春秋》月刊第 7 卷第 2 期）

回忆瞿秋白先生

认识秋白先生大约在民国十一二年间,常在振铎兄的寓所里碰见。谈锋很健,方面很广,常有精辟的见解。我默默地坐在旁边听,领受新知异闻着实不少。他的身子不怎么好,瘦瘦的胳膊,细细的腰身,一望而知是肺病的型式。可是他似乎不甚措意这个。曾经到他顺泰里的寓所去过,看见桌上"拍勒托"跟白兰地的瓶子并排摆着,谈得有劲就斟一杯白兰地。

他离开了上海就没有再见着他,只从报上知道他的消息。后来他给《中学生》写过稿子,篇名现在记不起了,是从朋友手里辗转递来的,不知道他是不是秘密地住在上海。那稿子好像是斥责托洛斯基的。最后知道他被捕了,被杀了。直到今年碰见之华,之华告诉我秋白先生有一些材料,遗嘱说可以交给我,由我作小说。之华没有说明是什么样的材料,我也没有追问。我自己知道我作小说是不成的,先前胆大妄为,后来稍稍懂得其中的甘苦,就觉得见识跟功夫都够不上,再不敢胡乱欺人。因而听见有一些材料的话,也引不起姑且来试试的野心。

鲁迅先生编辑秋白先生的《海上述林》是大可令人感动的。搜辑,编排,校对,装帧,一丝不苟,事事躬亲,这中间贯彻着超过寻常友谊的崇高精神。朋友们分到一部,读了秋白先生的大部分述作,也感染了这种崇高精神。鲁迅先生写赠秋白先生的集句对联道:"人生得一知己足矣,斯世当以同怀视之。"这副对联挂在许广平先生上海寓所的客室里。每一次抬头观玩,就觉得他们两位精心研讨，唯愿文化普及而且提高的情景如在目前，自然使人志愿奋发，不敢贪懒。——可惜我的一部《海上述林》在抗战期间给人拿走了。

《乱弹及其他》还是最近才借到的，翻过一下，没有细看，这中间谈到拼音文字的问题，写作上运用语言的问题。中国文字拉丁化的字母是秋白先生选定的。写作上运用的语言，在白话文运动当时没有详细研讨，大家各随其便，保持文言的语汇跟句式，仿效欧洲的语汇跟句式，只不过换上些"的了吗呢"，结果成了一种能看而不便说不便听的语言，跟文言一样。没有想到改革应该改换个源头，文言的源头在目，改换过来就得在口在耳，才能够切合当前的生活，表达现代的心声。到如今，不满意白话文的人多起来了，要写俗话，要写工农大众的语言。如果推究关心这个问题谁最早，就要数秋白先生了。

他的全集必须好好的编，分类要分得精密，排次要按时期先后，校对要像鲁迅先生那样认真，还要有翔实的传记或者年谱。

1949 年 6 月 22 日作

（原载 1949 年 6 月 28 日《新民报》晚刊）

纪念杨贤江先生

贤江先生去世一十八年,我们才来纪念他,以前只是记在心头,没有为他开过会,写过纪念文字。

我跟贤江先生在商务印书馆相识,同在编译所。他编《学生杂志》,可不是主编。他一方面顾到主编人的意旨(在当时也算不得高明的意旨),一方面不肯放松读者的利益,居然使《学生杂志》在学生界起了不小的作用,现在的中年人还记住民国十几年间《学生杂志》给他的影响。这件事看似平常,其实是很不容易的。

他的生活最有规律。工作时间以外,什么时候读书,什么时候运动,很少有更改;偶尔去看他,见他必恭必敬的坐在那里用功,立刻想起这是他的读书时间,就不好意思多坐了。我好几次猜想,他这么认真,大概受过理学家那一套说法的影响,后来知道果然。但是他那时候已经是个革命者了。从阶级意识说,从唯物唯心的观点说,革命者跟理学家截然不同。然而在凡事认真这一点上,彼此是相同的(那些假冒的当然不能算在内)。从理学转到革命的似乎很有几位,恽代英先生也是一个。

他怎样干革命活动,我不大清楚。只知道到编译所来看他的人很多,会客室里时常可以见着他。青年们对他很有信仰,开什么会往往找他去演说。他曾经邀我加入共产党,有一天,他叫我晚上就去行入党式,我没有答应他。

他平时研读跟著译的大多在社会科学跟教育方面。他对于教育的见解,现在看来也还是正确的。本来,只要认定教育并非孤立的事项，只要认定教育该为什么人服务，见解就错不到哪里去。我想，如果他健在到今天，也许早就到老解放区干了多年的教育工作吧。凭他的认真精神，配合着解放区里色色求其土生土长的风尚，在教育上该会有不少的贡献。

他讲究卫生，经常作健身操，挺挺的高高的身躯，肩膀宽阔，脸色红红的，谁都看得出他是个标准的健康人。不料他忽然病起来了，我现在已经记不清，好像是肺结核。只记得去看他的时候，他不是静静的坐着就是静静的躺着，说需要多休养。后来病侵入了肾脏，医治总不见好。他的夫人韵漪照料他无微不至，不说自己劳困，只为他的病在他看不见的时候皱眉。最后到日本去治，割了一个肾脏，经过相当好。可是不几天突然转变，他去世了。韵漪带回来他的骨灰。

十几年来，韵漪在学校担任教师，艰苦的生活，勤劳的服务，直到如今。朋友间都说她不愧为革命者的遗族。一个儿子在抗战期间进了苏北解放区，就没有消息，历年来托有关方面详细打听，毫无结果。朋友们都想，恐怕牺牲了，可不敢当她的面说。最近上海传来消息说她的儿子有了着落，大家替她欢喜，她的欢喜当然可想而知了。

1949年8月6日作

(原载1949年8月9日《人民日报》)

纪念侯绍裘先生

绍裘先生去世二十三年了,到今天才在报纸上公开纪念他。他被国民党反动派杀害,至今还不知道在哪一天哪一刻,也不知道被害的详情。也许比"四一二"早一些时,他在全国各地的烈士里头最先成仁。最近看见重庆集中营的图片,看了那些尸体就想起绍裘先生。反动派是要杀尽革命的斗士的,二十三年来,屠杀从没间断过。但是,革命的斗士站在人民一边,生根在人民中间,是杀不尽的。革命的斗士跟绝大多数人民结合在一起,解放事业就得到胜利。反动派却成了"岛寇",眼看不久的将来就要被消灭了。

绍裘先生在交通大学上学的时候,因为参加革命组织,鼓动学生运动,被开除出来。后来在松江创办景贤女子中学,提倡妇女解放。同时由于共产党与国民党的合作,他在国民党江苏省党部工作,努力宣扬三大政策。没有多久,国民党省党部从松江迁到上海办公,他就应上海大学的聘请,担任附中主任,同时又在上海设立景贤女子中学分校,竭力培养革命干部。在一九二五年的"五卅运动"中,在一九二六年末和一九二七年初的上海三次起义中,他都积极参加。他把教育跟革命结合起来,办教育不是无所为而为,为的是革命。革命干部越多越好,培养干部当然要靠教育。这种思想,现在近乎常识了,可是在二十多年前,恐怕只有真正忠于革命的人才了解。

我在景贤分校担任教员,开始跟绍裘先生相识。过从并不甚密,可是从目见耳闻的一些事,也足以知道他为人的大概。他担任的工作多，经常是忙，这儿那儿赶来赶去，坐下来把话说完，把事儿谈妥，又匆匆忙忙走了。跟他人讨论什么，和气，亲切，爽直，让他人感到一股热力。虽然如此，对于敌人可绝不宽容。有时为了维护革命立场，宁肯与人割断友情，不愿稍稍退让。自奉非常俭约，头发不常修，衣服也穿得随便，脏了破了都不在乎。公而忘私的精神给人一个印象：在某些方面，他跟恽代英先生很有相似之点。

大概就因为他对于敌人绝不宽容，反动派恨透了他，非把他杀了不可。在他们反叛革命的前夕，罪恶的阴谋布置就绪的时候，他就在南京失踪，牺牲了。

我了解绍裘先生并不多，不足以写叙他，表扬他。他的同志他的深交应该多多写些。不但对于绍裘先生，对于其他许多先烈也应该如此。要让当今的人和将来的人知道，人民的祖国是先烈的血和大众的汗灌溉而成的。知道得越深切，对祖国的爱越强固。

1950 年 3 月 27 日作

（原载 1950 年 4 月 9 日《解放日报》）

游 临 潼

那一天天气晴朗。上午九点过，我们出西安城往临潼。临潼是西安人游息的处所。逢到休假的日子，到那里去洗一个澡，爬一回山，眺望渭河和田野，精神舒快，回来做工作格外有劲儿。

经过浐河和灞河，浐河上跨着浐桥，灞河上跨着灞桥。灞河灞桥都有名。沛公入关，驻军灞上。唐朝人送出京东去的直送到灞桥，在那里设饯，折柳赠别，以灞桥为题材的送行诗也不知道有几多首。浐河比较小，灞河可宽大，虽然秋季水落，靠两边露出了沉沙，浩荡的气势还是很显然。桥是平铺的，一列的方桥墩，一个个的方桥洞，汽车、大车、行人都在桥上过。岸边有些柳树，并不是倒垂拂地的那一种，也许唐朝人所折的柳跟这个不同吧。

从灞桥柳树想起《紫钗记》传奇里的那出《折柳》。霍小玉就在这里送李益，情意缠绵，难舍难分，说灞桥"分明是一座销魂桥"。可是汤玉茗更改了《霍小玉传》的情节，让李益往河西参军，往河西怎么倒朝东走？这与其说是作者的小小疏忽，不如说他舍不得灞桥折柳的故事，定要拿来做他传奇的节目。反正像作画一样，花无正色鸟无名，只要取个意思就成，既是传奇里的动人场面，又何必核实方位，究东问西呢？

在右手边望见一座新建筑，矗起个又高又大的烟囱，形式简净明快，大玻璃窗一排上头又是一排。铁路的支线跟公路交叉，横过去直通到新建筑那里。那是西安第二发电厂，去年十一月间开的工，不到一年工夫，今年十月九日已经举行了庆祝落成发电的剪彩典礼。最新式的设计,最新式的机器,最先进的技术,机械化、自动化达到了很高的程度。厂里现有的设备全部开动起来,发电量等于西安第一发电厂的两倍。在今后的两三年内,西安、咸阳地区的工业生产用电和城市居民用电这就可以充分供应了。

两旁地里的小道上三三两两有人在走动,都汇合到公路上来。老汉衔着旱烟管。老太太带着小孙女儿,手里挂着拐杖,可是脚步挺轻爽。壮年男子跑得热了,簇新的青布棉短褂搭在肩上。年轻妇女当然爱打扮,无论留发的剪发的都把头发梳得整整齐齐的,有些个留发的还在发髻旁边插朵菊花。他们大都有说有笑的,瞧那神气好像赴什么宴会。

不但汇合到公路上来的行人越来越多,看,大车也不少呢。一辆大车往往挤着一二十人,偏着身子,挨着肩膀,有些人两条腿挂在车沿,那么一颠一荡地按着韵律前进。骡子拉着重载本来跑得慢,又因出身在乡间,跟汽车还有些生分,见我们的汽车赶过去,它索性停了步。于是赶车的老乡下来遮住骡子的视线,我们的汽车也开得挺慢,那么轻轻悄悄地蹑过去。

打听之后才知道斜口逢集,这些人大都是赶集来的。我们停车去看看。经过一条小道,从一排房子的后面抄过去就是斜口。铺子前面一些摊子已经摆得端端正正了——卖东西的到得早。菜蔬,布匹,饮食,杂用零件,陈设跟一般市集差不多。需要东西的人这边看一看,那边挑些合用的什么,或者坐下来吃一碗泡馍,几乎可以说摩肩接踵,颇有一番热烘烘的景象。市梢头陈列着许多木柜子和门窗槅扇,全是木工的手制品。秋收差不多了,农民们添置个新柜子储藏家用东西,或者买些现成的门窗槅扇把房子刷新一下,这也是改善生活的要求,料想四年以前的市集该不会有这些东西吧。

十点半到临潼。并不进临潼县城，径到华清池。这一带树木比一路上繁茂，苍翠成林。仰望骊山不怎么高，可是有丘壑，有丘壑就有姿致，绿树红叶跟山石配合，俨然入画。从前唐明皇在这里修华清宫，周围起些公卿的邸宅，不致孤单寂寞，于是在华清池洗洗温泉澡，在长生殿跟杨玉环起个鹣鹣蝶蝶的恩爱誓。就享乐方面说，他可真是个老在行。

现在所谓华清池是个紧靠着骊山的花园布置。纯粹中国式，有假山、回廊、花栏、荷池、小桥，亭馆全用彩椽，当然，浴室也包括在里头。花栏里菊花、西番莲、美人蕉开得正有劲儿，还有些粉红的大型月季——这时候还开月季，可见地气之暖。荷池里只剩荷梗了，几只鸭悠然浮在池面。这池水是从温泉引过来的，因而想起"春江水暖鸭先知"的诗句。

我们不急于洗澡，先去爬山。目的在看西安事变那时候蒋介石躲藏的处所。从华清池右边上山。土坡缓缓地屈曲地往上延伸。路不算窄，大概可以并行两辆汽车，是新修的。路旁边栽些槐树。将近半山腰才是比较陡的石级，登完石级就到捉蒋亭。亭子后面朝石壁。亭子里正面上方题一段文字，叙述西安事变前后经过的大略情形。两三个老乡为游人指点蒋介石躲藏处，其说不一。一个说亭子后面那石壁稍微凹进去像个洞子，那夜晚蒋就像耗子似地躲在里头。一个说他还想往上逃，不知是光脚底跑破了还是挫伤了腰，再也跑不动，只好闪在右手边那块岩石的侧边。听起来总不离这一带石壁。为了掩饰蒋的丑，国民党反动派就在这里修个亭子，取名叫"正气亭"。正气，这是文天祥用来题他的诗歌的，反动派可窃取珍贵的珠花往癞子脑壳上插戴。单是这个冒用美名的罪名，他们就十恶不赦。不过反动派全惯于搞这一套，你看，帝国主义者不是总把他们那些个乌烟瘴气的国度叫作"自由世界"吗？解放以后，据实定名，亭子叫"捉蒋亭"，连同亭子里的那段文字，可以让游人知道个真情实况。

坐在捉蒋亭的台阶上休息，朝北望去，眼界宽阔极了。明蓝的晴空无边无际。渭河和它的支流界划着远处的平原，安安静静的。近处这里那里一丛丛的树林。地里差不多全种菜蔬，特别肥美，嫩绿浓绿都像起绒似的。通常说锦绣河山，这眼前的景物可真是一幅货真价实的锦绣。

下山吃过饭，在华清池旁边一家小茶馆前喝茶。帆布躺榻，矮矮的桌子，有成都茶馆的风味。茶馆老板是个爱说话的人，偶然问他几句，他就粘在那里舍不得走开。他指着半山腰的捉蒋亭，说当年捉住了蒋介石送西安，就在茶馆门前上的车——穿的单衫，一位弟兄好意，给他穿了件棉军衣。他说："蒋介石这副形容去西安，来的时候可神气呢。一路上两旁布岗位，比电线杆子密得多，上刺刀的枪横在腰间，脸全朝外，他在汽车里只看他们的后脑勺。地里做活的全都让他给赶回去。不问你的活放得下手放不下手。不用说，我们这些小铺子也非关门不可，你得做一天吃一天，那是你的事，他不管。"

摹仿了几声枪响之后，茶馆老板接着说："我想，他们准是开会谈不拢，闹翻了。亏得他们闹翻，我这小铺子才得就开门。要是他住在这里过个冬，我怎办？……后来他还来过一趟，照样布岗位，照样赶地里做活的回去，叫铺子关门。他穿一件长袍子，抬起尖下巴朝山上望了一会儿，不知道他想些什么。不多久汽车就开走了……"

茶馆附近有两个水果摊子，带卖菜蔬。曾听说临潼石榴有名，我们就买石榴。摆摊子问要酸的还是甜的。我们说当然要甜的。可是一问价钱，酸的贵一倍。什么道理呢？茶馆老板又有话说了。他说酸石榴什么病都治，妇道人家尤其爱吃。大概病人胃口不好，什么都没味，吃些酸东西倒有爽利的感觉，那是真的。说什么病都治，未免夸张过分了。至于多数妇女爱吃酸是实情，恐怕是生理的关系，不大清楚。我们反正不生病，还是买了甜的，确然甜。

摊子上还有苹果和柿子。柿子分两种。一种是大型的，朱红色，各地常见。一种是小型的，大红色，近似苏州的"金钵盂"和杭州的"火柿儿"。这种小型的柿子在西安市上见过，没注意，这回可注意了，因为联想到苏州的金钵盂。我从小不爱吃那朱红色的大型柿，生一些的，涩味巴着舌头固然难受，熟透了的，那甜味也怪腻，没有鲜洁之感。我只爱吃金钵盂。自从离开了苏州，经常遇见那些大型的，我从来不想拿一个来尝尝，可以说跟柿子绝缘了。现在看见这近似金钵盂的小型柿，不由得回忆起幼年的嗜好。捡一个熟透了的，轻轻地撕去表面那一层大红色的衣，露出朱红色的内皮，还是个柿子的形状，送到嘴里，甜得鲜洁，跟金钵盂一个样，而且没有硬核——金钵盂有硬核，或多或少。这种柿子是临潼的特产，名叫火柿，跟杭州相同。

临潼的菜蔬，白菜、花菜都好，韭黄尤其有名，在西安都吃过了。菜大都肥嫩，咀嚼起来没有骨子，很和润地咽下去。韭黄爽脆极了，咀嚼的时候起一种快感，汁水有些儿甜味，几乎没有那股臭气，吃过之后口齿间又绝不发腻。

茶馆的右手边就是公共浴池。温泉养成了临潼人勤洗澡的习惯，应该有公共浴池满足大众的需要。分男的和女的，都在屋子里，规定每天开闭的时间。我们去看男浴池。一股热气，比澡堂子里的大池子大。屋内光线不太强，可是看得清池水是清澈的。十来个近乎酱赤色的光身子泡在池水里，有几个只透出个脑袋。池沿上也有十来个人，正在擦呀抹的。

于是我们重入华清池。那一天不是星期日，等了大约一刻钟工夫就轮到我们洗澡了，据说星期日买了票等两三个钟头是常事。华清池内也有大池子，浴室分单人的、双人的，还有一间四个人的，美其名曰"贵妃池"。我和三位朋友挑了贵妃池。

池作长方形，周围全砌白瓷砖。一边一个台阶，没在水里，供洗澡的坐。不坐那台阶而坐在池底，水面齐脖子，四个人的手脚都可以自由舒展，不至于互相碰撞。水清极了，温度比福州的温泉和重庆的南温泉、北温泉似乎都高些（我只洗过这三处温泉），可是不嫌其烫。论洗澡是大池子好，你可以舒臂伸腿，转动身躯，让热水轻轻地摩擦你周身的皮肤，同时你享受一种游泳似的快感。在澡盆子里洗差多了，你只能直僵僵地躺在里头让热水泡着，两边紧紧地挨着，不免有些压迫之感。这贵妃池虽然不及大池子宽广，也尽够自由活动了。我们足足洗了三十分钟，轻松舒快，身上好像剥去了一层壳似的。起来之后倒茶壶里的水尝尝。那是煮过的温泉水，清淡，没有什么矿质的气味。

澡洗过了，到夜还有两点来钟，我们去看秦始皇墓。起先车顺着公路开，后来转入田地间的小道。一路上多的是柿子树，柿子承着斜阳显得更鲜明。没有二十分钟工夫就到了秦始皇墓下。那是个极大的土堆，据说地盘有四百亩，原先还要大得多。大略有些像金字塔，缓缓地斜上去，除了土面的草而外，什么也没有。骊山默默地衬托在背面。这一面山上红叶特别多，山容比华清池那边望见的似乎更好看。从墓顶往下望，平原上红柿子宛如秋夜的星星，洋洋大观。听说春天是一片桃花和杏花。

秦始皇墓让古来所谓"发冢"的发掘过好多回了，按《高祖本纪》的记载，项羽是头一个。他们的目的无非在盗些宝物。往后在研究古代文物的整个计划之下，这座陵墓该来一回科学的发掘。前些日子在西安的《群众日报》上看见一位先生的文章，说这一带农家常常捡到古砖，又掘到过埋在地下的古时的排水管，发现过还看得清形制的建筑结构，等等。猜想起来，发掘该不会一无所获，或许竟大有所获，使历史家、考古家高兴得不得了，互相庆幸又得到了可贵的新资料。当然，这只是外行人的想头，未必有价值。——再说句外行话，要是古代通行了火葬，不搞什么坟墓，现代的历史家、考古家至少要短少一大宗重要的凭借吧。

上了车，在小道上开行，忽听当的一声。以为小石子打在钢板上，没有事。可是回头一看，小道上画了很长的一条，是乌绿的机油。车底盛机油的部分破了。于是停车，司机仰着身子钻到车底下去检查，站起来的时候是两泡眼泪，一只手尽拍前额，几乎哭出声来。小道中间高两边低，车底当然接近些地面，车轮子滚过，小石子当然要蹦起来，完全没有理由怪到他，可是爱护公共财物的观念叫他淌了眼泪。

大家说有什么哭的，想办法要紧。吉普车的那司机说机油漏光了，花生油什么的可以代替，油箱的窟窿呢，塞一把土，拿布裹一裹，拴一下，就成了。——听那司机说办法，我立刻想起在巫山下经历的事。那一年冬天从重庆东归，飞机、轮船全没份，我们六十多人雇了两条木船。一天黄昏时分歇碚石，拢岸了，一条木船触着江边的石头，船侧边一个窟窿，饭碗那么大。那时候的惊慌情状不必细说，幸而没有事，只灌湿了好些箱笼书籍。你知道管船的怎么修补那穿了窟窿的破船？一大碗饭，拿块不知从哪里撕下来的布一裹,往窟窿里一塞,再钉上块木板,第二天早晨就照常开船了。急救治疗就有那么一手。

两个司机作急救治疗去了,我们跟几个农民商量油的事情。农民们说村里各家去问问,大家凑一些,不过要六七斤怕凑不齐。一会儿村干部也来了,问明白之后说:"总得想办法,保证你们今夜晚回西安。"

太阳落下去了,道旁场上有个四十来岁的农民在收晒在那里的棉花,一大把一大把地往筐子里塞。我们跟他攀谈,不免问长问短,最后请他说说今昔的比较。他把手在筐子边上一按,似笑非笑地说:"从前吗,搞出来的东西人家给拿走了,人还不得留在家里。现在搞出来的是自家的了,人也能安安心心地留在家里了。"

他这个话多么简括,说出了最主要的。在今年,他那"自家的"里头包括新盖的房子,新买的一头小牛——他那村子里有八家盖了新房子呢。真的事实,亲身的体会,什么道理都容易搞明白,搞得明白自然能够简括地扼要地说出来。在社会主义改造完成之后,就是这个农民,今天在这里一大把一大把往筐子里塞棉花的,他一定会说:"从前吗,一家人勤勤恳恳地搞,可是搞不怎么多,比工人老大哥差得远。现在大伙儿合起来搞,比从前好多了,我们跟得上工人老大哥了!"

凑来的油灌好,汽车开动,已经七点多了。月亮还没升起来,车窗外的景物都成了剪影。老远就望见西安第二发电厂烟囱高头极亮的红灯,那是航空的安全设备。

1953年12月27日作

(原载《新观察》第2期)

在西安看的戏

住西安不满二十天,倒看了八回戏,易俗社两回,香玉剧社两回,尚友社、西北歌舞剧团、郿鄠剧团、皮影戏各一回。西安人看戏的兴致似乎很高,除了我们看过的几处以外,还有好些剧团,听说处处满座,票不容易买。多数人能够哼两句秦腔或河南梆子,广播也常常播秦腔和河南梆子,喇叭底下聚集着低回不忍去的听众。

西安的戏院可以说属于旧形式。长方形,直里比横里长。长条椅一排排地正摆,挤得比较紧。两旁边栏干以外也容纳观众,那是偏着身子站着看的,票价特别便宜。房屋不怎么讲究,有几座用席顶棚。易俗社舞台沿的上方仿敦煌壁画画两个大型的飞天,回身凌空,彩带飘拂,比随便画些图案好看多了。用飞天作舞台的装饰,在别处还没见过。

听说一九五四年要修一座戏院,当然是新式的,设计的时候一定会考虑到怎样让买便宜票的也有座位。

在易俗社看两回秦腔,一回是整本戏《游龟山》,一回是六个单出戏。戏都演得认真,排在前头的单出戏也没有从前戏院的习气,有气没力,敷敷衍衍,只顾陪着观众消磨时间。演员的地位和认识提高了固然有关系,另外的原因恐怕是观众老早到齐,一开场就坐得满满的,不像从前有些人那样直到末了儿一两出上场的时候才来,表示他们除了头牌的名角而外不屑一顾。既然有那么些人要看,而且是真心诚意地要看,就是戏排在前头,又怎么能草草了事?

小时候听秦腔,现在光记得贾碧云的《阴阳河》和《红梅阁》。贾碧云是京剧角色,带唱秦腔,当时很有些声名。只觉得那声音高亢极了,刺耳的胡琴和梆子之外就只是那么咿咿呀呀的,越顿越高,越顿越高,完全听不清唱些什么。不知道什么缘故,现在听秦腔不觉得那么高亢了,胡琴和梆子也不刺耳,演员唱得好,口齿清楚,我可以听懂七八成,唱得差的,也有三四成。

没有戏单,挂在两旁的黑板上写着白粉字——戏名和演员名,因而很难记住谁扮演谁。我光记住了一位女演员的名字,孟遏云,因为近旁的观众都在轻声屏气地说这个名字,她的演唱特别引人注意,还有我左手边一位老太太带着叹息的调子说她今晚来看戏就为看这个孟遏云。

外行人不能说内行话,况且唱歌是声音的事情,用语言来描摹很难见效,往往描摹了一大堆,人家还是捉摸不到什么,我也不预备描摹了。我只觉得孟遏云的声音有天分又有训练,训练达到了极端纯熟的境界,能够自由操纵,从心所欲,随时随地恰当地表达出剧中人的感情,因而她的唱有风格,有自己的东西,虽然别人唱起来,唱词和曲谱也全都是那么样。听她一句一句唱下去,你心中再不起旁的杂念,光受她的唱的支配。她的风格含着种种味道,领略那味道是一种愉快、一种享受,你唯恐错过了一丝半毫的愉快和享受,哪还有工夫想旁的?她的声音那么一转,一转之后又像游丝一样袅上去,你就默默点头,认为非那么一转袅上去不可。她把一个语音斩钉截铁地喷出来,才喷出来就划然煞住,你就咂咂嘴唇,认为唯有那样喷出来就煞住才恰到好处。这里所谓"认为"并非思维活动,简直是不意识,不过耳朵里感觉顺适,心里感觉舒服罢了。我们看了好的书画、精美的雕刻,同样会感觉到那种顺适和舒服。凡是艺术作品，合乎规格，又不仅合乎规格，还有独自的风格、独自的味道的，都能叫人感觉到那种顺适和舒服。——我说了这么些话并没有传出孟遏云的唱的好处，这是没有办法的事，要领略好处怕只有用耳朵去听。我很想听听内行家的意见，不知道内行家对于孟遏云的唱怎么说。至于她的演技，我不再多说外行话了，总之，妥贴，老到，全身有戏，随时是戏。在《游龟山》里，她演江夏县的太太，又一回她演《探窑》里的王宝钏。《探窑》尤其酣畅淋漓。

常香玉的河南梆子，我看过她的《断桥》。她也有她的风格，能把感情充分地发挥。白娘娘的爱恋、怨恨、悲痛，听了她的唱似乎可以把实质给抓住。这回看了她的《花木兰》，印象当然也挺好。我的一位朋友发表他的"读后感"，他说《花木兰》的道白做工似乎过于京戏化了，减少了河南梆子的本色——某一剧种的某些本色应该保留还是改掉，该多保留还是少保留，是戏剧工作里值得究的题目。他又说花木兰胜利之后帐前独唱的时候如果有个舞蹈场面，戏也许更出色些。外行人不能下什么判断，愿意把朋友的意见记下来，供香玉剧社参考。

巧得很，在易俗社看了《拷红》，在香玉剧社也看了《拷红》。易俗社的《拷红》，饰红娘的是一位男角——很抱歉，没有记住他的姓名，一出场就看得出他是个守着旧典型的。所谓旧典型就是传统的规范，一举一动，一颦一笑，全是程式。可是他能不让程式拘住，把程式演活了，于是观众面前出现一个活泼伶俐随机应变的小红娘。我想，我国各种旧戏都有它的程式，凡是成功的演员都是把程式演活了的——不知道这样说是不是切当。香玉剧社的《拷红》，老夫人、莺莺、红娘、张生四个角色铢两悉称，彼此配合得挺紧凑，一个在那里唱呀说的，跟另外一个或几个息息相关。这一层不太容易做到。可是观众爱看的是整台的戏，不是一个角色演戏，另外一个或几个只在旁边坐一坐，站一站。为了满足观众的要求，演员当然应当尽力做到这一层。

没有戏剧源流的知识，不知道秦腔和河南梆子的关系怎么样。推想起来，该是近房兄弟吧。不然，为什么西安人喜爱河南梆子那么强，只望香玉剧社老留在西安？再说，陕西跟河南接壤，一在关内，一在关外，地理上的关系也实在密切。据我想，这两种戏剧，还有其他几种地方戏，有个共通之点，就是唱句的音乐性很够味，可是听起来还是语言。音乐性够味，所以熟极的戏也愿意再去听一听，听那歌唱，听那演员的独自的风格——当然指有风格的而言。听起来还是语言，所以听歌唱同时领略戏的细微曲折，比较单就音乐方面听，感受更见深切。在我国各种戏剧里头，音乐性够味可是听起来几乎不成语言的，该数昆曲里的南曲了——北曲好一些。固然，曲词多用文言词藻，造句又属诗词一路，那是不容易一听就明白的一个原因。可是，更重要的原因在每唱一个字袅呀袅呀地转折太多了，叫人家光听见一连串的工尺上四合。就是能唱的曲家，要是请他听一支生曲子，恐怕除了一连串的工尺上四合也领略不多吧。曲词明明是语言（诗词一路的语言），可是听起来只是一连串的工尺上四合，不成语言。在戏曲界"百花齐放，推陈出新"的今天，各种剧种都在那里发展呀改革的，情形热闹非凡，可是昆曲只有抱残守阙的份儿，道理也许就在这里。京戏旦角的某些唱段，我听起来也有一连串工尺上四合之感，就是说不知道说些什么，虽然觉得悦耳。我听秦腔和河南梆子就不然，一方面居然能欣赏唱的好处，另一方面又能听清它的语言，欣赏就包括戏剧的内容，不仅在音乐。凡有这个特征——音乐性够味,可是听起来还是语言——的歌剧,我想,前途都是光明的、乐观的。什么根据呢?根据就在我能够接受,非但能够接受,还能够欣赏,而我呢,至少可以代表一大部分并不内行可是喜欢看戏的观众。

看了西北歌舞剧团的《小二黑结婚》,我就想到一部分新歌剧似乎还没有前边所说的特征,唱词配了音乐,当然不像话剧那样,句句跟实际生活里的语言一致,而那音乐,不知道什么缘故,又不像秦腔和河南梆子那样,能使有天分的演员唱成独自的风格。于是,就语言方面听,不如话剧干脆、爽利、有实感,就音乐方面听,不如秦腔、河南梆子的耐人寻味,经得起咀嚼。有些新歌剧,我们看过一回,知道有那么一回事就算了,再不想看第二回,原由恐怕在此。新歌剧正在成长的阶段,得从各方面努力,是不是该在争取我所说的特征上多注点儿意,希望戏剧界考虑。

现在谈皮影戏。我们看的全本《火焰驹》。皮影戏各个登场人物的唱词道白大部分由一个人担任,只有少数几处由另外一个人搭配。唱的什么调我不知道,似乎属于"说唱"一路。

那皮人、皮道具的雕刻工细极了,饰色鲜艳极了,陈列在民间艺术品展览会里准可以列入上选。一切全用繁复的线条画成,只有人物的面部很简单,几笔勾出了生旦净丑,当然也有繁复的花脸。生的袍服,旦的衣裙……全有图案花纹。一张桌子,一把椅子,也不厌其烦地尽量细雕,好像红木作里制成的精制品。小到一把扇子(要知道皮人只一尺来高,可以想象扇子多大了),并不剪成扇形就算,还要把它镂空,让扇面上有画。有几幅布景,那花丛全用工笔,那假山有宋元人画山石的意味,又古茂,又艳丽。

没看过皮影戏的也许不大明白那是怎么回事,现在大略说几句。可以拿傀儡戏作比方，傀儡戏是傀儡演戏，皮影戏是皮人演戏，举止行动同样由藏在背后的人操纵。不过皮人不像傀儡那样成个立体的形象，那是皮雕成的，只是一片，而且是侧影的一片，不朝左就朝右。后面亮着灯光，活动的皮人的影子映在垂直张挂的白布上，观众在白布前面就可以看戏了。

我们看戏看傀儡戏都在台前看，看正面。舞台有深度，因而有远近。元帅升帐，他的位置距离我们远些，帐前两旁站着四将，距离我们近些。看皮影戏可不然。我们虽然坐在白布前面，实际上等于坐在舞台侧边，只能看个侧面。无所谓远近，侧形的皮人全在一个平面上活动——一个平面就是那垂直张挂的白布。

看皮影戏得在意想中"除外"一些形象。换句话说，有些影子你得当作没看见。要让皮人的身躯跟四肢活动，不能不用几根细木签支使它，细木签的影子不能不映在白布上。要是不在意想中当作没看见那些细木签的影子，就觉得场面上的人物牵牵挂挂的，很不顺眼。还有，皮人本来朝左，一会儿要它朝右，这只有一个办法，把它翻转来。翻转来当然很快，真可以说"一刹那"，在"一刹那"间，侧面的人形成了稀奇古怪的形象。那稀奇古怪的形象也得"除外"，当作没看见，意想中只当它朝左的人物慢慢地转过身来朝右边。还有，皮影必须贴着白布，轮廓和线条才显得清楚，色彩才显得鲜明。可是，皮人究竟拿在人的手里，总不免有些时候离开白布些儿，于是轮廓和线条朦胧了，色彩模糊了。那时候你最好闭一闭眼睛养养神，待皮人贴着了白布再看下去。

这些全是特质的条件的限制，既然要让"只是一片"的皮人演戏，就没法超越这些限制。我们只要想一想，所有登场的皮人全都由一个人的两只手操纵，居然可以演出整本的戏，摹仿真人的活动相当到家，也就不会有什么苛求了。

一个唱的，一个操纵皮人的，三四个奏音乐的，大概五六个人就可以搞一个皮影戏的班子。这样的简单，旁的戏班子无论如何赶不上。跟傀儡戏比起来似乎差不多，可是皮人比傀儡轻巧多了。在无戏可看的地区，皮影戏靠它的简单，四出流动，满足群众的需要。现在戏剧的供应已经比较普遍，今后更将普遍，僻远的农村也可以看到话剧、歌剧。我想，在换换口味的意义之下，那时候皮影戏还会是群众所喜见乐闻的。

1954 年 1 月 4 日作
（原载 1954 年《戏剧报》2 月号）

坐羊皮筏到雁滩

初次看见羊皮筏的照片在二十年前。凭这个东西可以在水上行动,像陆上坐车似的,虽然没有什么不相信,总觉得有些儿特别,有些儿异感。再说这个东西的构造也看不大清楚,胀鼓鼓的仿佛一笼馒头,说是羊皮,可不知道怎么搞的。这回到兰州,才亲眼看见羊皮筏,而且坐了羊皮筏过渡到雁滩——雁滩是黄河中的沙洲。

羊皮筏用的是整张的羊皮。我说整张,也许会引起误会,会叫人家想起做皮袄皮袍子的皮料那样的整张。因而必须赶紧说明,并不是那样展开的整张。打个比方,好比蛇蜕下来的皮,蛇爬到别处去了,蜕下来的皮留着,虽然那么瘪瘪的,可还是蛇的形状——是那样保持着原状的整张。宰羊的人剥羊皮(不用说,羊毛先剃光了),让羊皮从肌肉骨骼上蜕下来,整张上只有四个窟窿。前肢在膝盖的部位切断,一边一个窟窿,脑袋去掉,脖子的部位一个大窟窿。两条后肢全去掉,臀部的一个窟窿更大。把三个窟窿拴紧,留下一个吹气(为方便起见,当然在前肢的两个里头留一个),吹足了气也把它拴紧。于是成了个长形的气囊,还看得出羊身体的形状。

四个或五六个气囊并排连成一排,看羊皮的大小而定。又把三排气囊直里连起来,就成个长方形的连结体。一个连结体少则十二个气囊,多则十五六个。在这连结体上平铺一个长方形的木架,用绳子系着。木架的结构像个横写的"册"字——当然只是大略的比拟罢了,"册"字底下没有一画,可是那架子底下有一画,"册"

1945年10月19日,在鲁迅逝世九周年纪念会后留影。左起:叶圣陶、冯雪峰、老舍、周恩来、冯玉祥、郭沫若、邵力子、柳亚子、胡风

1949年初与胡墨林在香港

字只有四直,可是那架子有十多直,两直之间的距离比人的脚短些,一只脚可以在两直上踏稳。这就齐全了,羊皮筏的装置尽在于此了。

不知道一个羊皮筏有多重。看来不会太重,因为筏工用一条扁担支着它,把它背在背上,一只手按住扁担的另一头,走起来挺轻松的。有人雇乘了,讲好价钱,筏工就把它放在河沿水面上,让乘客跨上去。

还有牛皮筏,我们没看见。听说牛皮筏是装重载的,支起篷帐,里面住人,顺流而下驶往宁夏。要是把牛皮筏比做运货大卡车,那末羊皮筏就是小汽车,坐这么几个人,在近处兜兜罢了。

我们听过朋友的解说,说羊皮筏非常稳当,绝对保险,虽然看起来有些异样,跟习惯的船只很少相同之点。我们跨上去,有些晃荡,可是不比西湖里的小划子晃荡得厉害。照惯例,乘客应当两只脚踏在两条横木上,身体蹲下来,着力在两条腿上。我腿力不济,没法蹲,只好一屁股坐下来,下面贴着木条和羊皮。我们四个人,加上筏工跟一个附载的挑面粉的,筏上共载六个人。

羊皮筏吃水极浅,所以能贴近沙滩,便于上下。羊皮筏有弹力,碰着滩石就弹开来,不至于撞破,就是撞破了一个气囊,还有其他十几个气囊在,影响并不大。羊皮筏的底跟面一般大小,就是在水势大风浪猛的时候,也不过跟着波浪上落而已,无论如何打不翻。我们坐在羊皮筏上谈着这些个,觉得非常稳当的说法确然属实。还有一层,我们想,要是兰州一带羊肉的消费量不怎么大,恐怕也不会有什么羊皮筏吧。

筏工把扁担插入黄流,悠然划着——扁担的身份改变了,它又是桨,又是舵。雁滩横在前面,林木繁茂,金黄色的斜阳照着,一派气爽秋高的景象。对岸的山耸列在雁滩背后，沉默之中透着庄严。朝左望上游，朝右望下游，虽然秋季水落，还是有浩荡渺茫的气势。身下的羊皮筏太藐小了，不妨看作没有这个羊皮筏，于是我们觉得我们跟大自然更亲密了，我们浮在水面上，我们的呼吸跟黄河的流动、连山的沉默、青天的明朗息息相通。往年在四川乐山，渡江游凌云山、乌尤山，方当水涨，小划子在开阔之极的波面上晃荡，我也曾有过同样的感觉。

没有十分钟工夫就到了雁滩。从前没住人的时候，这河中的沙洲当然是雁栖息之所——雁滩原是个写实的名称。同时又富有诗意画意，古来取雁宿洲渚为题材的也不知道有几多诗篇画幅。现在滩上住着好些人家，都以种菜为业，又有公家的农场苗圃，雁大概不会下来栖息了吧。可是雁滩还是个挺耐人寻味的名称。

我们先往农场。果树上没有什么果子了，可是会客室桌子上陈列着两大盘苹果，色彩不一，又好看又大，几乎可以说耀人眼睛。招待我们的一位同志说场里苹果的品种很多，盘子里是四种。又说果子都藏在地窖里了，数量不多，还不能普遍供应。又说农场的任务之一是推广优良品种，兰州产瓜果本来有名，再在选择品种上下工夫，前途更光明了。他一边说一边让我们尝苹果，尝了一种又尝一种，把四种尝遍。

最大型的一种叫"大元帅"——这名称大概就从大型而来，皮作红绿两色，红的地方鲜红，绿的地方翠绿，味甜，入口有松爽的感觉。另一种叫"印度"，皮纯青色，入口爽脆极了，鲜美极了。第三种叫"青香蕉"，跟"印度"一样作纯青色，稍稍淡些，带着香蕉的香味。第四种叫"玉霞"，皮作黄色——像半熟的香蕉那样的黄色，口味也挺不错。很难说四种里头哪一种更好，很难想起以往吃过的苹果也有这么好,一时间尝到这些个好品种,真可以说此游一乐。

尝着好苹果,同时想起幼年吃的苹果。那是四五十年前的事了。中秋前后,苏州水果铺里苹果上市了,至多不过陈列这么五六十个,红绿色的表皮上大多印着黄锈的瘢痕,大的有铜元那么大。无所谓这种那种的分别,只知道这叫作天津苹果,老远地走海道来的。吃这种苹果也无须用刀子削皮。一般人都用大拇指的指甲从果柄的部分刮到结蒂的部分,好比在地球图上画经线,把整个苹果刮遍。于是表皮就可以撕下来。把撕了皮的苹果送到嘴边一口一口地啃,酥极了,宛如吃豆沙包子,舌头上辨得出细沙似的颗粒,咽下去有饱的感觉。我小时候以为苹果就该那么吃,苹果的味道就是那么不爽不利、粘舌腻喉的,老实说,我对苹果没有多大好感。后来在上海吃新鲜苹果,方才领略到苹果的爽脆和鲜美,好就好在这个爽脆和鲜美,小时候的认识完全不是那么一回事,可是历年吃的新鲜苹果也不算少,仿佛全比不上这回在雁滩吃的。

在雁滩谈起瓜,没吃瓜,可是在别处吃了。兰州的瓜太好了,不能不连带说一说。我要说的叫绿瓤甜瓜,属于香瓜一类。香瓜一类跟西瓜一类的主要不同点,瓤和肉可以划然分开,不像西瓜那样肉连着瓤,没有显著的界限。咱们吃西瓜吃它的瓤,吃香瓜不吃瓤,吃它的肉。这些都是大家知道的,不必细说。香瓜一类通常有黄金瓜、翠瓜,大略有些儿香味,不怎么甜,有的绝然不甜,上市的时候,咱们也爱尝一尝,应个景儿,可是总不能成为咱们的嗜好。离苏州三十六里有个乡镇叫甪直(甪音陆),我在那里住过好几年,那里出产一种苹果瓜,形状像苹果,小饭碗那么大,青皮绿肉,比一般黄金瓜甜些,苏州一带认为名贵的品种,实际上也不过如此。兰州的绿瓢甜瓜也大略像苹果,有儿童玩的小足球那么大,皮作白色,白里带黄,并不好看,切开来可好看了,嫩绿的肉好像上品的翡翠。咬一口那嫩绿的肉,水分多,味道甜而鲜,稍稍咀嚼几下,就那么和润地咽下去,仿佛没有什么质料似的。吃过一两块,只觉得甜美清凉直透心脾,真可以说无上的享受。这种瓜可以久藏,到春节的时候拿出来,是绝妙的岁朝清赏。

还得说一说哈密瓜。兰州市街在一个拐角处聚集着好些家回民开设的铺子,贩卖新疆的土产特产,哈密瓜就在那里买。哈密瓜也属于香瓜一类,形状像橄榄球,大小也相当。皮作暗绿色,粗糙,有细碎的并不深刻的裂纹。切开来,肉作淡黄色——也可以说淡红色,跟南瓜差不多。甜味似乎比绿瓢甜瓜厚些,不如绿瓢甜瓜的清,水分也比较少些。哈密瓜声名很大,在往时,绝大多数人仅闻其名,不知道究竟是怎么样一件东西。往后交通日益发展,铁路网像蜘蛛网似地结起来,一方面产地讲究培植,提高产量,我想,哈密瓜和兰州的绿瓢甜瓜、"大元帅"之类必然会在各地水果铺里出现,家喻户晓,像广东香蕉、天台柑橘一个样。

说得远了,现在回到雁滩。我们吃过苹果,就出来随处看看。这里是苹果树,那里是梨树、桃树。白杨的苗木密密地插在那里,只看见平行的直干子。沙路旁边的槐树伸展着近乎羽状的叶片。垂柳倒挂下来,叶子一动不动,虽然到了深秋时节,仿佛还不预备凋零似的。四围寂然,只听见黄河流动的静静的声音。

这雁滩是兰州人游息的地方,尤其在夏天。工作人员逢到假日来这里消磨这么一天半天,好在四围全有树木,无论上午下午都可以遮荫,沙地上坐坐躺躺又是挺舒服的。放暑假的学生几乎把这里看作第二学校,大伙聚在一块儿,看一回书,做一回游戏,开一个什么会，比平时的学校生活还要愉快。兰州夏天本来不怎么热，这雁滩尤其凉爽。在这凉爽的境界里，看那庄严静穆的山峦、浩荡渺茫的黄河，看那山光水色随着朝晚阴晴而变化，简直是精神上洗一回澡，洗得更见清新，更见深湛。

好些个农民挑着满担的花菜往河边，搭乘羊皮筏。那花菜是才在地里割的，赶紧挑出去，下一天早晨兰州市上就有"还没断气"的新鲜花菜。

暮色压下来了，压着连山，压着林木，压着黄河，也压着我们的眉梢。于是我们又跨上羊皮筏。

1954年1月10日作
（原载《新观察》第3期）

登 雁 塔

雁塔在西安城外东南面。那天上午十点，我们出西安南门往雁塔。远远望见好些正在兴修的建筑工程，木头构成的工作架跟林木相映衬。听说这些全是文教机关的房屋，西安南郊将来是个文化区。没打听究竟是哪些文教机关，单知道其中有个体育运动场，面积七百多亩，有田径赛场、各种球场、风雨操场、滑冰场、游泳池，可以容纳观众十万人以上——规模够大了。

在以往历史上，有没有一个时期像今天这样在全国范围内搞基本建设的？且不说工矿方面的基本建设，单说机关、学校、公共场所的兴修，修成之后将在那里办理人民的公务，培养少年、青年乃至成人，使他们具有堪以献身的精神体魄，像今天这样的情形在以往历史上有过没有？我不曾下工夫查考，可是我敢于断定不会有。我这个断定从以往社会的性质而来，那时候无非兴修些帝王的宫殿、公侯的第宅、贵介的别墅。或者地主富商修些房子自己住，租给人家收租钱，等于放高利贷。再就是勉强过得去的人家，搭这么三间两间聊蔽风雨。除此而外，哪儿会有为了群众的利益招工动众，大规模地兴修房屋的？

这么想着，不觉雁塔早已在望。原地颇有高下，可是坡度极平缓，车行不感颠簸。不多久就到了雁塔所在的慈恩寺门前。

进门一望，只觉景象跟一般寺院不大一样。殿宇亭台不怎么宏大，空地特别宽广，又有栽得很整齐的林木、蒙络荫翳的灌木丛、略有丘壑之势的小土丘，树荫之下立着好些个埋葬僧人的小石塔，形制古朴有致。这就成个园林的布置，佛殿只是整个园林的一个组成部分，不像杭州的灵隐寺那样，一进门只见回廊、大殿、经院、僧房，虽然并不逼仄，总叫人感觉不太舒畅。多数寺院都属于灵隐寺一派，而这个慈恩寺仿佛一座园林，我说它跟一般寺院不大一样就在此。这寺院当然不是唐朝的旧观，可是眼前的这个布置尽够叫人满意了，何况单提慈恩寺这个名字就叫人发生历史的感情。这是玄奘法师翻译佛经的场所，寺里的雁塔是玄奘法师所倡修，玄奘法师那样坚苦卓绝地西行求法，那样绝对认真地搞翻译工作，永远是中国人的骄傲，永远是中国人的一种典范，谁信佛法谁不信佛法并没关系。

　　台阶两旁立着好些题名碑，题名的是明清两朝乡试中举的人。唐朝有新进士雁塔题名的故事，后代人似乎非摹仿一下不可，可是京城不在西安，新进士不会在西安会集，于是轮到新举人。写篇记，刻块碑，把名字附上，也算表示了他们的显荣和雅兴。看那些记文，说法都差不多。本来就是那么一回事，题材那么枯窘，有什么新鲜的意思好说的？我们不耐一一细看，我们登雁塔要紧。

　　雁塔在慈恩寺的后院。不知道实测究竟有多高，相传是三百尺，耸然立在那里。塔作方形，共七层，一层比一层缩进些，叫人起稳定之感。每层每面有个拱形的门框。最下一层的门框是进塔去的过道，东南西北四面都可以进去。从第二层起，四面门框全装栅栏，游人可以靠着栅栏眺望。我们从南面的拱门进去，走完过道，塔中心空无所有，只靠墙架着两架扶梯。扶梯作直角的曲折，几个曲折才到第二层。猜想所以架两架扶梯之故，一来是游人多的时候可以分散些，二来是最下一层地位宽，容得下两架扶梯，两架扶梯之外还大有回旋余地，你看，从第二层起就只一架扶梯了。

杜工部《同诸公登慈恩寺塔》诗中有"仰穿龙蛇窟，始出枝撑幽"的句子，写的正是从最下一层往上爬的印象。那里过道比较深，进去的光线不多，骤然走进去尤其觉得昏暗。于是杜老想象这么昏暗的所在该是龙蛇的窟穴吧。到了第二层，光线从四面而来，就觉得豁然开朗，出了"幽"境——"枝撑"指塔内的木材构筑。

第二层齐扶梯的顶铺地板，以上五层都一样。有了这地板，才可以走到拱门那里，爱望哪一面就往哪一面，又可以歇歇脚，透透气，再往上爬。要是没有这地板，扶梯接扶梯一直往上，且不说没法从从容容地眺望一番，开开眼界，就是从下朝上、从上朝下望望，那么一个又高又空的塔中心，那么些曲折不尽的扶梯，就够叫人目眩心惊腿软的了——地板稳定了游人的情绪，无论在哪一层，仿佛在一间楼房里似的。

同伴说我力弱，不必爬到第七层，爬这么两三层就可以了。我也想，如果要勉强而行——而且是过分地勉强，那当然不必。可是我升高一层歇一会儿，四面望望，再升高一层，虽然呼吸不怎么平静，心跳越来越强，两条腿越来越重，总还觉得支持得下，没有什么大不了，结果我居然爬上了第七层。可以说是勉强而行，然而不是过分地勉强。在某些场合——比游览重要得多的场合，只要意志坚强，有时候连过分地勉强也有所不避，勉强让意志给克服了，也无所谓勉强了。

在最高一层四望，因为天气浓阴，空中浮着云气，只觉一片混茫，正如杜老诗中所说的"俯视但一气"，南面既望不见终南山，朝西北望，贴近的西安城市也不太清楚。至于杜老所说的"七星在北户，河汉声西流"，那根本是想象，并非他登塔当时的实景。我们未尝不可以作同样的想象，这想象就好像我们自身扩大了，其大无外的宇宙也不见得怎么大似的。

　　一层一层下去当然比上来容易，可是每下一层也得歇一歇，免得头昏眼花。出了最下一层的拱门，我们坐在台阶上休息。坐不久又不免站起来看看，原来拱门内过道的石壁上全是刻字，起初挤在游人丛中急于登塔，竟不曾留意。刻的大多是诗篇，各体的诗，各体的书法，各个朝代的年号，还有各个风雅的题壁人的名字。这且不说，单说一点。后代的题壁人见壁上早已刻满，再没空地位，就把自己的文字刻在前代人的题壁上，你小字，我大字，你细笔画，我粗笔画，总之，抹杀你的，光有我的。这样强占豪夺的风雅，未免风雅过分了。

　　最下一层四面拱门的门楣上都有石刻画，我以为最值得细看。刻的是佛故事，人物和背景全用细线条阴刻。依我外行人的见解，细线条的画最见工夫，你必须在空白的幅面上找到最适当最美妙的每一条线条的位置，丝毫游移不得，你的手腕又必须恰好地描出每一条线条，丝毫差错不得，太弱太强也不成。所以画家必须先在心目中创造完美的形象，又有得心应手的熟练技巧，才能够画成细线条的好作品。最近故宫博物院布置绘画馆，在第一陈列室的正中间挂一小幅敦煌发现的唐朝人的佛像图，全用细线条，我看了很中意。现在这门楣上的石刻画，可以说跟绘画馆的那一幅同一格调，同一造诣。雁塔经过几次重修，连层数也有所改动，建筑材料当然有所更换，可是一般相信底层没大动，门楣石该是唐朝的原物，石上的图画该是唐朝人的手笔。这就无怪乎跟敦煌保藏的唐画相类了。据梁思成先生《敦煌壁画中所见的古代建筑》那篇文章，西面门楣上的画以佛殿为背景，精确地画出柱、枋、斗栱、台基、椽檐、屋瓦以及两侧的回廊，是极可珍贵的建筑史料，可以窥见盛唐时代的建筑规模。

南面拱门两旁，各陈列一块褚遂良写的碑。石壁凹陷进去，砌成龛形，碑立在里面，前面装栅栏，使游人可望而不可即。一块是唐太宗所撰的《大唐三藏圣教之序》，一块是唐高宗所撰的《大唐三藏圣教序记》——这块碑从左往右一行一行地写，有些特别，用意在跟前一块碑对称，成为"合欢式。"褚遂良的书法不用说，单说那碑石经历了一千四百年，文字还很完整，笔画还有锋棱，可见石质之坚致。西安好些古碑大都如此，大概用的"青石出自蓝田山"的青石吧。向来玩碑的无非揣摩书法，考证故实，注意到碑额、碑趺和碑旁的装饰雕刻是比较后起的事情。其实好些古碑的装饰雕刻尽有好作品，大可供研究雕刻艺术的人观摩。就是这两块褚碑，两边的蔓草图案工整而不板滞，已经很够味了。碑趺的天人舞乐的浮雕尤其可爱。那是浮雕而超乎浮雕，有些部分竟是凌空的立体。雕刻不怎么工细，可是人物的姿态极其生动，舞带回环，仿佛在那里飘动似的。两碑雕的都是一个舞蹈的在中间，奏乐的分在两边（一块上是奏管乐，一块上是奏弦乐），两两对称，显出图案的意味。碑额雕的什么，可恨我的记忆力太差，记不起了，只好不说。

曲江池在慈恩寺东面不远。曲江池这个名字在唐朝人的诗里见得很多，其地既然近在眼前，我们应当去看看。

一路上陂陀起伏，车时而上行，时而下行——所谓黄土平原原不像操场、运动场那样平。在比较高的地点眺望，只见四面地势高起，环抱着一块低洼地，田亩而外就是树林。虽然时令在秋季，浓阴笼罩着茂密的林木，倒叫人发生阳春烟景的感觉。我们知道这就是所谓曲江池了。曲江原是个人工池，水是浐河的水，唐玄宗开元年间引过来的。到唐朝末年，大概是通道阻塞了，池就干了，变为田亩。

　　在盛唐时代，这曲江池四围尽是公侯第宅，楼台亭榭大多临水，花柳相映，水光明澈，繁华景象可以想见。曲江池又是当时长安人游乐处所，逢到三月上巳、九月重阳，游人尤其多，不论贫富贵贱，大家要来应个景儿。池中荡着彩船，堤上挤着车马，做生意的陈列着四方货品，走江湖的表演着各种杂技，吹弹歌唱，玩球竞马，凡是享受取乐的玩意儿，在这里集了个大成。又因当时河西走廊畅通，文化交流极盛，形形色色都搀杂着异域的情调和色彩，更见得这里来凑个热闹可喜可乐。——照我猜想，当时情形大概跟《彼得大帝》影片里的某些场面相仿，逢到节日良辰，皇帝、贵族还肯跟庶民混在一块儿寻欢取乐，不摆出肃静回避、容我独享的臭架子。按封建时代说，这就很不错了。

　　至于现在，游了慈恩寺、登了雁塔的，多半要来曲江池走走，慈恩寺和曲江池自然联成个没有名称没有围墙的公园。这是个普通的星期日，而且天气阴沉，可是曲江池游人尽多。这边是一队少年先锋队在且行且唱，那边是一批工人在闲步眺望，机关里的男女干部，乡村里的小姑娘、老太太，结伴而来，兴致挺好，笑语嘻嘻哈哈的，脚步轻轻松松的。几年以来，大家已经养成习惯，工作的日子出劲工作，休假的日子认真玩乐。郊外既然有这么个好所在，谁不爱来走一走、乐一乐？一条马路正在修筑，从城里的解放路（东半边的南北干路）直通雁塔，城里人出来更方便了。一方面体育运动场也快完工。将来逢到四野花开的时节，春秋晴朗的日子，或者运动会举行的期间，城里人必将倾城空巷而出，乡里人也必闹闹挤挤地出来享受他们的一份儿。这样的盛况是可以预想的。既有这新时代的盛况，封建时代的盛况也就没有什么可以留恋了。

曲江池附近有一道陷落五六丈的土沟，王宝钏的"寒窑"就在沟里。王宝钏原是"亡是公""乌有先生"一流人物，她的"寒窑"当然在"无何有之乡"，可是偏有人要指实它，足见戏剧影响社会之深。舞台上既然演《别窑》和《探窑》，那"寒窑"怎能没有个实在地点？《宝莲灯》里有劈山救母的故事，就有人在华山上指明斧劈的处所（这是听人说的，并未亲见），理由也在此。我们走下土沟去看，原来是个小小的庙宇，中间供泥塑女像，上面挂"有求必应"的匾额，王宝钏成了神了。身份虽然改变，实际还是一样——神不是也属于"亡是公""乌有先生"一流吗？庙宇实在没有什么可看，倒是庙门前的两棵白杨值得赏玩，又高又挺拔，气概非凡。回到原上看，那两棵白杨的上截高过原面一丈左右。

1954 年 1 月 21 日作
（原载《新观察》第 4 期）

荣宝斋的彩色木刻画

所谓彩色木刻画就是用木刻套印的方法印成的画幅，人物，花鸟，山水……差不多跟中国画画家笔下的真迹一模一样。我家里挂一幅新罗山人的花鸟画，一块石头前伸出一枝海棠，三个红胸鸟停在枝上，上下照应，瞧那神气正在那里使劲地叫。朋友们见了，有的说这一幅画得好，有的不言语，只是默默地观赏，也许还在那里想怎么我也收藏起名家的作品来了。等我说明这是彩色木刻画，荣宝斋的出品，他们都不期然而然地吐出一声"啊！"——这"啊！"里头含着惊奇、不相信的意味。可见彩色木刻画简直可以"乱真"了。

在十六世纪，我国就有彩色木刻画，多半印在诗笺上。诗笺是二十多公分高的小幅，听名称就可以知道它的用处。文人作成诗，总爱写给朋友们看看（那时候还没有报和杂志，也就没有投稿发表这回事），或者那首诗是特地赠给谁的，更非写录不可。把精心结撰的诗篇写在印着彩色画的诗笺上拿出去，当然比写在白纸上漂亮得多。

诗笺也拿来写信。要是按实定名，写信的该叫信笺。信稿起得好，又是一手好字，写在印着彩色画的信笺上，可以使受信人在了解实务、领略深情以外多一分享受。

近年来我国送些出版物到国外去展览，其中有笺谱。也许"笺谱"这个名称确实不容易翻，就翻成"画集"。"集"跟"谱"固然可以相通，都是"汇编"的意思。可是"笺"是诗笺和信笺，表示一定的用途，只因笺上有画就管它叫"画"，不免引起误会。为了解除误会，我特地在这里提一下。

诗笺、信笺上印彩色画，彩色画有各种各样的画法，印起来有容易有难。譬如一幅花卉，花朵、叶子、枝条全用墨色线条勾勒，花朵着红色，叶子着绿色，枝条着棕色，只要按色分刻四块板子——墨色、红色、绿色、棕色各一块——套印就成，那比较容易。花鸟画还有所谓没骨法，不用线条勾勒，只用彩色渍染，譬如画一张荷叶，绿色有浓有淡，有些地方用湿笔，绿色从着笔处稍微溢出，有些地方用枯笔，显出好些没着色的条纹，这要印出来就比较难。可是印造诗笺、信笺的摸索出一套方法，练成一套技术，也能够照样办到，总之，原画怎么样就印成怎么样。咱们现在看荣宝斋仿造的《十竹斋笺谱》，里头就有用这样的印法的。《十竹斋笺谱》的原本在崇祯十七年出版，还是十七世纪中段的东西呢。

我小时候喜欢从纸店里买些诗笺玩儿，都是线条画，套印不过两色。这个东西跟文人有缘，大概文人比较多的地方就有。一般人既然不作诗，写信又没有什么讲究，当然用不着这种画笺。北京地方印造这种画笺的最多，理由很容易了解，不用多说。据朋友告诉我，清朝末年有懿文斋、松古斋、秀文斋、宝文斋、宝晋斋、万宝斋、松华斋、荣禄堂、翰宝斋、翰雅斋、彝宝斋、清秘阁这么些家，出品都是单色的。还有一家松竹斋最出名，有二百多年的历史，庚子事变的时候倒闭了，后来改组成荣宝斋。现在荣宝斋经过改造，已经是国营的企业。

荣宝斋印过翁同龢画的梅花屏四条，又仿造过怡王府的彩色角拱花笺，很有名，后来渐渐印笺谱，仿造的《十竹斋笺谱》是出色的成绩。最近多印册页、条幅，册页有《现代国画》、《敦煌壁画选》、沈石田的《卧游》画册……条幅有方才说的新罗山人的花鸟画，有齐白石先生、徐悲鸿先生的作品，全是木刻套印的。册页比诗笺大三四倍，条幅更大了，新罗山人的那一幅，高一公尺二十六公分，宽四十一公分半。可见荣宝斋的新的努力是使彩色木刻画向大幅发展。

我参观过荣宝斋的工场，现在据参观所得谈谈彩色木刻画的制作方法和技术。

得从版子说起，有了版子才可以印刷。刻版子先得描底稿。像方才说的花朵着红色、叶子着绿色、枝条着棕色的画，只要照原画分色勾描，原画有几色，描成几张底稿就成了。勾描用映写法，就是拿半透明的薄纸蒙在原画上，看准原画用细线条勾描。至于用彩色渍染的画，一个颜色里有浓淡，一个地方着好几色，或者还有湿笔、枯笔，那么分析版子就是大工夫。不明白画理没法下手，还得熟悉印刷的技术。设计的人从画理和印刷的技术着眼，认定哪儿的浓淡得分刻几块版子，哪儿的几色可以合用一块版子，哪儿的湿笔只要印刷的时候使些手法就成，然后分别勾描。勾描是极细致的工作，描得进一线出一线就走了样，张张底稿描得准确，位置不差分毫，印起来才套得准。一幅彩色不怎么繁复的画，至少也得分别描成六七张底稿。这还是就册页说。至于条幅，高度在一公尺以上，即使上方和下方有些部分彩色完全相同，可是印刷条件有限制，不能够同时印刷，也得分别描成几张底稿。譬如一幅花卉，上方的、中部的、下方的一部分叶子都是淡绿色，彩色虽然相同，也得描成三张底稿，刻成三块版子，分三次印刷。像我说的新罗山人的那幅花鸟画，勾描下来分成四十九张底稿，刻成四十九块版子，印刷的次数还要多，因为有些版子要印两次或三次。看起来那么雅淡简洁的一幅画，不知道底细，谁也不会相信制作的手续是这么繁复的。

方才说拿薄纸蒙在原画上勾描，描出来自然跟原画一样大小。也可以改变原画的大小，让印成的画幅比原画小些或者大些。这要依靠照相。照相把原画缩小或者放大，然后依据照片勾描，原画放在旁边随时参考。印造彩色木刻画全部是手工，只有在这个场合才利用现代的机械。

分别描成底稿，随后的工作就是刻版子。底稿反贴在刨平的木板上，跟刻书一样，刻成的版子是反的。木板是杜梨木，木质坚实匀净。我国木刻向来用杜梨木和枣木，所以"梨枣"成了木刻的代称。

工人刻版子的时候，右手握着刀柄，左手的拇指和食指帮着推动刀尖，那么细磨细琢地刻划着。原画放在旁边随时参考。所谓参考主要在体会原画的笔意，只有传出原画的笔意才能刻得真不走样。柔和的线条要保持它的柔和，刚劲的线条要显出它的刚劲，无论什么形状的笔触要没有斧凿痕，全都像画笔落在纸上的那个样儿，这固然靠勾描的功夫到家，可是勾描得好而刻工差劲，那就前功尽弃。所以刻版子的人也得明白画理，他要辨得出笔触的意趣，能够领会什么是柔和和刚劲，还得心应手，实践跟认识一致，才能把版子刻得像样儿。鸟身上的羽毛，花心里的花蕊，一丝一缕都得细细地刻。还有那些枯笔，笔意若断若续，就得还它个若断若续。落笔的地方是极细的<u>一丝丝</u>，<u>一丝丝</u>之间是空白的<u>一丝丝</u>，这<u>些丝丝</u>全要照样刻出来，不容一<u>丝</u>有一<u>些</u>斧凿痕。我国善本书的书版向来称为精工的制作，现在谈的这个画版，比书版还要精工得多。

版子刻成以后，就是印刷了。先说说印刷的设备。这跟我国印木版书的设备一样。印刷桌的平面上挖一道比较宽的空隙，木版固定在空隙的左边，待印的一叠纸张固定在空隙的右边。往右边摊开的纸张翻到左边的木版上，印过以后让它从空隙那里垂下去，再翻第二张。固定木版，现在荣宝斋用的是外科中医用的膏药。这东西胶性很强，不致移动，可是用力挪移木版还是可以挪动，试印的时候校正位置挺方便——校正位置是一项重要工作，必须试得丝毫没有差错才能正式开印，不然就套不准。固定纸张的方法是拿一根木条把一叠纸的右边压住，木条两头拴紧，使它不能移动。一叠纸有它的厚度，压住的时候必须使每一张稍微错开点儿，这才从头一张纸到末了一张纸，版子都能印在全张纸的同一个位置上。

印刷不用油墨，用中国画画家用的颜料。换句话说，原画上用的什么颜料，印刷也用什么颜料。预先把颜料调好，水分多少，浓淡怎么样，都得对照原画。原画是早已干了的，必须估计到调好的颜料印在纸上干了以后怎么样，才可以不致差错。这全凭经验，经验里头包括眼睛的辨别力，调色的技巧，还有对于纸张的性质的认识。

纸张用宣纸，因为中国画画家作画大都用宣纸，既然要印造得跟原画一模一样，用纸自然应该相同。再说，用毛笔画水彩画只有画在宣纸上最合适。道林纸、铜版纸上虽然不是绝对不能画，画出来至少会减少画的意趣。譬如一笔浓笔画在道林纸、铜版纸上，着笔的地方跟纸面空白的地方必然界限分明，像刀刻似的，这就减少了意趣。要是毛笔多蘸了些水，涂上去水就浮在纸面上，彩色着不上纸，那还成个画？像齐白石先生常画的浓淡墨挽和着的大荷叶，道林纸、铜版纸上简直没法画。宣纸比道林纸、铜版纸松，质地匀净滋润，能吸水，无论浓笔湿笔，涂上去全能适应。水彩、毛笔、宣纸是中国水彩画的物质条件，彩色木刻画既然是仿造中国水彩画，自然不能不采用宣纸。

印册页、条幅都用双层宣纸，双层是造纸的时候就粘起来的。用双层纸印，彩色更好更美观。有些旧画的纸张，颜色变了，不像新宣纸那么白，仿造这些旧画的时候，宣纸就得先染色，染成旧纸的颜色。

宣纸是安徽泾县出产的，在宣城集中外销，所以叫宣纸。历史很久了，唐朝时候就有这种纸，明清两代生产最发达。原料是檀木的皮。用途除供文人写字作画以外，还可以印木版书。抗日战争一开始，泾县的造纸户全部垮了台，直到解放时期没恢复。后来组织宣纸联营处，最近又由地方政府投资，联营处改为公私合营。造纸工人见宣纸还有相当的需要，都表示决心，保证今后数量够用，质量提高。他们的经验和技术足够实现他们的保证，质量达到明清产品的标准不成问题，并且还可以超过。今后中国画画家和彩色木刻画的印造家可以不愁没有好纸用了。

现在该谈印刷的方法了。印刷的时候，原画当然也得挂在旁边。工人用毛笔蘸了调好的颜料涂在版子上，然后翻过一张纸，左手把纸拉平，右手拿一个叫"耙子"的家伙（大略像擦黑板的刷子，底面用棕皮包平，稍微有些弹性）在纸背面贴着版子的部分研印。这么说来好像印刷挺简单似的，其实不然。涂上颜料以后先得用一个细棕刷子（形状像咱们剃胡子时候拿来蘸肥皂的刷子，不过大得多，一大把细棕丝理得挺平的）刷过，使版面的颜料匀净，边缘上不致有溢出的颜料。如果是一块有一部分该印淡色的版子，譬如一张秋海棠叶，右边缘的绿色非常淡，那么把绿色颜料涂在版子上以后，就得擦掉右边缘的颜料，再用细棕刷子蘸了水轻轻刷过，然后印刷。这样,右边缘的颜料虽然擦掉,可是木板上还保留着绿色的水分,因而印出来刚好是极淡的绿色,又因为用刷子刷过,印出来的极淡的部分跟其他部分没有划然的界限。又如某一块版子在原画上是湿笔,涂在这块版子上的颜料就得有适当的水分,水分必须不多也不少,印出来才能跟原画一致。以上说的全是翻过纸来印刷以前的事儿。再说纸张蒙在版子上,拿耙子在纸背面砑印也大有分寸。哪块版子该实实在在地印,哪块版子只要轻轻一印,全靠对于挂在旁边的原画的体会。至于得心应手印得恰如其分,那就非有熟练技巧不可。

哪一色的版子先印,哪一色的版子后印,这里头有讲究。哪一色得等前一色干了以后印,哪一色得在前一色没干的时候印,这里头也有讲究。这些讲究全跟画家作画的当时一样。遇到浓重的彩色,印一次不够,就再印一次,甚至印三次,这等于画家的画笔在纸面上浓涂。

印小幅是一个人的工作。印比较大的就得添一个人,帮着翻纸张,拉平纸张。印过一张还得看看有没有毛病,然后让它从印刷桌的空隙那里垂下去,工作当然不会怎么快。整个工场里静静的,跟现代印刷厂的气氛完全不同。咱们跑进现代印刷厂的车间,所有机器都在那里动,机器声似乎把全车间的空气给搅动了,因而视觉、听觉、触觉的器官全让动的感觉给占据了。在印刷彩色木刻画的工场里可没有这样的感觉。

还有一点该说一说。一幅画经过印刷,许多版子的边缘把纸面挤得洼下去,必然留下痕迹,这在原画上显然是没有的。可是不碍事,印成的画幅经过砑平托裱,就没有什么了。

中国彩色画也可以用彩色铜版、彩色胶版精印,可是铜版印的、胶版印的总觉得像张照片（看铜版、胶版印的油画就不大有这个感觉）。这是没有办法的，纸是铜版纸，彩色是油墨，物质条件不同了，当然不能完全传出原画的意趣。彩色木刻画用的纸张、颜料跟原画完全相同，只是用木版代替了毛笔，在雕刻和印刷的技术上又尽量设法不失毛笔画的意趣，所以制成品简直可以"乱真"。一幅精工的彩色木刻画不但是上好的工艺品，而且是比原画毫无愧色的艺术品。

1954 年 3 月 3 日作

（原载 1954 年 5 月 16 日《新观察》半月刊第 10 期）

1949年2月,叶圣陶一行在从香港"北上"的船上

1949年3月8日,叶圣陶在山东李家庄"三八妇女大会"上致词

游了三个湖

这回到南方去,游了三个湖。在南京,游玄武湖,到了无锡,当然要望望太湖,到了杭州,不用说,四天的盘桓离不了西湖。我跟这三个湖都不是初相识,跟西湖尤其熟,可是这回只是浮光掠影地看看,写不成名副其实的游记,只能随便谈一点儿。

首先要说的,玄武湖和西湖都疏浚了。西湖的疏浚工程,做的五年的计划,今年四月初开头,听说要争取三年完成,每天挖泥船轧轧轧地响着,连在链条上的兜儿一兜兜地把长远沉在湖底里的黑泥挖起来。玄武湖要疏浚,为的是恢复湖面的面积,湖面原先让淤泥和湖草占去太多了。湖面宽了,游人划船才觉得舒畅,望出去心里也开朗。又可以增多鱼产。湖水宽广,鱼自然长得多了。西湖要疏浚,主要为的是调节杭州城的气候。杭州城到夏天,热得相当厉害,西湖的水深了,多蓄一点儿热,岸上就可以少热一点儿。这些个都是顾到居民的利益。顾到居民的利益,在从前,哪儿有这回事?只有现在的政权,人民自己的政权,才当做头等重要的事儿,在不妨碍国家社会主义工业化的前提之下,非尽可能来办不可。听说,玄武湖平均挖深半公尺以上,西湖准备平均挖深一公尺。

其次要说的,三个湖上都建立了疗养院——工人疗养院或者机关干部疗养院。玄武湖的翠洲有一所工人疗养院,太湖边上到底有几所疗养院,我也说不清。我只访问了太湖边中犊山的工人疗养院。在从前,卖力气淌汗水的工人哪有疗养的份儿?害了病还不是咬紧牙关带病做活,直到真个挣扎不了,跟工作、跟生命一齐分手？至于休养，那更是做梦也想不到的事儿，休养等于放下手里的活闲着，放下手里的活闲着，不是连吃不饱肚子的一口饭也没有着落了吗？只有现在这时代，人民当了家，知道珍爱创造种种财富的伙伴，才要他们疗养，而且在风景挺好、气候挺适宜的所在给他们建立疗养院。以前人有句诗道，"天下名山僧占多"。咱们可以套用这一句的意思说，目前虽然还没做到，往后一定会做到，凡是风景挺好、气候挺适宜的所在，疗养院全得占。僧占名山该不该，固然是个问题，疗养院占好所在，那可绝对地该。

又其次要说的，在这三个湖边上走走，到处都显得整洁。花草栽得整齐，树木经过修剪，大道小道全扫得干干净净，在最容易忽略的犄角里或者屋背后也没有一点儿垃圾。这不只是三个湖边这样，可以说哪儿都一样。北京的中山公园、北海公园不是这样吗？撇开园林、风景区不说，咱们所到的地方虽然不一定栽花草，种树木，不是也都干干净净，叫你剥个橘子吃也不好意思把橘皮随便往地上扔吗？就一方面看，整洁是普遍现象，不足为奇。就另一方面看，可就大大值得注意。做到那样整洁决不是少数几个人的事儿。固然，管事的人如栽花的，修树的，扫地的，他们的勤劳不能缺少，整洁是他们的功绩。可是，保持他们的功绩，不让他们的功绩一会儿改了样，那就大家有份，凡是在那里、到那里的人都有份。你栽得整齐，我随便乱踩，不就改了样吗？你扫得干净，我嗑瓜子乱吐瓜子皮，不就改了样吗？必须大家不那么乱来，才能保持经常的整洁。解放以来属于移风易俗的事项很不少，我想，这该是其中的一项。回想过去时代，凡是游览地方、公共场所，往往一片凌乱，一团肮脏，那种情形永远过去了，咱们从"爱护公共财物"的公德出发，已经养成了到哪儿都保持整洁的习惯。

现在谈谈这回游览的印象。

出玄武门，走了一段堤岸，在岸左边上小划子。那是上午九点光景，一带城墙受着晴光，在湖面和蓝天之间划一道界限。我忽然想起四十多年前头一次游西湖，那时候杭州靠西湖的城墙还没拆，在西湖里朝东看，正像在玄武湖里朝西看一样，一带城墙分开湖和天。当初筑城墙当然为的防御，可是就靠城的湖来说，城墙好比园林里的回廊，起掩蔽的作用。回廊那一边的种种好景致，亭台楼馆，花坞假山，游人全看过了，从回廊的月洞门走出来，瞧见前面别有一番境界，禁不住喊一声"妙"，游兴益发旺盛起来。再就回廊这一边说，把这一边、那一边的景致合在一块儿看也许太繁复了，有一道回廊隔着，让一部分景致留在想象之中，才见得繁简适当，可以从容应接。这是园林里修回廊的妙用。湖边的城墙几乎跟回廊完全相仿。所以西湖边的城墙要是不拆，游人无论从湖上看东岸或是从城里出来看湖上，就会感觉另外一种味道，跟现在感觉的大不相同。我也不是说西湖边的城墙拆坏了。湖滨一并排是第一公园至第六公园，公园东面隔着马路，一带相当齐整的市房，这看起来虽然繁复些儿，可是照构图的道理说，还成个整体，不致流于琐碎，因而并不伤美。再说，成个整体也就起回廊的作用。然而玄武湖边的城墙，要是有人主张把它拆了，我就不赞成。不知道为什么，我总觉得那城墙的线条，那城墙的色泽，跟玄武湖的湖光、紫金山覆舟山的山色配合在一起，非常调和，看来挺舒服，换个样儿就不够味儿了。

这回望太湖，在无锡鼋头渚，又在鼋头渚附近的湖面上打了个转，坐的小汽轮。鼋头渚在太湖的北边，是突出湖面的一些岩石，布置着曲径磴道，回廊荷池，丛林花圃，亭榭楼馆，还有两座小小的僧院。整个鼋头渚就是个园林,可是比一般园林自然得多,何况又有浩渺无际的太湖做它的前景。在沿湖的石上坐下,听湖波拍岸,挺单调,可是有韵律,仿佛觉得这就是所谓静趣。南望马迹山,只像山水画上用不太淡的墨水涂上的一抹。我小时候,苏州城里卖芋头的往往喊"马迹山芋艿"。抗日战争时期,马迹山是游击队的根据地。向来说太湖七十二峰,据说实际不止此数。多数山峰比马迹山更淡,像是画家蘸着淡墨水在纸面上带这么一笔而已。至于我从前到过的满山果园的东山,石势雄奇的西山,都在湖的南半部,全不见一丝影儿。太湖上渔民很多,可是湖面太宽阔了,渔船并不多见,只见鼋头渚的左前方停着五六只。风轻轻地吹动桅杆上的绳索,此外别无动静。大概这不是适宜打鱼的时候。太阳渐渐升高,照得湖面一片银亮。碧蓝的天空中飘着几朵若有若无的薄云。要是天气不好,风急浪涌,就会是一幅完全不同的景色。从前人描写洞庭湖、鄱阳湖,往往就不同的气候、时令着笔,反映出外界现象跟主观情绪的关系。画家也一样,风雨晦明,云霞出没,都要研究那光和影的变化,凭画笔描绘下来,从这里头就表达出自己的情感。在太湖边作较长时期的流连,即使不写什么文章,不画什么画,精神上一定会得到若干无形的补益。可惜我来也匆匆,去也匆匆,只能有两三个钟头的勾留。

刚看过太湖,再来看西湖,就有这么个感觉,西湖不免小了些儿,什么东西都挨得近了些儿。从这一边看那一边,岸滩,房屋,林木,全都清清楚楚,没有太湖那种开阔浩渺的感觉。除了湖东岸没有山,三面的山全像是直站到湖边,又没有衬托在背后的远山。于是来了个总的印象:西湖仿佛是盆景,换句话说,有点儿小摆设的味道。这不是给西湖下贬辞,只是直说这回的感觉罢了。而且盆景也不坏，只要布局得宜。再说，从稍微远一点儿的地点看全局，才觉得像个盆景，要是身在湖上或是湖边的某一个所在，咱们就成了盆景里的小泥人儿，也就没有像个盆景的感觉了。

湖上那些旧游之地都去看看，像学生温习旧课似的。最感觉舒坦的是苏堤。堤岸正在加宽，拿挖起来的泥壅一点儿在那儿，巩固沿岸的树根。树栽成四行，每边两行，是柳树、槐树、法国梧桐之类，中间一条宽阔的马路。妙在四行树接叶交柯，把苏堤笼成一条绿荫掩盖的巷子，掩盖而绝不叫人觉得气闷，外湖和里湖从错落有致的枝叶间望去，似乎时时在变换样儿。在这条绿荫的巷子里骑自行车该是一种愉快。散步当然也挺合适，不论是独个儿、少数几个人还是成群结队。以前好多回经过苏堤，似乎都不如这一回，这一回所以觉得好，就在乎树补齐了而且长大了。

灵隐也去了。四十多年前头一回到灵隐就觉得那里可爱，以后每到一回杭州总得去灵隐，一直保持着对那里的好感。一进山门就望见对面的飞来峰，走到峰下向右拐弯，通过春淙亭，佳境就在眼前展开。左边是飞来峰的侧面，不说那些就山石雕成的佛像，就连那山石的凹凸、俯仰、向背，也似乎全是名手雕出来的。石缝里长出些高高矮矮的树木，苍翠，茂密，姿态不一，又给山石添上点缀。沿峰脚是一道泉流，从西往东，水大时候急急忙忙，水小时候从从容容，泉声就有宏细疾徐的分别。道跟泉流平行，道左边先是壑雷亭，后是冷泉亭，在亭子里坐，抬头可以看飞来峰，低头可以看冷泉。道右边是灵隐寺的围墙，淡黄颜色，道上多的是大树，又大又高，说"参天"当然嫌夸张，可真做到了"荫天蔽日"。暑天到那里，不用说，顿觉清凉，就是旁的时候去，也会感觉"身在画图中"。自己跟周围的环境融和一气，挺心旷神怡的。灵隐的可爱，我以为就在这个地方。道上走走，亭子里坐坐，看看山石，听听泉声，够了，享受了灵隐了。寺里头去不去，那倒无关紧要。

这回在灵隐道上大树下走，又想起常常想起的那个意思。我想，无论什么地方，尤其在风景区，高大的树是宝贝。除了地理学、卫生学方面的好处而外，高大的树又是观赏的对象，引起人们的喜悦不比一丛牡丹、一池荷花差，有时还要胜过几分。树冠和枝干的姿态，这些姿态所表现的性格，往往很耐人寻味。辨出意味来的时候，咱们或者说它"如画"，或者说它"入画"，这等于说它差不多是美术家的创作。高大的树不一定都"如画"、"入画"，可是可以修剪，从审美观点来斟酌。一般大树不比那些灌木和果树，经过人工修剪的不多，风吹断了枝，虫蛀坏了干，倒是常有的事，那是自然的修剪，未必合乎审美观点。我的意思，风景区的大树得请美术家鉴定，哪些不用修剪，哪些应该修剪。凡是应该修剪的，动手的时候要遵从美术家的指点，唯有美术家才能就树的本身看，就树跟环境的照应配合看，决定怎么样叫它"如画"、"入画"。我把这个意思写在这里，希望风景区的管理机关考虑，也希望美术家注意。我总觉得美术家为满足人民文化生活的要求，不但要在画幅上用功，还得扩大范围，对生活环境的布置安排也费一份心思，加入一份劳力，让环境跟画幅上的创作同样地美——这里说的修剪大树就是其中一个项目。

1954年12月18日作

（原载1955年1月22日《旅行家》月刊第1期）

景泰蓝的制作

一天下午,我们去参观北京市手工业公司实验工厂,粗略地看了景泰蓝的制作过程。景泰蓝是多数人喜爱的手工艺品,现在把它的制作过程说一说。

景泰蓝拿红铜做胎,为的红铜富于延展性,容易把它打成预先设计的形式,要接合的地方又容易接合。一个圆盘子是一张红铜片打成的,把红铜片放在铁砧上尽打尽打,盘底就洼了下去。一个比较大的花瓶的胎分作几截,大概瓶口、瓶颈的部分一截,瓶腹鼓出的部分一截,瓶腹以下又是一截。每一截原来都是一张红铜片。把红铜片圈起来,两边重叠,用铁椎尽打,两边就接合起来了。要圆筒的哪一部分扩大,就打哪一部分,直到符合设计的意图为止。于是让三截接合起来,成为整个的花瓶。瓶底可以焊上去,也可以把瓶腹以下的一截打成盘子的形状,那就有了底,不用另外焊了。瓶底下面的座子,瓶口上的宽边,全是焊上去的。至于方形或是长方形的东西,像果盒、烟卷盒之类,盒身和盖子都用一张红铜片折成,只要把该接合的转角接合一下就是,也不用细说了。

制胎的工作其实就是铜器作的工作,各处城市大都有这种铜器作,重庆还有一条街叫打铜街。不过铜器作打成一件器物就完事,在景泰蓝的作场里,这只是个开头,还有好多繁复的工作在后头呢。

第二步工作叫掐丝,就是拿扁铜丝(横断面是长方形的)粘在铜胎表面上。这是一种非常精细的工作。掐丝工人心里有谱,不用在铜胎上打稿,就能自由自在地粘成图画。譬如粘一棵柳树吧,干和枝的每条线条该多长,该怎么弯曲,他们能把铜丝恰如其分地剪好曲好,然后用钳子夹着,在极稠的白芨浆里蘸一下,粘到铜胎上去。柳树的每个枝子上长着好些叶子,每片叶子两笔,像一个左括号和一个右括号,那太细小了,可是他们也要细磨细琢地粘上去。他们简直是在刺绣,不过是绣在铜胎上而不是绣在缎子上,用的是铜丝而不是丝线、绒线。

他们能自由地在铜胎上粘成山水、花鸟、人物种种图画,当然也能按照美术家的设计图样工作。反正他们对于铜丝好像画家对于笔下的线条,可以随意驱遣,到处合适。美术家和掐丝工人的合作,使景泰蓝器物推陈出新,博得多方面人士的爱好。

粘在铜胎上的图画全是线条画,而且一般是繁笔,没有疏疏朗朗只用少数几笔的。这里头有道理可说。景泰蓝要涂上色料,铜丝粘在上面,涂色料就有了界限。譬如柳条上的每片叶子由两条铜丝构成,绿色料就可以填在两条铜丝中间,不至于溢出来。其次,景泰蓝内里是铜胎,表面是涂上的色料,铜胎和色料,膨胀率不相同。要是色料的面积占得宽,烧过以后冷却的时候就会裂。还有,一件器物的表面要经过几道打磨的手续,打磨的时候着力重,容易使色料剥落。现在在表面粘上繁笔的铜丝图画,实际上就是把表面分成无数小块,小块面积小,无论热胀冷缩都比较细微,又比较禁得起外力,因而就不至于破裂、剥落。通常谈文艺有一句话,叫内容决定形式。咱们在这儿套用一下,是制作方法和物理决定了景泰蓝掐丝的形式。咱们看见有些景泰蓝上画的图案画,在图案画以外,或是红地,或是蓝地,只要占的面积相当宽,那里就嵌几条曲成图案形的铜丝。为什么一色中间还要嵌铜丝呢?无非使较宽的表面分成小块罢了。

粘满了铜丝的铜胎是一件值得惊奇的东西。且不说自在画怎么生动美妙，图案画怎么工整细致，单想想那么多密密麻麻的铜丝没有一条不是专心一志粘上去的，粘上去以前还得费尽心思把它曲成最适当的笔画，那是多么大的工夫！一个二尺半高的花瓶，掐丝就要花四五十个工。咱们的手工艺品往往费大工夫，刺绣，缂丝，象牙雕刻，全都在细密上显能耐。掐丝跟这些工作比起来，可以说不相上下，半斤八两。

刚才说铜丝是蘸了白芨浆粘在铜胎上的，白芨浆虽然稠，却经不住烧，用火一烧就成了灰，铜丝就全都落下来了，所以还得焊。先在粘满了铜丝的铜胎上喷水，然后拿银粉、铜粉、硼砂三种东西拌和，均匀地筛在上边，放到火里一烧，白芨成了灰，铜丝就牢牢地焊在铜胎上了。

随后就是放到稀硫酸里煮一下，再用清水洗。洗过以后，表面的氧化物和其他脏东西都去掉了，涂上的色料才可以紧贴着红铜，制成品才可以结实。

于是轮到涂色料的工作了，他们管这个工作叫点蓝。涂上的色料有好些种，不只是一种蓝色料，为什么单叫点蓝呢？原来这种制作方法开头的时候多用蓝色料，当时叫点蓝，就此叫开了(我们苏州管银器上涂色料叫发蓝，大概是同样的理由)。这种制品从明朝景泰年间十五世纪中叶开始流行，因而总名叫景泰蓝。

用的色料就是制颜色玻璃的原料，跟涂在瓷器表面的釉料相类。我们在作场里看见的是一块块不整齐的硬片，从山东博山运来的。这里头基本质料是硼砂、硝石和碱，因所含的金属矿质不同，颜色也就各异。大概含铁的作褐色，含铀的作黄色，含铬的作绿色,含锌的作白色,含铜的作蓝色,含金含硒的作红色……

他们把那些硬片放在铁臼里捣碎研细,筛成细末应用。细末里头不免搀和着铁臼上磨下来的铁屑,他们利用吸铁石除掉它。要是吸得不干净,就会影响制成品的光彩。看来研磨色料的方法得讲求改良。

各种色料的细末都盛在碟子里,和着水,像画家的画桌上一样,五颜六色的碟子一大堆。点蓝工人用挖耳似的家伙舀着色料,填到铜丝界成的各种形式的小格子里。大概是熟极了的缘故,不用看什么图样,自然知道哪个格子里该填哪种色料。湿的色料填在格子里,比铜丝高一些。整个表面填满了,等它干燥以后,就拿去烧。一烧就低了下去,于是再填,原来红色的地方还是填红色料,原来绿色的地方还是填绿色料。要填到第三回,烧过以后,色料才跟铜丝差不多高低。

现在该说烧的工作了。涂色料的工作既然叫点蓝,不用说,烧的工作当然叫烧蓝。一个烧得挺旺的炉子,燃料用煤,炉膛比较深,周围不至于碰着等着烧的铜胎。烧蓝工人把涂好色料的铜胎放在铁架子上,拿着铁架子的弯柄,小心地把它送到炉膛里去。只要几分钟工夫,提起铁架子来,就看见铜胎全体通红,红得发亮,像烧得正旺的煤。可是不大工夫红亮就退了,涂上的色料渐渐显出它的本色,红是红绿是绿的。

涂了三回烧了三回以后,就是打磨的工作了。先用金刚砂石水磨,目的在使成品的表面平整。所谓平整,一是铜丝跟涂上的色料一样高低,二是色料本身也不许有一点儿高高洼洼。磨过以后又烧一回,再用磨刀石水磨。最后用椴木炭水磨,目的在使成品的表面光润。椴木木质匀净,用它的炭来水磨,成品的表面不起丝毫纹路，越磨越显得鲜明光滑。旁的木炭都不成。

椴木炭磨过，看来晶莹灿烂，没有一点儿缺憾，成一件精制品了，可是全部工作还没完，还得镀金。金镀在全部铜丝上，方法用电镀。镀了金，铜丝就不会生锈了。

全部工作是手工，只有待打磨的成品套在转轮上，转轮由马达带动的皮带转动，算是借一点儿机械力。可是拿着蘸水的木炭、磨刀石挨着转动的成品，跟它摩擦，还得靠打磨工人的两只手。起瓜棱的花瓶就不能套在转轮上打磨，因为表面有高有低，洼下去的地方磨不着。那非纯用手工打磨不可。

1955 年 1 月 2 日作

（原载 1955 年 3 月 22 日《旅行家》月刊第 3 期）

黄山三天

我游黄山只有三天，真用得上"窥豹一斑"那个成语。可是我还是要写这篇简略的游记，目的在劝人家去游。有心研究植物的可以去。我虽然说不清楚，可是知道植物种类一定很多。山高将近两千公尺，从下层到最高处该可以把植物分成几个主要的族类来研究。研究地质矿石的也可以去。谁要是喜欢爬山翻岭，锻炼体力和意志，那么黄山真是个理想的地方。那么多的山峰尽够你爬的，有几处相当险，需要你付出十二分的小心，满身的大汗。可是你也随时得到报酬，站在一个新的地点，先前见过的那些山峰又有新的姿态了。就说不为以上说的那些目的，光到那里去看看大自然，山啊，云啊，树木啊，流泉啊，也可以开开眼界，宽宽胸襟，未尝没有好处。

从杭州依杭徽公路到黄山大约三百公里。公共汽车可以到黄山南边脚下的汤口，小包车可以再上去一点儿，到温泉。温泉那里有旅馆。山上靠北边的狮子林那里也有旅馆。山上中部偏南的文殊院原来可以留宿，一九五二年烧毁了，现在就文殊院原址建筑旅馆，年内可以完工。住狮子林便于游黄山的北部和西部，住文殊院便于游中部，主要是天都峰和莲花峰。

上山下山的路上全都铺石级，宽的五六尺，窄的不到三尺。路在裸露的大石上通过，就凿石成级。大石面要是斜度大，凿成的石级就非常陡，旁边或者装一道石栏或者拦一条铁索。山泉时时渗出，石上潮湿，路旁边又往往是直下绝壁，这样的防备是必要的。

现在约略说一说我们所到的几处地方。写游记最难叫读者弄清楚位置和方向，前啊，后啊，左啊，右啊，说上一大堆，读者还是捉摸不定。我想把它说清楚，恐怕未必真能办到。我们所到的地点，温泉最南，狮子林最北，这两处几乎正直。我们走的东路，先到温泉东边的苦竹溪，在那里上山。一路取西北方向，好比是直角三角形的一条弦，经过九龙瀑、云谷寺，最后到狮子林住宿，那里的高度大约一千七百公尺。这段路据说是三十多里。第二天下了一天的雨，旅馆楼窗外一片白茫茫，什么都看不见。台阶前几棵松树，有时只显出朦胧的影子，有时也完全看不见。偶尔开门，雾气就卷进屋来。当然没法游览了，只好守在小楼上听雨。第三天放晴，我们登了狮子林背面的清凉台，又登了狮子林偏东南的始信峰，然后大体上向南走，到了光明顶。在这两三个钟点内，我们饱看了"云海"。有些游客在山上守了好几天，要看"云海"，终于没看成，怏怏而下。我们不存一定要看到的想头，却碰巧看到了。在光明顶南望天都峰和莲花峰，天都在东，莲花在西，两峰之间就是文殊院。从前有人说天都最高，有人说莲花最高，据说最近实测，光明顶最高。那里正在建筑房屋，准备测量气象的人员在那里经常工作。我们绕过莲花峰的西半边到文殊院，又绕过天都峰的西南脚，一路而下，回到温泉。说绕过，可见这段路的方向时时改变，可是大体上还是向南。从狮子林曲折向南，回到温泉，据说也是三十多里。我们所到的只是黄山东半边靠南的部分，整个黄山究竟有多大，我没有参考什么图籍，说不上。

以下就前一节提到的分别记一点儿。

九龙瀑曲折而下，共九截，第二截最长。形式很有致，可惜瘦些。山泉大的时候，应该更可观。附带说一说人字瀑。人字瀑在温泉旅馆那儿。高处山泉流到大石壁的顶部，分为左右两道，沿着石壁的边缘泻下，约略像个人字。也嫌瘦，瘦了就减少了瀑布的意味。

云谷寺没有寺了，只留寺基。台阶前有一棵异萝松，说是树上长着两种不同形状的叶子。我们仔细察看，只见一枝上长着长圆形的小叶子，跟绝大部分的叶子不同。就绝大部分的叶子形状和翠绿色看来，那该是柏树，不知道为什么叫它松。年纪总有几百岁了。

清凉台和始信峰的顶部都是稍微向外突出的悬崖，下边是树木茂密的深壑。站脚处很窄，只能容七八个人，要不是有石栏杆，站在那儿不免要心慌。如果风力猛，恐怕也不容易站稳。文殊院前边的文殊台比较宽阔些，可是靠南突出的东西两块大石，顶部凿平，留着边缘作自然的栏杆，那地位更窄了，只能容两三个人。光明顶虽是黄山最高处，却比较开阔平坦，到那里就像在平地上走一样。

我们就在前边说的几处地方看"云海"。望出去全是云，大体上可以说铺平，可是分别开来看，这边荡漾着又细又缓的波纹，那边却涌起汹涌澎湃的浪头，千姿百态，尽够你作种种想象。所有的山全没在云底下，只有几座高峰露顶，作暗绿色，暗到几乎黑，那自然可以想象作海上的小岛。

在光明顶看天都峰和莲花峰，因为是平视，看得最清楚。就岩石的纹理看，用中国画的术语就是就岩石的皴法看，这两个峰显然不同。天都峰几乎全都是垂直线条，所有线条排得相当密，引起我们一种高耸挺拔的感觉。莲花峰的岩石大略成莲花瓣的形状，一瓣瓣堆叠得相当整齐，就整个峰看，我们想象到一朵初开的莲花。莲花峰这个名称不知道是谁给取的，居然形容得那么切当。

前边说我们绕过莲花峰的西半边到文殊院，这条路很不容易走。道上要经过鳌鱼背。鳌鱼背是巨大的岩石，中部高起，坡度相当大。凿在岩石上的石级又陡又窄，右手边望下去是绝壁。下了鳌鱼背穿过鳌鱼洞，那是个天然的洞，从前人修山路就从洞里通过去。出了洞还得爬上百步云梯，又是很陡很险的石级。这才到达文殊院。

从文殊院绕过天都峰的西南脚，这条路也不容易走。极窄的路介在石壁之间，石壁渗水，石级潮湿，立脚不稳就会滑倒。有几处石壁倾斜，跟对面的石壁构成个不完整的山洞，几乎碰着我们的头顶，我们就非弓着身子走不可。

走完了这段路，我们抬头望爬上天都峰的路，陡极了，大部分有铁链条作栏杆。我们本来不准备上去，望望也够了。据说将要到峰顶的时候有一段路叫鲫鱼背，那是很窄的一段山脊，只容一个人过，两边都没依傍，地势又那么高，心脏不强健的人是决不敢过的。一阵雾气浮过，顶峰完全显露，我们望见了鲫鱼背，那里也有铁链条。我想，既然有铁链条，大概我也能过去。

我们也没上莲花峰。听说登莲花峰顶要穿过几个洞，像穿过藕孔似的。山峰既然比做莲花，山洞自然联想到藕孔了。

现在说一说温泉。我到过的温泉不多，只有福州、重庆、临潼几处。那几处都有硫磺味。黄山的温泉却没有。就温度说，比那几处都高些，可也并不热得叫人不敢下去。池子是小石粒铺底，起沙滤作用，因而水经常澄清。坐在池子里的石块上，全身浸在水里，只露出个脑袋，伸伸胳膊，擦擦胸脯，温热的感觉遍布全身，舒畅极了。这个温泉的温度据说自然能调节，天热的时候凉些，天凉的时候热些。我想这或许是由于人的感觉，泉水的温度跟大气的温度相比，就见得凉些热些了。这个猜想对不对，不敢断定。

我们在狮子林宿两宵,都盖两条被。听雨那一天留心看寒暑表,清早是华氏六十度,后来升到六十二度。那一天是八月二十九日。三十一日回到杭州,西湖边是八十六度。黄山上半部每年三月底四月初还可能下雪,十一月间就让冰雪封了。最适宜上去游览的当然是夏季。

1955 年 9 月 5 日作

(原载《旅行家》第 9 期)

荣宝斋的贡献

荣宝斋以前大都印画笺和笺谱，近几年来，向大幅发展，向工细的画发展。新中国的艺术差不多样样推陈出新，荣宝斋木版水印画，取的正是这个方向，而且成绩挺好，因而受人们的重视。不但国内的人，国际友人到北京来，凡是知道荣宝斋的，也总喜欢跑到琉璃厂，选购几幅。

我老是觉得，中国画固然可以用彩色铜版彩色凹版复制，可是铜版凹版随你印得怎么样精，看起来总像张照片，跟原画有距离。这是没有办法的事，纸是铜版纸，彩色是油墨，物质条件跟原画不一样，当然不能完全传出原画的意趣。用木刻套印的方法复制，所用纸张和色料都跟原画完全相同，只是让一块块的木版代替了画家手里的毛笔。刻木版走了样当然不行，印刷的时候随随便便设色也不行。只要在雕刻和印刷的技术上多下功夫，使它尽量不失毛笔画的意趣，那就木刻套印几乎跟毛笔作画一样，那就物质条件几乎跟原画全同，所以好的复制品简直可以"乱真"。

中国画画家近来意兴很高，只要看第二届全国美术展览会，展出的作品那么多，画各方面的新事物，画雄伟美丽的祖国河山，参观的人都欢喜赞叹。各地博物馆里陈列的那些古画和壁画也是挺吸引人的东西，内行不用说，就是外行也要站在前面看老半天。无论看了现代的或是古代的作品，看得中意，人们就会想，这样的好画，要是能够挂在自己屋里，随时欣赏，多好呢。或者想，这样的好画，可惜不能跟远方的某几个朋友共同玩赏，谈谈我的领会。这些想头包含着一个要求——要求复制品。收藏家鉴赏家当然看不上复制品，一般艺术爱好者可不在乎，你说复制品没有精神，他说既然不失原作的形象，多少总能够领会些精神。为中国画印造复制品有种种方法，以木刻套印为最好——据我个人的看法。好的木刻套印简直可以"乱真"，一般艺术爱好者，如我，就认为大可满足要求了。

荣宝斋做的工作就在满足人们的这种要求。他们印现代画家的作品，也印古代的作品。最近试印周昉《簪花仕女图》成功了，那是极其工细的画，标志着他们的工作又前进了一步。他们还打算印《清明上河图》。《清明上河图》，不是大家都想摊在案头仔细玩赏的吗？

木版水印要印得好，前边说过，得在雕刻木版和印刷的技术上多下功夫。雕刻的人依据分别勾描的底稿刻木版，原画挂在旁边，原画线条的刚柔，笔趣的枯润，都要细心体会，凭手里的刀传达出来。印刷的人一套一套印彩色，也随时参看原画，哪儿该浓，哪儿该淡，哪儿在色料以外还得加适量的水分，都要辨得极真切，而且能够得心应手。这就是说，无论做雕刻的工作或是印刷的工作，非懂得画中国画的道理不可。要是不懂，原画挂在旁边也无从揣摩，下刀设色就没有准儿。荣宝斋利用老工人熟练的技术，又注意培养新工人，吸收的是二三十岁的男女青年，他们在工作里学习，还有业余学习。我曾经上他们的工作场参观过几回，看见雕刻的印刷的专心一志地在那里工作，不由得想，他们分工合作，复制古今画家的作品，就制成品看，何尝不可以说他们就是画家呢？

1955 年 9 月 23 日作

（原载 1955 年 10 月 5 日《光明日报》）

记金华的两个岩洞

今年四月十四日,我在浙江金华,游北山的两个岩洞,双龙洞和冰壶洞。洞有三个,最高的一个叫朝真洞,洞中泉流跟冰壶、双龙上下相贯通,我因为足力不济,没有到。

出金华城大约五公里到罗店。那里的农业社兼种花,种的是茉莉、白兰、珠兰之类,跟我们苏州虎丘一带相类,但是种花的规模不及虎丘大。又种佛手,那是虎丘所没有的。据说佛手要那里的土培植,要双龙泉水灌溉,才长得好,如果移到别处,结成的佛手就像拳头那么一个,没有长长的指头,不成其为"手"了。

过了罗店就渐渐入山。公路盘曲而上,工人正在填石培土,为巩固路面加工。山上几乎开满映山红,比较盆栽的杜鹃,无论花朵和叶子,都显得特别有精神。油桐也正开花,这儿一丛,那儿一簇,很不少。我起初以为是梨花,后来认叶子,才知道不是。丛山之中有几脉,山上砂土作粉红色,在他处似乎没有见过。粉红色的山,各色的映山红,再加上或深或淡的新绿,眼前一片明艳。

一路迎着溪流。随着山势,溪流时而宽,时而窄,时而缓,时而急,溪声也时时变换调子。入山大约五公里就到双龙洞口,那溪流就是从洞里出来的。

在洞口抬头望,山相当高,突兀森郁,很有气势。洞口像桥洞似的作穹形,很宽。走进去,仿佛到了个大会堂,周围是石壁,头上是高高的石顶,在那里聚集一千或是八百人开个会,一定不觉得拥挤。泉水靠着洞口的右边往外流。这是外洞,因为那边还有个洞口,洞中光线明亮。

在外洞找泉水的来路,原来从靠左边的石壁下方的孔隙流出。虽说是孔隙,可也容得下一只小船进出。怎样小的小船呢?两个人并排仰卧,刚合适,再没法容第三个人,是这样小的小船。船两头都系着绳子,管理处的工友先进内洞,在里边拉绳子,船就进去,在外洞的工友拉另一头的绳子,船就出来。我怀着好奇的心情独个儿仰卧在小船里,遵照人家的嘱咐,自以为从后脑到肩背,到臀部,到脚跟,没一处不贴着船底了,才说一声"行了",船就慢慢移动。眼前昏暗了,可是还能感觉左右和上方的山石似乎都在朝我挤压过来。我又感觉要是把头稍微抬起一点儿,准会撞破了额角,擦伤了鼻子。大约行了二三丈的水程吧(实在也说不准确),就登陆了,那就到了内洞。要不是工友提着汽油灯,内洞真是一团漆黑,什么都看不见。即使有了汽油灯,还只能照见小小的一搭地方,余外全是昏暗,不知道有多么宽广。工友以导游者的身份,高高举起汽油灯,逐一指点内洞的景物。首先当然是蜿蜒在洞顶的双龙,一条黄龙,一条青龙。我顺着他的指点看,有点儿像。其次是些石钟乳和石笋,这是什么,那是什么,大都依据形状想象成仙家、动物以及宫室、器用,名目有四十多。这是各处岩洞的通例,凡是岩洞都有相类的名目。我不感兴趣,虽然听了,一个也没有记住。

有岩洞的山大多是石灰岩。石灰岩经地下水长时期的浸蚀,形成岩洞。地下水含有碳酸,石灰岩是碳酸钙,碳酸钙遇着水里的碳酸,就成酸性碳酸钙。酸性碳酸钙是溶解于水的,这是岩洞形成和逐渐扩大的缘故。水渐渐干的时候,其中碳酸分解成水和二氧化碳气跑走,剩下的又是固体的碳酸钙。从洞顶下垂,凝成固体的,就是石钟乳,点滴积累,凝结在洞底的,就是石笋,道理是一样的。

唯其如此，凝成的形状变化多端，再加上颜色各异，即使不比做什么什么，也就值得观赏。

在洞里走了一转，觉得内洞比外洞大得多，大概有十来进房子那么大。泉水靠着右边缓缓地流，声音轻轻的。上源在深黑的石洞里。

查《徐霞客游记》，霞客在崇祯九年（一六三六）十月初十日游三洞。郁达夫也到过，查他的游记，是一九三三年十一月十二日。达夫游记说内洞石壁上"唐宋人的题名石刻很多，我所见到的，以庆历四年的刻石为最古。……清人题壁，则自乾隆以后绝对没有了，盖因这里洞，自那时候起，为泥沙淤塞了的缘故"。达夫去的时候，北山才经整理，旧洞新辟。到现在又是二十多年了，最近北山再经整理，公路修起来了，休憩茶饭的所在布置起来了，外洞内洞收拾得干干净净。我去的那一天是星期日，游人很不少，工人、农民、干部、学生都有，外洞内洞闹哄哄的，要上小船得排队等候好一会儿。这种景象，莫说徐霞客，假如达夫还在人世，也一定会说二十年前决想不到。

我排队等候，又仰卧在小船里，出了洞。在外洞前边休息了一会儿，就往冰壶洞。根据刚才的经验，知道洞里潮湿，穿布鞋非但容易湿透，而且把不稳脚。我就买一双草鞋，套在布鞋上。

从双龙洞到冰壶洞有石级。平时没有锻炼，爬了三五十级就气吁吁的，两条腿一步重一步了，两旁的树木山石也无心看了。爬爬歇歇直到冰壶洞口，也没有数一共多少级，大概有三四百级吧。洞口不过小县城的城门那么大，进了洞就得往下走。沿着石壁凿成石级，一边架设木栏杆以防跌下去，跌下去可真不是玩儿的。工友提着汽油灯在前边引导，我留心脚下，踩稳一脚再挪动一脚，觉得往下走也不比向上爬轻松。

忽然听见水声了,再往下没有多少步,声音就非常大,好像整个洞里充满了轰轰的声音,真有逼人的气势。就看见一挂瀑布从石隙吐出来,吐出来的地方石势突出,所以瀑布全部悬空,上狭下宽,高大约十丈。身在一个不知道多么大的岩洞里,凭汽油灯的光平视这飞珠溅玉的形象,耳朵里只听见它的轰轰,脸上手上一阵阵地沾着飞来的细水滴,这是平生从未经历的境界,当时的感受实在难以描述。

再往下走几十级,瀑布就在我们上头,要抬头看了。这时候看见一幅奇景,好像天蒙蒙亮的辰光正下急雨,千万枝银箭直射而下,天边还留着几点残星。这个比拟是工友说给我听的,听了他说的,抬头看瀑布,越看越有意味。这个比拟比较把石钟乳比做狮子和象之类,意境高得多了。

在那个位置上仰望,瀑布正承着洞口射进来的光,所以不须照灯,通体雪亮。所谓残星,其实是白色石钟乳的反光。

这个瀑布不像一般瀑布,底下没有潭,落到洞底就成伏流,是双龙洞泉水的上源。

现在把徐霞客记冰壶洞的文句抄在这里,以供参证。"洞门仰如张吻。先投杖垂炬而下,滚滚不见其底。乃攀隙倚空入。忽闻水声轰轰,秉炬从之,则洞之中央,一瀑从空下坠,冰花玉屑,从黑暗处耀成洁彩。水穴石中,莫稔所去。乃依炬四穷,其深陷逾朝真,而屈曲少逊。"

1957 年 10 月 25 日作

(原载 1957 年 11 月 22 日《旅行家》月刊第 11 期)

悼　剑　三

上月三十日傍晚，人民日报社的同志打电话给我，说王统照先生病故了，我听了异常怅惘。今年人代大会开第四次会议，剑三（我们一班朋友习惯称王先生的字）一到北京就旧病复发，入北京医院治疗。他托人送来一本题字的册子，要好些老朋友在上面写些什么，留作纪念。我写了一首旧作的诗，就把册子转给振铎先生。当时老想去探望他，始终没去成，现在是后悔也来不及了。

将近四十年的交情，虽然叙首的时候不多，可是彼此相知以心。好几年不见一回面，不通一回信，都无所谓，只是相互相信，你也有所为，有所不为，我也有所为，有所不为，这就尽够了。待见面或者通信的时候，谈这么两三个钟头，写这么两三张信笺，又证实了彼此的相信，于是欢喜超乎寻常，各自以为尝到了友情的最好的味道。是这样的一位朋友，现在他去了，永远不回来了，再不能跟他通消息了，哪得不异常怅惘？

用抽象的词语说，剑三朴实，诚挚，向往光明，严明爱憎，解放以后热爱新社会，尽力他所担任的工作，个己方面无所求，所求的只在群众的福利和社会的繁荣。我不说他改造已经到了家，达到了脱胎换骨的境界，只说他从旧教养中得来的积极因素保持得相当多，为己为私的习染非常少，六十岁的年纪也不算大，要是体质强健些，能够多活十年八年，那末他是不难达到新社会所要求于知识分子的标准的。一九五四年的秋季，我在上海遇见他，他到上海为的是华东戏剧会演，几乎是抱病而往。看戏，参加讨论，他都不肯放松。看他气嘘嘘的，走十几级扶梯也觉得吃力，劝他多多休息，他可说会演的事儿很重要，既然来上海，就不能随便。即此一端，可以推见其他。他在山东担任好些工作，工作情况我不详细，我想山东的朋友一定有好些可以说的。

抗战以前，他到苏州看我，一块儿去游太湖里的洞庭东山洞庭西山。一九五五年深秋，我又到太湖，东西两山完全变了样。果农渔民绝大多数参加了合作社，果农不但高高兴兴称说合作对于果树业的种种好处，还提出提高产量改良品种的要求和办法。渔民向来是以舟为家，没有陆居的份儿的，现在可有了几年内全部登陆的打算。我当时想，要是跟剑三一块儿来，共同谈谈今昔的不同，那多有意思啊！这个期望，现在是永远不能实现了，我异常怅惘！

剑三写成长篇小说《山雨》，我读他的原稿，又为他料理出版方面的工作。近年来他对我说，他还想从事创作，想就近几十年的历史事件取题材。我当然怂恿他，我说在今天看近几十年的历史事件，总会跟前一二十年那时候看有所不同，总会比那时候看得正确些，而今天的青少年也确实需要知道近几十年的历史事件。他说只望身体好些，就抽空动笔。现在他永远不会动笔了，我异常怅惘！

今年他不能出席人代大会会议，还勉力在病床上写成书面发言稿，分发给全体代表。发言稿中有以下的话："八年来我在山东可说几乎天天与党员同志们接触，开会，办事，研究问题，互提意见，自信这其间并无什么隔阂，而且我也学习了不少东西。我对同志们亦不敷衍，对付，该说的说，该作的作，只要为了群众的利益，工作上的改进，这里何须客气，又何有党内外的分别。"话虽简略，已够见出他的朴实和诚挚，他的爱党爱人民的精神。我们悼念逝者，一方面也在激励生者，我把剑三的话抄在这里，无非要让大家知道剑三是这样的一个人。

1957 年 12 月 2 日作

（原载 1957 年 12 月 5 日《人民日报》）

听评弹小记

我幼年常听书，历十几年之久。当时的名家，现在记得的有王效松、叶声扬、谢品泉、谢少泉、王绶卿、魏钰卿、朱耀庭、朱耀笙、薛筱卿等人。二十岁以后就不听了，到现在已经有四十多年，近几年到南方去，偶尔听几场而已。这一回上海市人民评弹团来京，我连听了三场，很感满意，随笔写些零星感想，顺便向来京的全体演员致意。

《礼拜天》编得好，可以说是一篇优秀的短篇小说。赵开生、石之磊两位表演得好，能曲折地描摹人物的心情和神态，叫人听罢不仅笑乐而已，而且受到鼓舞，精神振奋。我不知道类此的写新人新事的节目已经有多少，我以为这方面可以大大发展，尽多地创作或改编，增加新节目。现在听书不比从前，谁也没有闲工夫天天到书场去听长篇的书。我没听过中篇，只知道中篇所以产生就是为此。而中篇又不如短篇，短篇一回即了，让人带着余味走出书场，是最适合于今天的一种形式。我希望多创作短篇。创作之外，还可以从各种文艺刊物上采取。文艺刊物上优秀的短篇小说经常出现，只要随时留意，可以拿来改编的一定不少。创作或改编短篇，不一定是弹词，也可以是评话。前几年在南方听过一个短篇，好像叫《特别快车》，很不错，那就是评话。

《新木兰辞》依据《木兰辞》而有所增删。我以为删去"朝辞爷娘去……但闻燕山胡骑声啾啾"几句，删去"雄兔脚扑朔"几句，都很有意思。删去"朝辞爷娘去……",不提木兰依恋父母之情,跟木兰慷慨从军的气概吻合。删去末了四句,不强调木兰的女扮男装,见得木兰志在代父从军,女扮男装只是个手段而已,并不认为怎么了不起。徐丽仙唱《新木兰辞》,能以轻重徐疾抑扬表达辞情,大可欣赏。

《王魁负桂英》和《长生殿》不知道是什么时候编的,我幼年没听谁弹唱过。《王魁负桂英》大概依据《焚香记》传奇。徐丽仙所唱《阳告》、《情探》两段,敛桂英愤激之切,哀怨之深,充分传出,极为动人。《情探》中《离魂》一节,七字句用上三下四的句式,以前没听过,觉得很新鲜。戏剧曲艺唱句的句式不拘守旧样,也是推陈出新。创出新句式,而唱调又能跟新句式适应,当然就丰富了表现的手段。周云瑞在《情探》中表现王魁冷酷无情,利禄薰心,而绝无火气,可谓当行出色。《长生殿》大概依据《长生殿》传奇,杨氏兄弟弹唱《絮阁》一段,细腻工稳,唱和白得力于昆曲。

这一回来京的演员十一人,而说评话的只有张效声一人。我不知道整个评弹界里头,评话演员所占的成数是否也是这样少。如果确然少,我以为应该注意培养。评话的传统节目很多,新编节目适于评话的也不会少,必须多培养评话演员,才能继承传统,开拓新途。张效声的伯父张鸿声,我没听过他的书,张鸿声的师傅叶声扬,我听他的《英烈》不止一遍,这一回听张效声的《英烈》,颇有叶声扬的风格。又听两段《林海雪原》,杨子荣打虎,杨子荣威虎厅杀胡彪,神采奕奕,令人兴奋。

还有一句简单的话。我希望演员更注意字音,念准四声,使听众听起来不含胡,更顺耳。

听过之后记忆不全,仅能写这样浅近的几句,良为惭愧。

1961年4月19日作

(原载1961年6月《曲艺》第3期)

1956年12月,中国作家代表团在印度泰姬陵前合影。代表团成员有茅盾、杨朔、端木蕻良、孜亚、周扬、叶君健、叶圣陶、老舍、白朗、萧三、王任叔、韩北屏等

1961年7月至9月,全国著名作家艺术家文化访问团全体留影

刺绣和缂丝

最近在苏州参观江苏省工艺美术研究所。敞亮的工作室里，著名的金静芬老太太与好些中年妇女和女青年在那里刺绣，大多是赶制"七一"的献礼品。谁都像忘了自己似的，全神贯注在一上一下的针线上，使参观的人不敢轻轻地咳嗽一声，不敢让脚步有一点儿声音。"绷架"上或是大幅，或是小品，大幅几个人合作，小品一个人独绣。花线渐渐填充双钩的底稿，于是一只有神的眼睛出现了，一张娇艳的嫩叶出现了，层叠的峰峦显出了明暗，烂漫的花朵显出了阴阳。

大凡工艺美术的活儿，要是要求不高，竟可以说人人干得来。譬如刻图章，说容易真容易，阴文只要把字的笔画刻掉，阳文只要把字的笔画留着。有些小学生中学生爱找一块图章石买一把刻刀来玩儿，原由之一就在刻图章这么容易。但是要讲布局，要讲刀法，要讲整个图章的韵味，就连积年的老手也未必个个图章都能踌躇满志。刺绣这活儿，无非拿花线填充底稿而已，只要针针刺在界限上，线跟线不散开也不重叠，就成了，这还不容易？但是要讲选用花线颜色恰到好处，要讲丝毫不露针线痕迹，要讲整幅绣品站得起来，透出生气和活力，就跟画家画一幅惬心之作一样，是不怎么容易的艺术造诣。有些绣品诚然平常，如演员身上穿的戏衣，如百货店柜台里陈列的椅垫枕套。我看江苏省工艺美术研究所完成的绣品，却几乎幅幅是惬心之作，是不用画笔而用针线画成的好画。在从前，谁绣出这么一两幅，人家就交口赞誉，称为"针神"了。

而现在"针神"竟有这么多，静静地坐在那里刺绣的老年中年青年人全都是"针神"！百花齐放的时代啊！她们的成品在好些刺绣车间里是制作的楷模，在展览会和陈列馆里是引人注目的展品，在国际交往间是最受欢迎的礼物，需要那么多，因而经常供不应求。

新创的针法听说有好多种，没仔细打听，说不上来。研究所正在写稿子，总结种种经验，我很盼望早日成书问世，虽然完全隔行，也乐于知其梗概。一句话给我印象很深，说努力的方向在使画面富于立体感。的确，我们看见的旧时的佳绣，工致匀净有余，生动活泼不足，换句话说，就是缺少立体感。要画面富于立体感，就是说，绣品要超过旧时的佳绣，真够得上称为生动活泼的好画。这个方向定得好，见出革新的精神和追求的勇气。而摆在面前的绣品，几乎幅幅是好画，又可见新针法新经验已经起了作用，所谓富于立体感，已经在艺术实践中做到了。刺绣固然不是垂绝之艺，可是一代一代传下来，艺术上的发展不怎么大。现在多数人集体钻研，共同实践，有意识地要它发展，发展果然极大，往后精益求精，前途何可限量。这儿我只是就苏绣而言，此外如湘绣广湘，虽然知道得很少，想必跟苏绣一样，近年来艺术上也有大发展，为历来所不及。

从刺绣我又联想到同属工艺美术的木刻水印术，十年来的发展多大啊！十年以前，表现北京荣宝斋最高造诣的是《北平笺谱》和《十竹斋笺谱》，到现在，《文苑图》和《夜宴图》的复制品挂在荣宝斋的橱窗里了。要不是亲眼看见，亲耳听说，很难相信从比较简单的笺谱发展到《文苑图》《夜宴图》那样要印几百次才完成的工笔绢画(《夜宴图》现在才复制一段，五段复制齐全，估计要印一千八百次)，只有十年工夫。总而言之，各种工艺美术像是结伴合伙似的,赶在最近这十年间都来个大大的发展。这几乎不须列举若干个为什么,套用一句"其故可深长思矣"也就够了。

对于女青年,研究所规定常课,要她们练习绘画。这个措施极有意义。既然要用针线画画,练习用画笔画画自然有很大好处,从这中间通达画理,无论选线运针就都有另外一副眼光了。我知道在那里刺绣的老年中年人,她们年青的时候没受过这种基本训练。她们从小学刺绣,无非练成个手艺,贴补些家用而已,精不精并非主要考虑的事,偶尔有几个人用力勤,用心专,天分又比较高些,才成为好手。现在不同于她们年青的时候了,刺绣是工艺美术之一,要学就非精不可,于是注重基本训练,借以保证人人能精。这是现在青年的好运气,也是刺绣艺术的好运气。

研究所里不仅刺绣一门,还有缂丝,象牙雕刻,黄杨浮刻,这几门也是制作兼研究,所以这机关叫做工艺美术研究所。现在光说缂丝。缂丝是始于宋代的一种丝织工艺,宋以来的缂丝佳作,现在在少数几个博物馆里还可以看到。在清代,苏州担负了皇家的织造任务,缂丝就在苏州流传,织工聚集在城北叫陆墓的小镇上,主要织造宫中所用的袍料。近几十年来,干这一行的越来越少了,知道什么叫缂丝的也不太多了,缂丝成为垂绝之艺了。一九五五年初冬我到苏州去,那时候刺绣合作社刚组织起来(就是研究所的前身),就从陆墓请来几位老艺人,让他们传授这个垂绝之艺,其中一位姓沈,七十多了。这一回没见着沈老,听说他还健康。堪喜的是现在不织什么袍料,而是继承着宋以来佳作的传统,织优秀的画幅了。更堪喜的是老一代培养年青一代,缂丝这一种工艺不仅保存下来,而且将像刺绣一个样,老树枝上开出新鲜的花朵。

缂丝是怎么一回事呢?不妨拿刺绣来比较,刺绣是在现成的料子上加工，绣出图画或是文字，缂丝是在织作的时候织出图画或是文字，织料子织花纹一气呵成。缂丝又跟织彩缎文锦不一样。彩缎文锦也是织料子织花纹一气呵成的，因为图案有规则，彩色有限制，依靠纹工的事先安排，各色纬线一梭去一梭来，梭梭都径直穿过。缂丝可不一定织图案，彩色看稿样而定，譬如稿样是一幅花卉，彩色很复杂，每种彩色又有不同程度的深淡，缂丝都得照样织出来。这就不是纹工所能事先安排的了，只能把花卉画的轮廓描在经线上，用小梭子引着深淡不同的各色纬线，看准稿样的彩色一截一截地织，某一梭该三根经线宽就织三根经线，某一梭该五根经线宽就织五根经线。两脚踩着织机的踏板，牵动经线一上一下。一堆小梭子搁在旁边。手里拿个小铁篦挑起几根经线，就捡一个适当的小梭子穿过去，随即用小铁篦轻轻地把织上的纬线贴紧。整幅缂丝就是这样织成的，真是磨细了心思的工作。

  我怀着这样一个愿望，把一些工艺美术的制作过程写下来，要写得清楚明白，让不知道的人仿佛亲眼看见了似的。这儿写缂丝，自己觉得未能满足这个愿望。这是了解不透彻，观察不细密的缘故，我很抱愧。

1961 年 6 月 17 日作

（原载 1961 年《人民文学》第 6、7 号合刊）

《甪直闲吟图》题记

　　余到甪直任教于吴县县立第五高等小学校，盖应同学兄吴宾若王伯祥之招。时余在上海商务印书馆所设之尚公学校，二兄书来，谓往时意气相投，共事教育，必所乐愿。余遂辞尚公而就五高，于一九一七年春季开学前与二兄同舟到甪直。宾若任校长，伯祥与余皆任级任教员。二兄在校已几何时，不能详忆，唯至多不逾二年。

　　一九零七年春，苏州公立中学校（即以后共称为草桥中学者）创办招生，宾若伯祥与余皆考取入学。入学之后又加甄别，其学业较优者为二年级，二兄与焉。迄一九一零年终，二兄毕五年之业，而以实际修业未足五年，不能取得"举人"资格，须留校补修一年乃可。故二兄与余同于一九一一年终毕业，其时清廷已覆，自无所谓"举人"资格矣。一九一二年，宾若任初等小学校校长，其校在阊门附近。伯祥就苏州宪兵营营事，类似今之所谓秘书者。余任干将坊言子庙初等小学校级任教员。宾若改任五高校长不记在何年，唯记其到甪直即与伯祥偕。

　　五高在保圣寺大殿之西南侧，校门前偏左为坍废之天王殿。校之北大殿之西为鲁望祠，与校隔一墙，墙有门，启钥可入。大殿之东北为甪直初等小学校，校舍多于五高，运动场尤宽广。自天王殿南行数十步为山门，石柱尚在。山门外则市街，又数十步而至香花桥。余记其大概，藉见往时保圣寺占地之广。

　　五高男子部女子部各有一楼，不相连属。楼皆上下二室，男子部楼为四班之课堂。女子部楼为三班之课堂，馀一室。男子部楼逾庭院而东为一敞厅，前不设门窗，两侧为办公室。举行全校大会皆在此敞厅，其时男女学生乃共处一堂。男子部楼与庭院之南有一屋，玻窗北向，五人居之。床皆贴南壁，自西而东，首宾若，次伯祥，次为余，次算学教员孙建平，次体操教员董志尧。书桌临窗，其序与床同。夜间点白瓷罩煤油桌灯二盏，当时已觉颇为明亮矣。

每日散学之后，家居本镇之教员各归其家。外来之五人则为共同生活，业务工作，业余闲遣，三餐一宿，皆聚处而不分。今姑回忆而杂记所谓业余闲遣者。夜谈多在室内，值月朗风清，则各携椅坐庭院中。晚餐时偶亦沽酒共酌，发起者作东，佐饮自必闲谈。宾若清谈娓娓，体贴人情入细。凤以善唱歌称，兴到则曼声低唱。伯祥最健谈，多说轶闻掌故。能以扬州方音唱郑板桥《渔樵耕读》道情，又能唱京戏若干出之片段，他人促之不休，则慷慨应承，引吭而歌。由今思之，二兄当时之声容犹宛在耳目间也。至于星期日或其他假日外出游散，则往往三人行，而孙董二君不与焉。吃茶于万象春。其肆虽简陋，而镇上所谓士绅者颇趋之，临河踞座，高谈阔论。饮酒于财源店，店在保圣寺山门外。财源为店主之名，其妻善治馔，鱼虾蔬菜皆可口，而索值不昂。有时至殷家听弹词，有时至某公所听昆曲。殷家者镇上之大族，英文教员殷康伯亦草桥同学，其族中常邀苏州说书人之来镇弹唱者每日下午到家说书一回，合族男女共听之。镇上人多嗜昆曲，其闲暇者集于某公所，延曲师教授拍曲，进而至于串演。尝见名曲师沈月泉教演《长生殿·小宴》唐明皇上场时所唱"天淡云闲"一曲，逐字逐句指点，目光宜如何俯仰顾盼，声情宜如何悠扬潇洒，可谓剖析入微。宾若之表兄沈伯安亦镇上士绅，于其老屋中筑小书斋，布置自出心裁，窗明几净，书画盆栽皆有雅致。我三人得暇辄往访，到则无所不谈，而伯安尤好谈美,"赏美""伤美"常挂口头。镇外四五里有张陵山,名为山而无石,灌木自生,高树无多。假日晴明,我三人偶或一往,聊寄游山之意。而各村敬神演草台戏,亦尝往观数次。归来评论所见诸角色,伯祥之兴致最高。

余在中学时尝随同学刻印。以刀雕石,须留者留之,不须留者去之,是固人人所能为,无待求师。及抵甪直,睹某氏所藏之《文三桥印谱》思欲仿效之,乃于业余时间复事奏刀,凡以印章石来嘱托者无不应。其时伯祥辄在旁谛视,商量于布局之先,评议于终刀之后,且出所有印章石俾余刻之,刻何字何语,作何形何式,多所授意,故为伯祥刻者特多。惜此事历一年即止,以后未复执刀,于治印一道终为门外汉耳。

伯祥家自苏州铁瓶巷迁居甪直约在一九一六或一九一七年,赁镇东陈氏大厅后之楼房上下六间。其处距五高三里许,到校有两途可循,一沿河岸而行,复折而南,一则曲折循田塍行,出眠牛泾即为保圣寺天王殿前之旷场,此较近捷。伯祥每晨到校恒当住校四人晨餐之时。傍晚放学,学生散尽,事务理毕,乃归其寓。偶然有兴,沽酒共夜饮,半酣而归。而余总觉视前岁稍稍寂寞矣。

一九一八年之秋宾若受伤逝世,实为极大悲痛事。其受伤在昆山车站。甪直周围环水,必假舟楫乃达。自苏城搭航船而往,水程三十六里,需六小时,遇逆风或需八小时。乘火车抵昆山,自昆山搭船,则水程较短,时间较省。其时宾若以事返苏,事毕乘火车抵昆山,下车之时忽身陷月台与火车间,而火车犹未停住,车轮稍一转动,致腰部以下受压极重。嗣载回苏州,入齐门外西人所设医院治疗。其伤内部甚于外部,痛苦万状,其父母二兄及夫人皆至惨恻。其仲兄致觉尝与医师恳商,可否毒而死之,俾免痛楚。医师却之。终于生力消竭而亡。余辈在校中固知宾若是日当来,而未到,疑之,越日乃得消息,如闻迅雷。尝往医院探视,宾若惨白之容颜,其夫人凄然之身影,至今犹能约略忆之。

继宾若任校长者为沈伯安,一切仍旧贯。一九一九年我父见背,我妻墨林育至善已逾周岁,伯安任墨林为女子部级任教员,于是我家于是年暑中迁居甪直。伯祥让出所赁屋之楼下三间俾我家居之。到校返寓,时或三人偕行焉。

厥后伯祥辞五高而就厦门集美学校教职,既而应北京大学之招赴北京,其家迁回苏城居因果巷,余今皆不能确记其年月。其家既迁,余家乃全占陈氏楼房之六间。

一九二一年暑假后,余亦辞五高而任教于吴淞中国公学中学部,初识朱佩弦兄,与共事。公学忽起风潮,余径返甪直。是冬佩弦在杭州浙江第一师范学校,其校一国文教员不知以何离去,佩弦招余补其缺。然余留杭甚暂,一九二二年二月下旬又到北京,任北京大学预科讲师。余初不欲就,适郑振铎兄送俄国盲诗人爱罗先珂到京,乃结伴同行,时则伯祥先在京中矣。寓所在大石作,同舍皆苏州人。吴缉熙兄携眷,照料诸人餐事。顾颉刚兄潘介泉兄皆独居一室。余与伯祥共一室,夜同睡于砖炕。吴潘二兄固初识,颉刚则交谊至深,余不足十岁时塾中之同窗,又小学中学之同学也。然余留京仅月余即请假南归,所任作文课伯祥概允为代。南归之故为墨林将分娩,余须伴之到苏城就产科医生。四月下旬生至美。至是墨林不复能任教,我家不复须居甪直,逐于秋初迁回苏城,居大太平巷。

今年五月十六日余重访甪直,距一九二二年五十五年。五高男子部之房屋全毁于抗战期间,女子部之楼尚在,老银杏数株亦尚在。鲁望祠原有水阁，前临斗鸭池，池已涸，水阁略无痕迹，唯通水阁之二小石桥尚存。罗汉陈列馆之前门仿寺院山门式。庭中列花木假山石，罗汉存九尊，或全或残缺，皆朝外，不若旧时分居大殿之两侧。旧时殿两侧高且广，塑山崖洞壑为背景，罗汉高下错落处其间。今罗汉位置亦尚高下错落，且保存其贴身之背景，然背景接合处不尽连贯，统观全部，其高与广犹不逮旧时之一壁也。询余所居陈氏之楼，云今为中学之宿舍，各乡学生就学者居之。欲往一观而未果。亦思重循当年到校返寓之途径，重观伯安当年之小书斋今复何若，皆以时促而罢。唯与当年之学生，与今时之小学生，与镇上之负责同志，与同往之吴县文教局诸同志，合影若干帧。当年之学生遇见者六七人，年皆七十以上，皆已退休，唯一人尚不足七十。望而识其貌记其名者三人，曰许倬，曰宋志诚，曰殷之盘。

越数日作一诗记此行，录之于此：

> 五十五年复此程，淞波卅六一轮轻。
> 应真古塑重经眼，同学诸生尚记名。
> 斗鸭池看残迹在，眠牛泾忆并肩行。
> 再来再来沸盈耳，无限殷勤送别情。

淞波谓吴淞江，自苏城到甪直经焉。吴淞江抵上海称苏州河，出外白渡桥入黄浦江。

以上略叙甪直之踪迹既毕。回忆平生，友朋中过从最密，相处最久者，莫伯祥若。始则中学五年，继之则甪直数年北京月余如上述。其后同在上海商务印书馆八年，此八年之大半时期，于永兴路及顺泰里则同屋而居，于仁余里则同里而居。嗣后同在开明书店数年。一九三七年日寇大举进犯，伯祥留沪，余家入川，为别者八年，然来往书札频繁，如打乒乓球，余寄伯祥书编号将达二百焉。一九四六年春余返沪，同在开明又三年。一九四九年三月余来京，既而伯祥亦到，同住东城区，虽工作不在一处，而得暇辄相访，一谈恒半日，园游酒集，往往而偕，盖二十余年皆然。一九七五年十二月十七日上午与满子访伯翁（自伯祥四十左右始，朋辈即称为伯翁），先一日汉华与满子通电话，言其父念余，故亟往。至则从容闲谈如常时，坐二小时辞归，各道"再见"。不意此乃最后一面，迄三十日之夕而伯翁逝世矣。

伯翁于余又有极关重要一事，余与墨林为婚实缘伯翁。一九一一年顷，伯翁识计硕民先生，常共茗叙，余偶亦同坐。硕民先生归，与其岳母及妻姊胡铮子夫人道及余，谓宜可与其内侄女墨林议婚。家庭间询谋佥同，铮子夫人深爱其侄女，尤表赞可，遂请伯翁来访我父，进媒妁之言，我父允之。议既定，双方交换庚帖及像片，皆由伯翁转送。一九一六年夏结婚之日，余与墨林始觌面焉。苟余不因伯翁识硕民先生，自必议婚他家，于是余之婚后生活及所生子女将全异，而余此时亦未必如此时之余，然则其关系岂非重要也欤。

陈从周君尝绘《草桥读书图》赠余。湜华见之，请从周亦为伯翁绘图以资追念，从周遂作此《甪直闲吟图》。湜华广征题咏。余与伯翁交至深，义不容辞，乃回忆往事作此杂记。文殊拙率，莫能达友情之真，不胜愧恧矣。近患目疾，不能作小字，恳陈次园君代书之，附志于此。

1977 年 8 月 14 日作

（收入《叶圣陶序跋集》，三联书店 1983 年 12 月出版）

静闻吾兄尊鉴：作接示我沁园春新作，吟诵数过，深钦高怀。忖心自许，不计华颠，斋惟今代，老年人乃有此心情耳。近日有师大之同志来，语我兄先时参加鲁翁著作之释解迻则改任字典之修改工作。日夕无懈，精勤堪佩。我情况如常，幸无疾病，惟耳聋益甚，目力亦颇衰，老年固当如是，不必为虑也。每此奉复，荟贺
新禧。

　　　　　葉聖陶上一九七七年元旦

叶圣陶致钟敬文信手迹

1978年2月,叶圣陶和叶至善一同出席全国政协五届一次会议

《苏州园林》序

一九五六年，同济大学出版陈从周教授编撰的《苏州园林》，园林的照片多到一百九十五张，全都是艺术的精品：这可以说是建筑界和摄影界的一个创举。我函购了这本图册，工作余闲翻开来看看，老觉得新鲜有味，看一回是一回愉快的享受。过了十八年，我开始与陈从周教授相识，才知道他还擅长绘画。他赠我好多幅松竹兰菊，全是佳作，笔墨之间透出神韵。我曾经填一阕《洞仙歌》谢他，上半专就他的《苏州园林》着笔，现在抄在这儿："园林佳辑，已多年珍玩。拙政诸图寄深眷。想童时常与窗侣嬉游，踪迹遍山径楼廊汀岸。"这是说《苏州园林》使我回想到我的童年。

苏州园林据说有一百多处，我到过的不过十多处。其他地方的园林我也到过一些。倘若要我说说总的印象，我觉得苏州园林是我国各地园林的标本，各地园林或多或少都受到苏州园林的影响。因此，谁如果要鉴赏我国的园林，苏州园林就不该错过。

设计者和匠师们因地制宜，自出心裁，修建成功的园林当然各各不同。可是苏州各个园林在不同之中有个共同点，似乎设计者和匠师们一致追求的是：务必使游览者无论站在哪个点上，眼前总是一幅完美的图画。为了达到这个目的，他们讲究亭台轩榭的布局，讲究假山池沼的配合，讲究花草树木的映衬，讲究近景远景的层次。总之，一切都要为构成完美的图画而存在，决不容许有欠美伤美的败笔。他们唯愿游览者得到"如在图画中"的实感，而他们的成绩实现了他们的愿望，游览者来到园里，没有一个不心里想着口头说着"如在图画中"的。

我国的建筑,从古代的宫殿到近代的一般住房,绝大部分是对称的,左边怎么样,右边也是怎么样。苏州园林可绝不讲究对称,好像故意避免似的。东边有了一个亭子或者一条回廊,西边决不会来一个同样的亭子或者一道同样的回廊。这是为什么?我想,用图画来比方,对称的建筑是图案画,不是美术画,而园林是美术画,美术画要求自然之趣,是不讲究对称的。

苏州园林里都有假山和池沼。假山的堆叠可以说是一项艺术而不仅是技术。或者是重峦叠嶂,或者是几座小山配合着竹子花木,全在乎设计者和匠师们生平多阅历,胸中有丘壑,才能使游览者远望的时候仿佛观赏宋元工笔云山或者倪云林的小品,攀登的时候忘却苏州城市,只觉得在山间。至于池沼,大多引用活水。有些园林池沼宽畅,就把池沼作为全园的中心,其他景物配合着布置。水面假如成河道模样,往往安排桥梁。假如安排两座以上的桥梁,那就一座一个样,决不雷同。池沼或河道的边沿很少砌齐整的石岸,总是高低屈曲任其自然。还在那儿布置几块玲珑的石头,或者种些花草;这也是为了取得从各个角度看都成一幅画的效果。池沼里养着金鱼或各色鲤鱼,夏秋季节荷花或睡莲开放。游览者看"鱼戏莲叶间",又是入画的一景。

苏州园林栽种和修剪树木也着眼在画意。高树与低树俯仰生姿。落叶树与常绿树相间,花时不同的多种花树相间,这就一年四季不感到寂寞。没有修剪得像宝塔那样的松柏,没有阅兵式似的道旁树;因为依据中国画的审美观点看,这是不足取的。有几个园里有古老的藤萝,盘曲嶙峋的枝干就是一幅好画。开花的时候满眼的珠光宝气,使游览者只感到无限的繁华和欢悦,可是没法细说。

　　游览苏州园林必然会注意到花墙和廊子。有墙壁隔着，有廊子界着，层次多了，景致就见得深了。可是墙壁上有砖砌的各式镂空图案，廊子大多是两边无所依傍的，实际是隔而不隔，界而未界，因而更增加了景致的深度。有几个园林还在适当的位置装上一面大镜子，层次就更多了，几乎可以说把整个园林翻了一番。

　　游览者必然也不会忽略另外一点，就是苏州园林在每一个角落都注意图画美。阶砌旁边栽几丛书带草。墙上蔓延着爬山虎或者蔷薇木香。如果开窗正对着白色墙壁，太单调了，给补上几竿竹子或几棵芭蕉。诸如此类，无非要游览者即使就极小范围的局部看，也能得到美的享受。

　　苏州园林里的门和窗，图案设计和雕镂琢磨功夫都是工艺美术的上品。大致说来，那些门和窗尽量工细而决不庸俗，即使简朴而别具匠心，四扇，八扇，十二扇，综合起来看，谁都要赞叹这是高度的图案美。摄影家挺喜欢这些门和窗，他们斟酌着光和影，摄成称心满意的照片。

　　苏州园林与北京的园林不同，极少使用彩绘。梁和柱子以及门窗阑干大多漆广漆，那是不刺眼的颜色。墙壁白色。有些室内墙壁下半截铺水磨方砖，淡灰色和白色对衬。屋瓦和檐漏一律淡灰色。这些颜色与草木的绿色配合，引起人们安静闲适的感觉。而到各种花开的时节，却更显得各种花明艳照眼。

　　可以说的当然不止以上写的这些，病后心思体力还差，因而不再多写。我还没有看见风光画报出版社的这册《苏州园林》，既承嘱我作序，我就简略地说说我所想到感到的。我想这一册的出版是陈从周教授《苏州园林》的继续，里边必然也有好些照片可以与我的话互相印证的。

1979年2月6日作

（原载1979年9月15日《百科知识》第4期，原题为《"拙政诸园寄深眷"——谈苏州园林》）

祭文·悼词

参加追悼会回来，若有所失。参加的既然是追悼会，当然会若有所失，有什么好说的？我是说明明赶到了八宝山，明明在礼堂里肃立了十来分钟，可是我的哀思好像没有尽情地宣泄，或竟是简直没有得到宣泄，因而若有所失。

于是联想到两篇祭文：韩愈的《祭十二郎文》，欧阳修的《祭石曼卿文》。

这两篇祭文都收在《古文观止》里，我小时候读得相当熟，背得出，现在可不成了。书架上有中华书局去年重印的《古文观止》标点本，我兼用眼镜放大镜还看得清，就把这两篇重读一遍。

祭文全是对死者说话，仿佛死者就在身边而且句句听得清似的。韩愈对他的侄子十二郎说得非常恳切。他说咱叔侄两个年纪相差不大，嫂嫂说过，韩家的指望就在咱两个身上。他说当年为谋生各地奔跑，以为将来总能够长久共处。他说自己年纪不满四十，眼力差了，头发灰了，牙齿动摇了，只恐寿命难保，使你十二郎抱恨无穷，谁知道你竟先我而死。真的吗？恶梦吗？传来的噩耗怎么会在手头呢？以下说料理十二郎的后事；怎样处置他的遗孤，假如力量够得到，准备把他迁葬到祖坟上。接着发一通感慨，说天涯地角，长期分离，生不得相依，死不得梦见，全是我的不是，还有什么好说。从此我也不再想旁的了，只愿教导你我的儿子，期望他们成长，抚养你我的女儿，准备她们出嫁。话虽说完了，一腔心情可说不完表不尽。"汝其知也邪？其不知也邪？"问十二郎究竟知道不知道，还是仿佛十二郎就在他韩愈身边似的。我想，韩愈写罢这篇祭文，大概在悲痛的同时感到挺舒畅，因为他把哀思尽情地宣泄出来了。

欧阳修的《祭石曼卿文》三次说"呜呼曼卿！"当然是对石曼卿说话。一说他石曼卿必然会有传世的声名。二说他石曼卿该不与万物同腐，可又想到自古圣贤都只剩枯骨和荒坟。三说自己系念跟石曼卿的交情，不能把盛衰之理看透，因而悲怆非常。这一篇是韵文，如果善于念，念起来叮叮当当，铿锵有致，相当好听。可是就祭文而论，未免嫌其泛。换句话说，只要你不管对象，只图自己发一通感慨，那么用来祭无论哪个朋友都成，不限于石曼卿。

单凭两篇祭文当然不能判定韩欧二人文笔和风格的高低。如果给这两篇祭文评分，大概谁都会说韩的得分该比欧多吧。

祭文全是对死者说话，好像是相信有鬼论，不相信神灭论，可能有人要说这是古人的局限性。我倒要为古人辩护，人类可能永远难免局限性，古人这点儿局限性又算得了什么？

读完两篇祭文，再想如今的追悼会。追悼会不用什么祭文而用悼词，悼词不是对死者说话，全是对在场的参加者说话，可以这么说，在这一点上，咱们逾越了古人的局限性了。

毛主席不是说过吗？"今后我们的队伍里，不管死了谁，不管是炊事员，是战士，只要他是做过一些有益的工作的，我们都要给他送葬，开追悼会。这要成为一个制度。这个方法也要介绍到老百姓那里去。村上的人死了，开个追悼会。用这样的方法，寄托我们的哀思，使整个人民团结起来。"按毛主席的意思，悼词自然是对在场的参加者说的，唯有充分表达大伙儿的哀思，才能使大伙儿深深感动，更加团结。悼词中历叙死者的经历和工作，表扬死者的业绩，勉励大伙儿化悲痛为力量，学习死者的所有优长，这些都是必要的。但是还有一点很重要，必须表达大伙儿的哀思。因此我想，悼词和祭文虽然不是一回事，也该写得《祭十二郎文》那样恳切，不宜写得《祭石曼卿文》那样泛。

悼词的话全是对在场的参加者说的，却有例外。某些悼词的末了一句话是对死者说的，就是"某某同志，安息吧！"

读者同志假如不嫌啰唆，请容许我谈谈这个"某某同志，安息吧！"

据我的未必可靠的记忆，前些年在悼词的末了用这个话作结的相当普遍。一九七三年七月中旬，首都举行章士钊先生追悼会，郭老致悼词，却没有说这个话，我记得特别清楚。从此以后，或用或不用，好像不用的比较多，不过不敢说定，最近还听见过两次呢。

我一向反对这个"某某同志，安息吧！"每听见一回，总感到异常不舒服，难以描摹。为什么不舒服，大概有四点：

通篇悼词全是对在场的参加者说，唯有这一句是对死者说，文体见得不纯。这是一。

感情太激动了，有时把死者当成活人，跟他唠唠叨叨说一通，也是有的。但是在二十世纪七十年代的末了这么做，未免犯了跟韩愈欧阳修同样的局限性，总之不怎么好。这是二。

对死者说"安息吧"是从哪儿来的？原来是天主教里的规矩。天主教徒念完了为死者祈祷的经文，就在死者身上浇圣水，同时念"Reguiescat in Pace！"（据说是"安息吧！"的拉丁文）。并非天主教徒为什么要仿效天主教的殡仪呢？这是三。

死者死了，嘱咐他"安息吧！"有时还要加重语气说"永远安息吧！"这里头包含着多少为死者庆幸，替死者安慰的意味啊！这个意味的反面,不就是为人在世究竟没有多大意思,活一辈子,无非辛辛苦苦,劳劳碌碌,如今好了,你可以享受安息的幸福了吗?这个意味,对死者毫无关系,因为究竟活好死好他再也没法考虑了,可是对活人却大有关系。这是四。

我老是在希望,"某某同志,安息吧!"这句话,"永远安息吧!"

1979 年 6 月 14 日作

(原载 1979 年《读书》第 5 期)

俞曲园先生和曲园

俞曲园先生是清代末叶的著名学者。他的学术成就是多方面的，主要是继承了高邮王氏父子这一学派，用音韵训诂来解释古书，这方面的著作有《群经评议》和《诸子评议》。他的诗、文自成一家，文从辞顺，并不模仿古人，故而在文学方面很有创新的意味。他在小说、戏曲、通俗文学等方面也有不少著述，但是不甚受人注意。他的全部著述汇编成集，叫做《春在堂全书》，共五百卷。

曲园先生的原籍是浙江湖州府德清县，幼年却住在杭州府仁和县的临平镇，所以他说话带临平口音，杭州可以说是他的故乡。但是更确切地说，曲园先生的一生，跟苏州的关系最为密切。

早在太平天国革命以前，他从河南罢官之后直到晚年，住在苏州的时间最长久。开始住在庚戌状元石韫玉(琢堂)的旧屋五柳园中。马医科巷住宅建于光绪初年。所谓"曲园"在住房西侧春在堂的北面，因为地面是凸形，跟篆文㠲(曲)字相似，故名"曲园"。其中开了个凹形的小池塘，又跟另一个篆文㘞(曲)字相似。曲水亭三面临水。对面有回峰阁。南侧的假山有两条小径，上有平台可以憩坐。北侧也有山石。牡丹台面对达斋。全园占地不大，可是布置极佳。

解放以后，曲园由曲园老人的曾孙俞平伯先生捐献给国家，现在年久失修，而且成了好些人家聚居的杂院。像曲园老人这样一位学者，咱们应该纪念他。而要纪念他，保存并修缮曲园是最好的办法。曲园的面积并不大，修缮并不费事，不用花大笔的钱，而对于发展旅游事业,尤其是增进中日友谊,却能起极好的作用。

曲园老人的著作,日本朋友购置的很多。日本学术界一向仰慕曲园老人,有不少日本学者专程来华,拜他为师。他又编选过日本人的中文诗,名为《东海投桃集》,收入《春在堂全书》。

曲园先生罢官以后,长期任杭州诂经精舍的山长。诂经精舍是个书院,书院是专门培养学术人才的学校,跟当时的科举制度并不相干,山长相当于校长。曲园老人虽在杭州任山长,在西湖边还有他的俞楼,可是他一直喜欢住苏州,只在春秋两季去杭州讲学,这样情形连续了三十一年。直到戊戌年他的孙子,平伯先生的父亲阶青(陛云)先生中了探花,他才不再两地往返,专住苏州,逝世之后才移灵杭州安葬。他的《春在堂全书》五百卷,大部分是在苏州著作的。苏州很多游览胜地都能见到他的墨迹,其中最为人们所熟悉的,是寒山寺的唐人张继《枫桥夜泊》诗碑。这块碑原来是文徵明写的,后来遗失了,曲园老人重写此诗,刻碑留在寺里。日本人一向敬重曲园老人,到苏州游览的,几乎人人要购买这块碑的拓片带回去。

修缮曲园,既是保存古迹,又可以促进国际交往,发展旅游事业。最近看见报载苏州成立园林建筑公司,修缮又很方便,我想,我的建议将会引起苏州市园林局直至中央文物局、旅游总局以及各界人士的注意和考虑。

1980 年 1 月 8 日作

(原载 1980 年 1 月 24 日《苏州报》)

重印《经典常谈》序

三联书店准备重印这本《经典常谈》，要我写篇序文，我才把它重新看一遍。朱先生逝世已经三十二年，重看这本书，他的声音笑貌宛然在面前，表现在字里行间的他那种嚼饭哺人的孜孜不倦的精神，使我追怀不已，痛惜他死得太早了。

朱先生所说的经典，指的是我国文化遗产中用文字写记下来的东西。假如把准备接触这些文化遗产的人比做参观岩洞的游客，他就是给他们当个向导，先在洞外讲说一番，让他们心中有个数，不至于进了洞去感到迷糊。他可真是个好向导，自己在里边摸熟了，知道岩洞的成因和演变，因而能够按真际讲说，决不说这儿是双龙戏珠，那儿是八仙过海，是某高士某仙人塑造的。求真而并非猎奇的游客自然欢迎这样的好向导。

朱先生在这本书的序文里，认定经典训练是中等以上的教育里的必要项目之一。说"中等以上"，中等教育自然包括在内。他这样考虑的依据是一九二二年教育部制定的初中高中的《国文课程标准》。这本书出版之后不久，我写过一篇《读〈经典常谈〉》，也赞同他的考虑。

在三十多年之后的今天，我对朱先生和我自己的这样考虑——就是经典训练是中等教育里的必要项目之一——想有所修正了。第一，直接接触这些经典，不仅语言文字上的隔阂不少，风俗习惯典章制度上的疙瘩更多，马马虎虎地读吧，徒然耗费学生的精力和时间，认认真真地读它极少一部分吧，莫说初中，高中阶段恐怕也难以办到。因此，我想中学阶段只能间接接触，就是说阅读《经典常谈》这样的书就可以了。第二，当时所谓国文课就是现在的语文课，现在我想，就说跟经典间接接触，也不光是语文课的事，至少历史课应当分担责任，因为经典是文化遗产，历史课当然不能忽略文化遗产。第三，在高等教育阶段，学习文史哲的学生就必须有计划地直接跟经典接触，阅读某些经典的全部和另外一些经典的一部分。那一定要认认真真地读，得到比较深入的理解。

可惜不能像三十多年前同在成都时候那样，想到什么就跑到望江楼对面朱先生的寓所，跟他当面谈一谈。假如他如今还在，我早就把这三点意思跟他说了，无论他赞同或者驳斥，都是莫大的欢快。想到这一层，怅惘无极。

我又想，经典训练不限于学校教育的范围而推广到整个社会，是很有必要的。历史不能割断，文化遗产跟当前各条战线上的工作有直接或者间接的牵连，所以谁都一样，能够跟经典有所接触总比完全不接触好。朱先生在时还没有"古为今用"的提法，"批判地接受"的提法他有没有听到过，我不敢断言，而这两个提法正说明了各条战线上的人都该接触一些经典。因此，著作家和出版界要为人民服务，在这方面就有许多工作必得做。撰写像《经典常谈》模样的书，使广大读者间接接触经典，这一项工作就该做。朱先生在序文里提到"理想中一般人的经典读本"，他把编撰的办法说得非常具体。三十多年过去了，这样"理想中的读本"还非常之少，非共同努力，尽快多出这种读本不可。

我还想到一点。现在正在编撰百科全书，朱先生这本书里的十三篇可以作为十三个条目收到百科全书里去；为完备起见，只要把最近三十多年间重要的研究新成果加进去就可以了。

1980 年 4 月 9 日作

(收入朱自清著《经典常谈》,三联书店 1981 年 7 月出版)

我钦新凤霞

新凤霞演得一手好评剧，我早就知道；她还写得一手好文章，到去年才知道。

听孩子们说新凤霞有一篇文章写得挺好，发表在一本刊物上，就叫他们找来念给我听。原来是记齐白石老先生的。齐老先生的遗闻逸事也常听人说起，可是都没有新凤霞写得那么真。她不加虚饰，不落俗套，写的就是她心目中的齐老先生。我闭着眼睛听孩子念下去，仿佛看见了一位性情、习惯都符合他的出身、年龄、地位的老画家，同时也认识了一位敏慧的善于揣摩、体贴别人的心思而笔下绝不做作的新凤霞。于是叫孩子们去翻检报刊，检到新凤霞的东西再给我念，我又听了好几篇，都满意。

去年九月间，在一个招待会上遇见祖光。我问了新凤霞的健康情况，就说她写的东西好，希望她多写。祖光说她写了不少了，已经编成集子交给香港三联书店，还说既然我喜欢，出版之后就给我送去。没隔多久，祖光果然把《新凤霞回忆录》送来了，两指厚的一册，装帧挺惹人喜爱，收入几十幅照片，还有丁聪和黄黑蛮的插图。这本图文并茂的集子一到我们家，大大小小都争着看，看了不算，还要在饭桌上议论。我只好凑他们的空，挑一两篇让他们给我念。有时候等不及，就戴起老花镜，拿起放大镜，看它三页五页。好在看新凤霞的东西就像听她聊天，眼睛倦了，闭上休息一会儿也无妨。

新凤霞为什么能写得这样好，成了我家在饭桌上讨论的题目。

她是祖光的夫人，得到老舍先生的鼓励，得到许多好朋友的支持，这些当然都是条件。但是有了这些好条件准能写出好东西来，怕也未必。主要的还在她的生活经历丰富。小时候受苦深，学艺不容易，解放以后在政治上翻了身，却又遭到不少波折……她写的不就是这些吗？她写老一辈艺人的苦难，旧班子旧剧场的黑幕；她写新时代评剧的改革，演员的新生；她写十年的浩劫，许多朋友遭到了厄运。要不是亲身经历过来，她也没有什么可写的了。但是从另外一方面想，跟她同辈的演员，经历大多跟她相仿，也有写回忆录的，像她这样畅达而深刻的似乎不多。这又为什么呢？

写东西当然得有丰富的生活经历，可是把经历写下来，要写得像个样儿，还得有一套本领。新凤霞就有这套本领，她能揣摩各种人物随时随地的内心世界，真够得上说体贴入微了。这套本领很可能是她从小学艺的时候练成的。她拜过几位师傅，几位师傅都没有认真教过她，她只好"看戏偷戏"——在戏院里偷着学。演龙套的时候在台上看戏，不上台的时候躲在后台看戏，她一边看一边揣摩，角儿在台上为什么这么唱这么做，为什么这么唱这么做才符合剧中人的身份和年龄，表现出剧中人的性格和心情。她不但看评剧，还看京剧、梆子、曲艺、话剧，都一边看一边揣摩。这功夫可下得深哪。先就人家唱的做的揣摩剧中人，进一步又就剧中人的身份、年龄、性格、心情揣摩自己上台去该怎么唱怎么做才更合式，新的角色就这么创造出来了，为评剧的革新作出了贡献。

是否可以这样说，新凤霞在舞台上取得成功，就因为她从小养成了观察和揣摩的习惯。观察和揣摩本来是生活的需要，做事的需要，同时也是写东西的先决条件，而在她已经成了习惯，难怪她能写得这样好，让人读着就像看她演戏一样受她的吸引。

祖光要我写几句话鼓励鼓励新凤霞。我只能说她这本回忆录给了我极好的享受，我非常感谢。能说的话确也有几句，只是意思平常，不敢藏拙，就写成这篇短文。

1981 年 1 月 16 日作

（原载 1981 年 3 月《大地》第 3 期）

子恺的画

推算起来大概是一九二五年的秋天，那时子恺在立达学园教西洋绘画，住在江湾。那一天振铎和愈之拉我到他家里去看他新画的画。画都没有装裱，用图钉别在墙壁上，一幅挨一幅的，布满了客堂的三面墙壁。是个相当简陋而又非常丰富的个人画展。

有许多幅，画题是一句诗或者一句词，像《卧看牵牛织女星》，《翠拂行人首》，《无言独上西楼》，等等。有两幅，我至今还如在眼前。一幅是《今夜故人来不来，教人立尽梧桐影》。画面上有梧桐，有站在树下的人，耐人寻味的是斜拖在地上的长长的影子。另一幅是《人散后，一钩新月天如水》。画的是廊下栏杆旁的一张桌子，桌子上凌乱地放着茶壶茶杯。帘子卷着，天上只有一弯新月。夜深了，夜气凉了，乘凉聊天的人散了——画面表现的正是这些画不出来的情景。

此外的许多幅都是从现实生活中取材的，画孩子的特别多。记得有一幅《阿宝赤膊》，两条胳膊交叉护在胸前，只这么几笔，就把小女孩的不必要的娇羞表现出来了。还有一幅《花生米不满足》，后来佩弦谈起过，说看了那孩子争多嫌少的神气，使他想起了"悫赖的儿时"。其实描写出内心的"不满足"的，也只是眼睛眉毛寥寥的几笔。

此外还有些什么，我记不清了；当时看画的还有谁，也记不清了。大家看着墙壁上的画说各自的看法，有时也发生一些争辩。子恺谢世后我写过一首怀念他的诗，有一句"漫画初探招共酌"，记的就是那一天的事。"共酌"是共同斟酌研讨，并不是说在子恺家里喝了酒。总之，大家都赞赏子恺的画，并且怂恿他选出一部分来印一册画集，那就是一九二五年底出版的《子恺漫画》。

那一天的欢愉是永远值得怀念的。子恺的画开辟了一个新的境界，给了我一种不曾有过的乐趣。这种乐趣超越了形似和神似的鉴赏，而达到相与会心的感受。就拿以诗句为题材的画来说吧，以前读这首诗这阕词的时候，心中也曾泛起过一个朦胧的意境，正是子恺的画笔所抓住的。而在他，不是什么朦胧的了，他已经用极其简练的笔墨，把那个意境表现在他的画幅上了。

从现实生活中取材的那些画，同样引起我的共鸣。有些事物我也曾注意过，可是转眼就忘记了；有些想法我也曾产生过，可是一会儿就丢开，不再去揣摩了。子恺却有非凡的能力把瞬间的感受抓住，经过提炼深化，把它永远保留在画幅上，使我看了不得不引起深思。

隔了一年多，子恺的第二本画集出版了，书名直截了当，就叫《子恺画集》。记得这第二本全都从现实生活取材，不再有诗句词句的题材了。当时我想过，这样也好，诗词是古代人写的，画得再好，终究是古代人的思想感情。"旧瓶"固然可以"装新酒"，那可不是容易的事，弄得不好就会落入旧的窠臼。现实生活中可画的题材多得很，尤其是子恺，他非常善于抓住瞬间的感受，正该从这方面舒展他的才能。

佩弦的意见跟我差不多，他在《子恺画集》的跋文中说："本集索性专载生活的速写，却觉精彩更多。"他称赞的《瞻瞻的车》和《阿宝两只脚，凳子四只脚》，这几幅都是我非常喜欢的。还有佩弦提到的《东洋和西洋》和《教育》，我也认为非常有意思。《东洋和西洋》画一个大出丧的行列,开路的扛着"肃静"、"回避"的行牌,来到十字路口,让指挥交通的印度巡捕给拦住,横路上正有汽车开过——东方的和西方的,封建的和殖民地的,在十字路口碰头了,真是耐人深思的一瞬间啊!《教育》画的是一个工匠在做泥人,他板着脸,把一团一团泥使劲往模子里按,按出来的是一式一样的泥人。是不是还有人在认真地做这个工匠那样的工作呢?直到现在,还值得我们深刻反省。

第二本画集里还有好些幅工整的钢笔画。其中的《挑荠菜》、《断线鹞》、《卖花女》,曾经引起当时在北京的佩弦对江南的怀念。我想,要是我再看这些幅画,一定会像佩弦一样怀念起江南、怀念起儿时来。扉页上还有一幅钢笔画,画一个蜘蛛网,粘着许多花瓣儿,中央却坐着一个人。扉页背面印上了两句古人的词:"檐外蛛丝网落花,也要留春住。"这样看来,蜘蛛网中央的人就是子恺自己了。他大概要说明,他画这些画,无非为了留住一些刹那间的感受。我连带想到,近来受了各方面的督促,常常要写些回忆老朋友的诗文,这就有点儿像子恺画在蜘蛛网中央的那个人了。

1981 年 7 月 2 日作

(原载 1981 年 9 月《百科知识》第 9 期)

《母亲的话》序

海男选编了一本他父亲的散文集,叫做《母亲的话》。他和夫人欧阳敬如同来看我,要我给写一篇序。

为田汉兄的集子作序,我不是合式的人选。我跟他相识不算久,两个人都从事文学方面的工作,可是他搞戏剧,我当编辑,生活经验不一样,所以相知不深。他一生中遇到多少狂风恶浪,我也知道一些;在十年动乱中,他被"四人帮"迫害致死,我听说了也十分悲痛。但是回忆和怀念他的文章,三年前他的冤案平反的时候,许多跟他极熟的朋友已经写过不少,我知道的不比他们多,写起来一定不及他们深。我跟海男说,是不是请别一位写比较好。

海男说不然,他来找我是因为我在二十年前写过一篇《话剧〈关汉卿〉插曲〈蝶双飞〉欣赏》,现在电台还经常播出,他听一回流一回眼泪。他认为他父亲写那个剧本,把自己的思想感情全部倾注在关汉卿身上了。他从收音机听我剖析他父亲那支《蝶双飞》,听我一层一层地揭示剧中人关汉卿的创作态度和精神境界,好像每一句话都是说他父亲。他认为我是很理解他父亲的,所以一定要我写这篇序。

海男的来意这样诚恳,我怎么能不答应呢?于是问他为什么这本散文集叫做《母亲的话》。

海男告诉我说,取这个书名为的是集子里有一篇《母亲的话》,这是他祖母的回忆录。他说抗战期间,他们家住在南岳乡下,晚上无事可做,祖母一边绩麻一边讲往事,父亲就着煤油灯一句一句记

1979年参加人民文学出版社作家座谈会(右为严文井)

叶圣陶最后一张照片,摄于 1987 年 9 月 8 日

下来，四十多年前的情景还像在眼前。记录稿积了厚厚的一大叠，后来到桂林，整理了一部分在报刊上发表，其余在湘桂撤退中散失了，所以编入集子的《母亲的话》缺了后面的部分。海男说他父亲一直想把它补足，解放后祖母总跟他们在一起住，再讲一回也方便，可惜他父亲老是抽不出时间来。

听海男越往下说，我越觉得他编这本集子不只为了纪念他父亲，还为了纪念他祖母。他说他祖母怎样爱护他和他的弟妹们，怎样体贴他父亲。他说到十年动乱之初，他父亲就被加上一大堆罪名扣押起来了，家里所有的人都受到牵连，不是关进"牛棚"就是押往干校，家里只剩下不属于任何单位的祖母。老人家一个人受尽孤凄，日夜盼望儿孙们回来，头两年还常常在傍晚摸到大门口去看望。偏偏她寿长，活到九十九岁，直到临终，还不知道她的儿子已经受尽迫害，去世三年多了。

海男掏出手帕来抹眼泪了。这样悲惨的事有谁做过统计，在十年动乱中到底发生了多少件呢？我的朋友中，死去的就有好几位，可敬可爱的老舍兄死得最早。还有好些朋友失去了亲人。见着他们的时候，要是他们自己不说，我连提也不敢提，一两句慰问的话也不敢说。看海男这样伤心，我真不知道怎么办才好，最后说："我一定把《母亲的话》仔细看一遍，就这一篇写几句话。"

既然答应了，我当然要勉力做到。可是要我自己看，眼睛实在不济了，只好叫孩子们念给我听。田汉兄是湖南人，他老太太说一口家乡话，田汉兄照实记录，语言是极其传神的；用北京话念，用我们苏州话念，就不免打些折扣，但是还能听出老太太特有的那种絮絮叨叨拉家常的口吻。老太太提到的人多极了，她娘家姓易，她母亲的娘家姓蒋，田家易家蒋家都是人口众多的大族，加上老亲街坊，出现在记录里的总在一百开外。有些人只提到一两回，也被老太太抓住了特点，只凭一件事或者几句话，就把他们刻画得活龙活现。所以我听着丝毫也不觉得絮烦，好像翻看一本出自名手的肖像画册，里面有工笔画，也有素描。

如果说记录所及的年代，老太太生于壬申年——一八七二年，她从她祖父的一代讲起，因而前限应该往前推大约半个世纪；记录到辛亥革命后不久，以下的部分散失了：这样算来，前后将近九十年。大家知道辛亥前八九十年间，我国的变化非常之大，不论在城市里，还是在农村里，不论在生活方面，还是在思想方面。老太太自幼持家，农村日渐凋敝，生活日渐艰难，在她记忆中留下极深的印象，所以说来头头是道，非常具体。至于思想方面，老太太当然不会作什么调查研究，可是通过她描述的各种人物的语言和行动，我感觉到这些人对生活的态度在不断地变化。此外使我感兴趣的是，老太太讲湖南农村的风俗习惯，全都讲得有滋有味。对家乡，对童年，她大概是一直深切怀念的。

老太太记性极好。田汉兄小时候让蜈蚣咬了，给黄蜂螫了，老太太一桩桩都记得清清楚楚，可见当时儿子受到一点小折磨，她就吓得不得了，因而牢牢记住。记性好，说起来是大可羡慕的事，可是得看在什么时候。心情舒畅的时候讲起往事来，坎坷也成为笑谈，因为坎坷早已过去了。要是在心情不舒畅的时候，回忆就只能增加痛苦。老太太在最后那几年里，一个人孤零零的，天天盼望儿孙们回来，那时候她如果想起当年口述时候的情景，乡村的夜晚寂静昏暗，屋子里让煤油灯给照亮了，绩麻的坠子在她手里飞快地转，她讲一句，儿子记一句，孙儿孙女们坐在旁边静静地听着……回忆起这个情景，她怎么受得了呢？可是我相信，她一定曾经回忆过,也许就在摸到大门口去等待儿孙们回来的时候。……

　　我不想说什么话来告慰老太太,告慰田汉兄。我始终相信,人死了就什么都不知道了,无论说什么,他们全听不见了。可是活着的人得记住,十年动乱使多少人受到无法挽回的伤害,咱们绝不能让这样悲惨的历史重演。

1982 年 4 月 9 日作
(收入田汉著《母亲的话》,
湖南人民出版社 1983 年 12 月出版)

从《扬州园林》说起

一九五六年,同济大学建筑系印行陈从周教授编撰的《苏州园林》。我汇去五块钱购得一册,随时翻看,非常喜爱。苏州园林多,这许多摄在相片里的园林,大部分我没到过,可是最好最著名的几个,全是我幼年时经常去玩的。拙政园,沧浪亭,怡园,留园,网师园,几乎可以说每棵树,每道廊,每座假山,每个亭子我都背得出来。看了这几个园的相片,仿佛回到了幼年,遇见了旧友,所以我喜爱。相片中照的虽是旧游之地,又好像从前没有见过这一景,于此可见照相艺术的高妙,所以我喜爱。每张相片之下题着古人的词句,读了词句再来看相片,更觉得这一景确乎是美的境界,所以我喜爱。可惜的是词句之下没有标明是谁的词句,什么调。再则相片之外还有测绘精确的各个园的平面图,各处亭台楼阁的平面图或立面图,以及窗棂、花墙之类的精细图案,这些是我国古建筑史的珍贵资料,虽是外行也懂得,所以我喜爱。还有一点,这本图册不是陈从周教授个人的著作,是他带领建筑系的同学出外实习的产物。这样的实习是最好的教学方法,最合于教育的道理,所以我喜爱。

过了十八年,我跟从周开始通信。这才知道他善于绘画。承他画了好多幅梅兰松竹赠我,我在一九七四年十二月间回敬他一阕《洞仙歌》,现在抄在这儿。

园林佳辑,已多年珍玩。拙政诸图寄深眷。想童时常与窗侣嬉游，踪迹遍山径楼廊汀岸。今秋通简札，投览招琼，妙绘频贻抱惭看。古趣写朱梅，兰石清妍，更风筱幽禽为伴。盼把晤沧浪虎丘间，践雅约兼聆造形精鉴。

到现在十年了，十年间虽然晤谈好多回，同游沧浪亭和虎丘的愿望可没有实现。

去年，《苏州园林》在日本重印了。新加坡周颖南先生从日本买了，寄一册赠与我。内容跟旧本全同，装订比旧本好。经过了将近三十年，旧本大概很难找到了，把它重印是必要的，因为它是有用的书，不是泛泛的书。

最近突然接到从周寄赠的上海科学技术出版社出版的《扬州园林》，在我可以说又惊又喜。为什么惊？因为他又编成了《扬州园林》，今年可以出版，一个字也没跟我提起过，突然来了这样一本《苏州园林》的姐妹篇，印刷装订都挺精美，还有十几张相片彩色精印，是《苏州园林》所没有的，怎么能叫我不惊呢？

我第一次游扬州在二十年代，最初的好印象就是诗词中常用的"绿杨城郭"四个字。那么柔和茂密的葱绿的垂杨柳在春风中轻轻翻动，从来没见过，感到没法说清楚的美。后来又到过扬州三四次，都跟第一次同样匆匆，所以除了瘦西湖中及其周围的若干必游处所，扬州的名园一个也没到过。现在有了这本《扬州园林》，我可以从从容容"卧游"了，因此越发感激从周寄赠此册的厚意。

《扬州园林》中有从周撰写的一篇概说，小字密排，两万多字。我视力极度衰退，没法看，想让孙辈念给我听，他们不得空闲，所以至今还没听见这篇概说。可是从周的《说园》五篇却是我自己看的，每天看十来页，持之以恒，居然看完了。因为那是《同济大学学报》的抽印本，大字楷书，我还能对付，把它看清。这五篇《说园》是从周对造园艺术的全部思想的表述，他的哲学、美学、建筑学的观点全都包容在里面。如今在全国范围内，不是正在整理名胜，修复古建筑吗？他写这五篇《说园》的用意，就在使主其事的人懂行，知道为什么要整理和修复，该怎样去整理和修复，庶几不至于弄巧成拙，把好事办成坏事。因此，我以为这五篇《说园》是有心人的话，并非偶然兴到的漫笔。至于看得见的具体例子，则有《苏州园林》、《扬州园林》两本图册在。图册跟《说园》交相为用，彼此参看，对整理和修复必然更有益处。因此我想向关心整理和修复的人进言，你们既然爱看苏州、扬州两本图册，请同时阅览从周的五篇《说园》。

我久已想向从周贡献些意思，因为头绪多，不容易想清楚，整理得有条有理，至今还没写出来。现在我想，等待完全想清楚，整理成条理，不知将在何年何月。不如把想到的随手写些出来，写错了将来再改，写乱了将来再调整，岂不是好。因此，下文就写这些不成条理的想头。

扼要总说一句其实也不难，难在分疏细说，说得明畅透彻。姑且先扼要总说一句：我恳切盼望从周在拍摄、测绘古园林，为整理和修复古园林尽力之外，凭他的哲学、美学、建筑学的观点，为大众造园；所谓大众，包括各地的居民和来自国内国外的旅游者。

我想，如苏州、扬州的那些名园，原先都是私家所有，不是为大众修造的，当然不为大众考虑。因此，那些园只宜于私家享受。大众去游览，要感到娱目赏心，得到美的享受，就未必做得到，大多只能做到"到此一游"而已。

私家造园，当然只须为私人着想。宾朋雅集，举家游赏，估计一百人大概差不多了。游人少,园小也见得宽舒。在宽舒的环境里,站在适当的地点,凭审美的眼光观看,就能发见这儿有佳景,那儿也有佳景。从周两本图册里的那些相片所以特别难能可贵,就在于在那些园林全归公有,其中几个名园的游人成千上万的,近三十年间,竟能够像独个儿游园似的,从从容容地凭他的审美观点,随处发见佳景,随时对准镜头,摄成那么多的精美相片。我料想多数游人未必能够如此。在挤挤攘攘之中,预防碰撞照顾同伴还来不及,即使有审美的素养也顾不到审美了。带了照相机的人也难办。一则在扰攘之中无从审美。二则即使能在意想排除其他游人,发现美景,实际上又怎么能排除呢?照不成好相片也无关紧要,紧要的是游园而没有得到应得的享受。——以上是我以为古名园不甚适宜于大众游览的一层意思。

再就古名园不甚宜于大众游览加说几句。古名园的亭台楼阁、厅堂庭院以及假山回廊、九曲桥之类不宜于大众的挤,厅堂里的那些椅子凳子不适于也不够供大众的坐。无论厅堂的面积多么大,川流不息的人群在里面流过,谁也不容停一停步,挤进去了就挤出来,这有什么意思?厅堂里的那些椅子凳子全是上好木材,精巧工致,大多标明"请勿坐",有的园不标明,由谁去坐呢?我一向有个感觉,古人制造那些讲究坐具,抱的是"为坐具而坐具"的观点,讲究的是构图的繁简、雕琢的精粗之类,坐上去身体舒泰不舒泰,那是不考虑的。说得明白些,那些讲究坐具坐上去并不舒泰,不如现今的藤椅和沙发。

以下再说一层意思。古名园往往要求"万物皆备于我"。"万物皆备于我",就一方面说,是挺高妙的一种思想境界;就另一方面说,却是私有欲的表现,私家园林之所以为私家园林,富绅豪商和皇帝的私家园林都如此。为了要求"万物皆备于我",往往出现不配称的布局。厅堂前面或后面堆起一座假山,不怎么大的荷花池旁边来一艘旱船,就是例子。厅堂和假山,荷花池和旱船,拆开来看都不错,合起来看就见得不呼应,不谐和。这对于如今的游览大众是不甚相宜的。有的人看了以为这样布局就挺美,有的人看了不免怅然,心里在摇头;这在供应大众以又适当又充分的美的享受以及逐步提高全社会的精神文明这两点上,都不免有所欠缺。

关于假山,在这儿我想说几句。现在为大众造园,只须因地制宜,不要求"万物皆备于我",没有真山就不用堆假山。莫说堆假山的好手不容易找,假如有,在整理和修复古名园的工作中就大有好手用武之地。

外行话说得不少了,应该就此打住了。我恳切盼望从周为大众造园,想到两个具体的项目,现在就写出来,其实也不可能不是外行话。

一个项目是,以太湖周围为范围,在不征用或尽少征用农田的前提下,挑选若干地点兴建游览区,供大众享受。一切利用自然而加以斟酌的修正,务求有益于大众的身心。如果在游览区修建旅舍,应该显示出当地建筑的特色;而饮食起居和供应服务各方面务必专心致志为游览的大众着想,使他们心里真个满意。千万不要修建火柴匣式的高楼,那是大城市不得已的产物,我不知道住在里边是什么滋味。我从相片或电视中看,无论单座高楼或多座高楼,总之感到这是大城市异常的丑。咱们太湖周围的游览区不能学它。

再一个项目是,在调查研究的基础上,分成若干类型,按类型为各地农村绘制两种设计图案,一是住房的设计图案,二是屋前屋后园圃的设计图案,以供广大农民采用。如今各地农民逐渐走上富裕的道路,他们不但要求有足够的房子住,还要求住得舒服,生活上精神上更感到愉快。为了这一点为农民服务,设计制图,真可谓无量功德。至于屋前屋后的布置,经过专家的考虑,可能做到更经济更美,也不是无关重要的细事。这个项目好像不是造园,其实是广义的造园。

以上说的两个项目,当然要由从周带领同济大学的同学们共同去做。那么,这样做是最高明的教学方法,同时又是最踏实的教育实践。从周精力充沛,不怕多事,学力和经验两扎实,看了我提出的两个项目,想必会有跃跃欲试的意思。可惜我说得不透彻,欠具体,通篇看来更见得杂乱无章。用这样的拙作来报答从周寄赠《扬州园林》的厚意,就从周方面说,与拙词《洞仙歌》里的句子正相反背,可谓"投琼招甓"了。

1983年7月12日作

(原载1983年10月11日《文汇报》)